*Orion*

Château d'Orion

# Ein Stern im Béarn

# Claudia Tebel-Nagy

# Ein Stern im Béarn

ROMAN

*Pour Marguerite*

# Eins

Ihr war langweilig. Sonntagnachmittage waren besonders langweilig. Dabei war alles um sie herum wunderschön. Die Baumblüten dufteten, und endlich war es so warm, dass sie keinen Mantel mehr über ihrem schwarzen Kleid tragen musste. Sie lief in den Park und sah sich noch einmal um. Ihre Mutter winkte ihr vom Salonfenster ihres neuen Zuhauses im dritten Stock der Casa Santa Marta zu. Marguerite winkte freudig zurück und lief über den Kiesweg zu einem großen Brunnen hinter dem Petersdom, der erst jetzt seit Maibeginn mit Wasser gefüllt war. Sie setzte sich auf den Brunnenrand und ließ ihre Hand durch das kalte Wasser gleiten. Zwei orangefarbene Schmetterlinge tanzten in der Nähe.

Genau diese Schmetterlingsart kannte sie auch aus dem Béarn, wo sie früher immer ihre Sommerferien verbracht hatte. Der schwarze Rand der leuchtenden Flügel war weiß gepunktet und für Marguerite der sichere Beweis, dass sie sich nicht irrte. Nicht dass es ihr hier nicht gefallen würde, aber sie wäre jetzt so gern wieder zuhause gewesen. Seit einem halben Jahr lebten sie nun in dieser Abgeschiedenheit. Kurz vor ihrem dreizehnten Geburtstag waren sie in den Vatikan gezogen. Für Papa war diese Aufgabe eine ganz besondere, das war ihm anzumerken. Botschafter im Vatikan, beim Heiligen Stuhl zu sein und sein Heimatland Frankreich würdevoll vertreten dürfen – das war eine Herausforderung, die er als genauso ehrenhaft empfand wie die Tatsache, im Zentrum der katholischen Kirche weilen zu dürfen.

Eigentlich unterschieden sich ihre Sonntage von den übrigen Tagen nur dadurch, dass sie keinen Unterricht hatte. Gott sei Dank, dachte

Marguerite und sprang kichernd vom Brunnen. Die Privatlehrer im Vatikan waren noch humorloser als die in Paris. Sie liebte Schmetterlinge. Sie waren so schön und leicht und vor allem kleine Wunder. Sie erreichten ihre Verwandlung nur dadurch, dass sie als Raupen zuerst in ihrem Kokon sterben mussten, um dann mit ihrer unvergleichlichen Zartheit in die Freiheit fliegen zu können. Das war für Marguerite wie eine Wiedergeburt. Ein Neuanfang. Sie knickte einen Ast von einem Strauch, als in diesem Moment ein Priester an ihr vorbei ging. Sie hatte ihn gar nicht kommen hören. Sofort hatte sie Gewissensbisse wegen ihres schlechten Benehmens.

Aber der Priester lächelte sie nur an und sagte im Vorbeigehen „Buongiorno, Signorina! Was für ein schöner, warmer Tag heute, nicht wahr?"

Marguerite grüßte freundlich zurück und schaute hinter dem Priester her. Sie begegnete selten jemandem in den Vatikanischen Gärten, und noch seltener einer Frau. Sie zeichnete mit dem Stock sechs Rechtecke übereinander, nummerierte sie und zog eine große Halbkugel über die Sechs. „Himmel" schrieb sie in den oberen Teil, den sie sorgsam quer halbierte, um darunter „Hölle" zu schreiben. Dann nahm sie einen flachen Stein, warf ihn in das erste Feld und hüpfte auf einem Bein hinterher. Vorsichtig schubste sie mit dem anderen Fuß den Stein in das zweite Kästchen. Sie hielt inne und verhandelte. „Lieber Gott, wenn ich es jetzt gleich schaffe, in den Himmel zu kommen, dann dürfen wir bald wieder nach Hause, ja? Das ist dann das Zeichen!" Sie schubste den Stein weiter in das dritte, vierte, fünfte und sechste Feld. Sie war sehr zart und besonders geschickt. Vor dem letzten Stoß schloss sie kurz und inbrünstig die Augen und schubste dann den Stein über die Hölle hinweg in den Bogen des Himmels. „Ja!", rief sie laut! „Geschafft!" Sie lachte und begann das Spiel erneut. Viele Male. Und jedes Mal wünschte sie sich etwas Neues. „Und dass dann bald der Krieg aufhört!", dachte sie und gewann. Es war so leicht. Dabei sollte sie dankbar sein – das hatte ihre Mutter immer wieder gefordert. „Draußen ist Krieg, aber hier kann uns nichts geschehen. Wir müssen Geduld haben." Aber Marguerite wusste nicht, wie man Geduld üben sollte. Es gab keine Gleichaltrigen, mit denen sie etwas unternehmen konnte, keine Ausflüge in die Stadt Rom, die nur wenige Meter entfernt lag, gleich hinter den Mauern, die den Vatikan umgaben. „Wir sind in einem goldenen Käfig", hatte selbst ihre Mutter zugegeben.

Marguerite seufzte. Zweimal hatte sie bereits ihre Eltern zu einem privaten Gespräch mit dem Papst begleiten dürfen. Voller Ehrfurcht war sie gewesen und außerdem ängstlich, dass sie auch bloß alles richtig machte, sich Seiner Heiligkeit so zu nähern, wie man es ihr beigebracht hatte. Aber alles war gut gegangen. Und Papst Pius XII. war ein freundlicher Mann. Das Versprechen ihres Vaters hatte sich bewahrheitet. Er verehrte den Heiligen Vater. Ach! Und doch! Wenn sie nur zu ihrem nächsten Geburtstag wieder in Paris wären! Es wäre so schön. Auch wenn in ihrer Familie Geburtstage nie gefeiert wurden.

„Ein Geburtstag ist nichts weiter als ein weiteres Kapitel zum Tod", sagte ihr Vater immer. „Am besten beachtet man ihn gar nicht." Sie ging wieder zum Brunnen und schaute sich um, ob die Schmetterlinge noch irgendwo zu sehen wären. Sie waren fort. Sie sind sicher über die Mauern geflogen, dachte Marguerite.

## Zwei

Das knappe Schrillen der Türklingel im Morgengrauen fühlte sich an wie ein Stromstoß. Sarah blieb regungslos auf dem Rücken liegen. Sie lauschte angespannt, aber nichts rührte sich. Das graue Dämmerlicht und die Lautlosigkeit schnürten sie ein. Sie konnte sich nicht mehr bewegen. Dabei hatte sie sich die ganze Nacht durch die Welt gewälzt, gegen Bilderfetzen der letzten Jahre gekämpft, als würde deren Schönheit ihr Innerstes verbrennen und nur noch eine dünne Haut von Erinnerungen übrig lassen. Jetzt brach ihr Kopfkino zusammen, und sie spürte die harten Schläge ihres Herzens und das lähmende Kribbeln in ihren Gliedmaßen. Das Schrillen wiederholte sich, zwei Mal kurz hintereinander, als wollte ein Mitbewohner nur sein Kommen mitteilen, bevor er hereinplatzte. Aber kein Schlüssel drehte sich im Schloss. Die Stille bekam etwas Drängendes. Sarah schob die Decke zur Seite und hockte sich matt auf die Bettkante. Ihre langen braunen Haare berührten die nackten schlanken Oberschenkel. So verharrte sie eine Weile in der Erwartung, dass etwas passieren würde, aber es veränderte sich nichts, auch nicht das monotone Summen in ihren Ohren. Langsam stand sie auf und schleppte sich über das knarzende Flurparkett. Vor der Wohnungstür blieb sie stehen und lauschte. Dann öffnete sie die Tür einen kleinen Spalt, drehte sich um und schlich zurück zu ihrem Bett.

„Sarah, lass uns reden. Chouchou, bitte, schau mich an!"

Sie starrte Lucas an, als hätte sie ihn seit einer Ewigkeit nicht gesehen, dabei hatte er erst vor wenigen Stunden die gemeinsame Wohnung verlassen. Sarah hatte immer daran gezweifelt, dass sie Lucas endlos für sich behalten könne. Dafür war dieser Mann, mit dem sie seit über drei Jahren ein harmonisches Leben führte, zu smart, zu intelligent, zu umschwärmt und zu gut für alle Höhenflüge gerüstet. Aber Lucas hatte sie mühelos auf Händen getragen. Ihre Verlustängste waren mit der Zeit verebbt. Ihre Liebe hatte sich allmählich selbstverständlich angefühlt, eingespielt, unaufgeregt aber nie langweilig. Sie hatte etwas Zuverlässiges, Geborgenes, etwas, das Sarah außergewöhnlich fand. Die Spielräume für diffuse Gefühle waren kleiner geworden. Alles schien ganz klar. Bis gestern. Bis er ihre Welt in Stücke zerschmetterte.

Lucas war Sarahs Lottogewinn, um den ihre Freundinnen sie beneideten. Sie hatten sich in Wien auf einer Silvesterparty kennengelernt Beide waren neu in der Stadt. Er war ihr augenblicklich aufgefallen, als er den Raum betrat, in dem die meisten bereits wiederholt auf ihre Handys starrten, als würden sie sonst vielleicht das neue Jahr verpassen. Manche Menschen verändern die Stimmung in einem Raum, sobald sie durch die Tür kommen. Lucas war einer von ihnen. Er war nicht nur ihr aufgefallen, sondern auch ihren neu gewonnenen Studienfreundinnen, die, genau wie sie, fest entschlossen waren, alles zu erleben, was sie je von einem wilden Studentenleben gehört hatten. Es lag etwas Flirrendes in der Luft in jener Nacht. Ihre Blicke trafen sich in kürzeren Abständen und hatten nichts Zufälliges mehr an sich. Und als es null Uhr schlug, die Gläser klirrten und der Donauwalzer die weinselige Gesellschaft gänzlich in eine gelöste Stimmung wirbelte, war es so leicht, diesen Mann ohne Begleitung zu umarmen. „Bonne année!", hatte er gerufen, und seine Stimme fügte sich angenehm in das Lachen, die Musik und das Silvestergeläut.

Lucas Belgrand flirtete in einem Ton, der ahnen ließ, dass er gewohnt war, zu bekommen, was er wollte. „Wenn du einen Architekten brauchst: Ich stehe zu deiner Verfügung!"

Nur kurz hatte seine betont selbstbewusste Art sie irritiert, aber der

Charme dieses Franzosen mit den guten Deutschkenntnissen hatte sie in eine selbstverständliche Glückseligkeit gleiten lassen, die sie so noch nicht kannte. Er amüsierte sie. Sie tranken und tanzten, plauderten und kokettierten und verloren allmählich die Aufmerksamkeit für das Partytreiben um sie herum. Und vermutlich, nein, ganz sicher hätte sie bereits diese Nacht mit ihm verbracht, wäre nicht plötzlich der Gedanke an ihren Vater in diese beschwipste Stimmung eingebrochen. Die Traurigkeit, gegen die Sarah sich nicht wehren konnte, hatte dieses Silvestermärchen schlagartig entzaubert. Das kommende Jahr würde das erste in ihrem Leben sein ohne ihren Papa. Vor sechs Monaten hatte sein Herz versagt, nur wenige Stunden nach dem Schlussapplaus einer Aufführung von Gustav Mahlers Fünfter Symphonie mit den Berliner Philharmonikern. Dabei war Stefan Hansen selten krank gewesen, ein sensibler Geiger, das ja, aber sein plötzlicher Tod hatte Sarah ohne Vorwarnung getroffen. Rasch und ohne Begründung hatte sie sich von Lucas verabschiedet, weil sie unter keinen Umständen den Eindruck einer trübseligen Frau erwecken wollte. Irritiert, aber mit dem Versprechen, sie bald wiedersehen zu dürfen, hatte Lucas Sarah zum Ausgang begleitet und auf beide Wangen geküsst.

Jener Silvesterabend vor drei Jahren war der Start in ein neues Leben. Drei Monate zuvor hatte Sarah ihr Zuhause in Rom verlassen, um in Wien das Studium der Vergleichenden Literaturwissenschaften zu beginnen. Vor allem die französische Literatur hatte es ihr angetan. Dass sie ausgerechnet in der Lieblingsstadt ihres Vaters einen Franzosen kennengelernt und sich Hals über Kopf in ihn verliebt hatte, war reiner Zufall.

Lucas Durand war kein Mensch, der an Zufälle glaubte. Eher an Pläne, die man ins Auge fasst und durchzieht. Und so war es auch sein Plan gewesen, rasch mit Sarah zusammenzuziehen. Der Sohn eines kleinen französischen Weinbauern war ein aufstrebender Mann. Das

Architekturbüro Grossner & Partner hatte ihn von einem Berliner Büro abgeworben. Lucas war stolz, als Jüngster in einem internationalen Team von neunzig Architekten zu arbeiten, das sich zur hehren Aufgabe gemacht hatte, weltweit neue architektonische Lebensentwürfe zu schaffen. Auch seine Eltern beobachteten die steile Karriere ihres einzigen Sohnes mit Stolz, obwohl sie sich nie etwas anderes hatten vorstellen können, als dass Lucas ihr kleines Weingut einmal übernehmen würde. Aber davon hatte er nie etwas wissen wollen.

Dabei schwärmte er oft von der einzigartigen Landschaft an der Dordogne, von den sanften Weinhügeln und Talkesseln, die sich östlich von Bordeaux erstrecken. Das Weingut von Georges und Sophie Durand lag nahe Saint-Émilion, einem mittelalterlichen Städtchen von zweitausend Einwohnern, an dem Lucas weniger interessierte, dass es berühmt für seine Rotweine ist und sogar zum Weltkulturerbe gehört, sondern viel mehr die geographisch bemerkenswerte Lage. Saint-Émilion liegt haargenau auf halber Strecke des Nullmeridians von Greenwich zwischen Nordpol und Äquator. Diese Exaktheit faszinierte Lucas, seitdem sein Vater es ihm erklärt hatte, als er fünf Jahre alt war. Er war überzeugt, dass die ersten Siedler punktgenau geplant haben mussten, auf welchem Fleckchen Erde sie die Grundmauern errichteten. Berechenbarkeit faszinierte ihn. An Zufälle glaubte er schon als Jugendlicher nicht und auch nicht an Überirdisches, selbst wenn im Sommer Heerscharen von Pilgern in Saint-Émilion einfielen, einem Etappenziel auf dem Jakobsweg nach Santiago de Compostela. Seine Eltern mussten ihm ein Gymnasium in Bordeaux ermöglichen, weil sein Wissensdurst in der Gemeindeschule nicht befriedigt werden konnte. Dass er jeden Morgen und jeden Abend über dreißig Kilometer mit dem Bus fahren musste, störte Lucas nicht. In Bordeaux hatte er später auch Architektur studiert. Und jetzt, mit nur 29 Jahren, gehörte der alerte Sohn eines Weinbauern zu einem Spitzenteam von Architekten in Wien, das Kongresszentren, nachhaltige Wohnanlagen und Museen auf der ganzen Welt entwarf.

„Du bist herzlos und berechnend!", flüsterte Sarah. Noch immer kauerte sie mit angezogenen Beinen auf dem Bett und zerrte nervös die Decke um sich herum. „Aber wenn du schon alles so genau bemessen kannst", ihre Stimme bekam plötzlich einen sarkastischen Ton, „warum hast du dann deine blonden 90-60-90-Termine nicht auf die Nacht nach meinem Bachelor-Ball gelegt? Dann hätten wir beide vielleicht noch ein bisschen Spaß haben können! Oder erlaubt deine neue Leidenschaft keine Phantasie mehr?" Diese Sätze hatte sie sich in der Nacht immer wieder zurechtgelegt. Jetzt schmeckten ihre Worte schal. „Und? Ist sie gut? Gut für deine Karriere?" Es befiel sie ein Schwindelgefühl, das an Panik grenzte. „Pahh ... eine Architektin! Im selben Büro! Wie praktisch!"

Lucas hatte Sarah noch nie so beißend böse erlebt. Es machte ihn ungewohnt hilflos. Drei Jahre lang war zwischen ihnen alles glatt gelaufen. Sie hatten keine wesentlichen Auseinandersetzungen gehabt, also auch keine Übung in schmerzhaften Wortgefechten. Frivole Sticheleien wohlmeinender Freunde, vielleicht eine zu harmonische oder bisweilen langweilige Beziehung zu führen, hatte er immer verächtlich abgetan. Sein Beruf brachte oft extreme Spannungen mit sich. Er war froh, bei Sarah Ruhe zu finden, umsorgt zu werden. Er schätzte ihre Rücksichtnahme und vor allem ihr einzigartiges Einfühlungsvermögen. Es fehlte ihm an nichts. Die Affäre mit der blonden Teamkollegin, die immer einen dankenswerten Einsatz im Büro gezeigt hatte, war nicht geplant gewesen. Das versicherte er Sarah nun immer wieder. Nein, dies war ein Zufall! Besser gesagt ein Aussetzer, den er kaum erklären könnte – er versuchte es auch gar nicht erst. Vor allem aus Rücksicht auf Sarah. Wie hätte sie diesen Aussetzer verstehen können, der nur im Überschwang hatte passieren können? Nach einer extrem komplizierten Ausschreibung für ein Luxushotel in Peking hatte er Laura so erleichtert wie spontan in die Arme genommen, nachdem der Chef den Millionenauftrag als „gewonnen!" verkündet hatte. Diese Umarmung hatte den Sieg noch intensiver anfühlen lassen, und als der Champagner floss, hatte Laura ihren gleichaltrigen Kollegen einfach nicht mehr losgelassen.

„Wieso bist du hier? Was willst du noch von mir?" Sarah zog Lucas' graues T-Shirt, das er vorletzte Nacht getragen hatte und das noch nach ihm roch, über ihre bloßen Knie. Sie kam sich erbärmlich vor. Sie saß auf seinem Bett in seinem Appartement. Sarah hätte sich eine Wohnung wie diese noch nicht einmal zur Hälfte leisten können.

Lucas hob beide Arme und ließ sie resignierend wieder fallen. „Chouchou ... bitte ..."

„Nenn mich nicht mehr so! Nie mehr! Wahrscheinlich nennst du alle Frauen so, die du auf dem Reißbrett hast!" In Sarah stieg Zorn auf. In keinem Fall durfte sie sich noch weiter erniedrigen lassen. Lucas stand vor ihr, perfekt gekleidet wie immer, in einer anthrazitfarbenen, schmal geschnittenen Coolwoolhose und einem hellblauen Hemd, das er noch lässig über der Hose trug, wie jeden Morgen vor dem Frühstück. Sarah stand auf, um ihm zumindest auf Augenhöhe zu begegnen. Mit dem Fuß schob sie das schwarze schmalgeschnittene Kleid zur Seite, das sie am Abend auf den Schlafzimmerboden geschleudert hatte statt darin auf dem Dancefloor der Bachelor-Absolventen zu glänzen. Sie hatte es mit seinen Augen ausgesucht. Sie wusste genau, was Lucas gefiel und wie sie ihn stolz auf sich machen konnte.

Mit 23 Jahren hatte Sarah ihr Studium mit Auszeichnung bestanden. Nach den Semesterferien wollte sie ihr Masterstudium in Komparatistik beginnen, weil sie sich davon bessere Chancen für eine gute Anstellung in einem Verlag oder einem Theater versprach. Sie war so unendlich glücklich gewesen. Jetzt kam ihr alles falsch vor. „Wie peinlich", dachte sie immer wieder und meinte damit ihre Gutgläubigkeit an eine heile Welt, wenn man nur genug dafür tue. Sie genierte sich für ihre Naivität und Unselbständigkeit in ihrem Leben mit Lucas, obwohl die Scheidung ihrer Eltern doch eine Warnung für sie hätte sein müssen. Aber sie war doch ganz anders als ihre Mutter, das war für Sarah ganz klar. Sie war nicht so egoistisch wie sie, sondern viel einfühlsamer und kompromissbereiter.

„Bei dir läuft alles wie in einem Hochglanzprospekt", hatte ihre Mutter schmunzelnd gesagt, als sie letztes Jahr zu ihrem ersten Besuch nach Wien gekommen war. Damit meinte Helene Hansen nicht nur die Designerwohnung, die Lucas für sich und Sarah im Wiener Servitenviertel eingerichtet hatte. Sie staunte über die konfliktfreie Liebesgeschichte ihrer Tochter mit diesem sympathischen und erfolgreichen Franzosen und die reibungslose Entwicklung ihrer Laufbahnen.

Ihr eigenes Liebesleben fand sie enttäuschend, um nicht zu sagen nichtssagend. Die Scheidung von Stefan, Sarahs Vater, war früh absehbar gewesen. Beide konnten wenig Zeit miteinander verbringen, lebten in ihren eigenen Welten, die sie innerlich wie äußerlich nie zusammenbringen konnten. Helene arbeitete als Archäologin in Berlin, Stefan tourte mit den Berliner Philharmonikern durch europäische Großstädte. Als Münchnerin hatte sie sich in Berlin nie ganz wohlgefühlt, doch war sie Stefan zuliebe in die Hauptstadt gezogen. Sie hatte ihren Freundeskreis verlassen, dafür eine Familie gegründet und sich eine Zeit lang eingebildet, damit ganz gut klarzukommen. Sarah war ein braves und unkompliziertes Mädchen. Helene hatte keine große Mühe, ihre Arbeitszeit mit der Fürsorge für ihre kleine Tochter zu arrangieren. Trotzdem wuchs ihre Sehnsucht nach Veränderung und nach einem selbstbestimmten Leben. Als das Angebot vom Deutschen Archäologischen Institut kam, an einem internationalen Forschungsprojekt in Rom mitzuarbeiten, war Helene nicht mehr in ihrer Duldsamkeit zu halten. Das Stellenangebot ermutigte sie, sich von Stefan scheiden zu lassen, um mit Sarah ein Leben an ihrem Sehnsuchtsort Rom führen zu können. Außerdem war der Zeitpunkt für einen Wechsel günstig, weil Sarah kurz vor der Einschulung stand. Helene war eine praktische Frau, die Entscheidungen konsequent durchziehen konnte. Diesen Entschluss hatte sie nie bereut, auch deshalb nicht, weil Sarah keine Probleme gemacht und sich rasch in Rom eingelebt hatte.

Stefan Hansen vermisste Helenes melodische Stimme, ihre Tatkraft, eben die Frau, die sein Leben organisiert und in angenehme Schwingungen gebracht hatte. Sarah war mit sechs Jahren zu jung, um das Leben zu verstehen. Dass sie ihren Vater noch weniger sah als in Berlin, fiel ihr erst mit der Zeit auf. Er tat ihr leid, weil sie ihn allein zurückgelassen hatten. Tröstlich waren die Ferientage, in denen ihr gutmütiger Papa sich nun um sie bemühte. Sie verbrachten gemeinsame Sommerferien an der Ostsee oder freuten sich auf den Schnee in den bayerischen Bergen. Als Sarah größer wurde, zeigte er ihr Wien, die Stadt, in der er am liebsten spielte. Hier trafen sie sich einige Male, und in Sarah wuchs der Wunsch, später einmal in Wien zu studieren. Sie stellte sich vor, ihr selbstständiges Leben in einer Stadt zu verbringen, in der auch ihr Vater eine seelische Heimat gefunden hatte. Beide malten sich aus, dann viel öfter Zeit füreinander finden zu können. „Armer Papa", hatte Sarah oft zu ihrer Mutter gesagt, „er ist so oft allein." „Aber wo", versuchte Helene ihre Tochter immer zu beruhigen. „Er hat seine Musik und ist ununterbrochen mit seinen Musikerkollegen zusammen. Er führt genau das Leben, das er will. Er kann sich gar nichts anderes vorstellen."

Als Stefan mit 57 Jahren starb, weil sein Herz die vielen Beruhigungsmittel und Betablocker nicht mehr verkraftete, die er gegen sein Lampenfieber vor großen Konzerten regelmäßig genommen hatte, war Sarah überzeugt, dass er an gebrochenem Herzen gestorben war.

Sarah blieb bei dem Entschluss, in Wien zu studieren. Sie hatte die Stadt lieb gewonnen. Während ihrer Trauer konnte sie den abstrusen Gedanken nicht ganz abstreifen, ihren Vater zu enttäuschen, sollte sie nach einem weniger belasteten Studienort suchen. Wie richtig sie entschieden hatte! Lucas erschien ihr wie ein Geschenk des Himmels.

Seit der Silvesternacht hatte sie das Gefühl, einen Neustart hingelegt zu haben. Einen rasanten Neustart, der keine Wünsche offen ließ. Bis auf die Zweifel, die sie manchmal beschlichen. Kleine Zweifel, verglichen mit dem großen Glück, das ohne Forderung nach einer Gegenleistung daher gekommen war.

Die Überzeugung ihrer Freundin Antonia, auch unverschämtes Glück einfach nur genießen und nicht sezieren zu sollen, fand sie beneidenswert. „Ach Toni! Du bist gut! Ich bin katholisch erzogen! Und dann noch in Rom! Da sind Seelenheil und Leid ganz eng verbunden! Entweder zahlst du für geschenktes Glück. Oder du wirst nur dann mit einem Häppchen Wonne belohnt, wenn du vorher mit Gummistiefeln durch Tränen gewatet bist!"

Mit der Zeit hatte Sarah immer mehr Zuversicht gewonnen. Sie vertraute Lucas, und wenn sie in Momenten großer Nähe über ihr geschenktes Glück staunte, hatte Lucas sie ernst genommen: „Sarah, nicht jede Liebe muss so enden wie die deiner Eltern. Ich liebe dich, ich will mit dir zusammen leben, genau so wie wir das jetzt tun." Am liebsten sprach er dann über Pläne, gemeinsame Pläne, vielleicht auch in einer anderen Stadt. „Uns steht die ganze Welt offen, Kleines. Überleg mal, was wir alles tun können!" Nichts, rein gar nichts hätte sie ahnen lassen, was am gestrigen Abend passiert war.

Lucas stand unter der Dusche, um sich für Sarahs Abschlussball frisch zu machen, als ihr die Handymessage giftgrün auf der Küchenbar entgegenstrahlte: „Ich denke jede Sekunde an dich. Vergiss mich nicht heute Abend/Nacht ... L." Sarah glaubte keinen Moment an ein Missverständnis.

Lucas hatte iPhone und Schlüssel rasch in der Küche abgelegt. Er war spät dran, wie so oft. Sarah war zu gut gelaunt, um ihm Vorwürfe zu machen. Heute Abend war ihr Abend. Der Prüfungsstress lag hinter ihr, den Bachelor hatte sie in der Tasche. Sie hatte gerade nichts anderes im Kopf als die großartigste Party des Jahres, für die sie sich allmählich beeilen sollten. „Du siehst zauberhaft in diesem Kleid aus!", hatte er ihr mit einem kurzen Kuss auf die Wange zugeflüstert. „Sehr sexy!" Dann war er im Bad verschwunden.

Die SMS fühlte sich an, als hätte ein spitzes Schwert mit voller Wucht ihren Magen durchbohrt. Sie bekam kaum Luft. Der Schmerz breitete sich so gnadenlos aus, dass sie einen lauten und langen Schrei ausstieß und Lucas erschrocken aus dem Bad gerannt kam. Als sie sich gegenüber standen, sie mit seinem iPhone in der Hand und er mit nichts als einem Badetuch vor seinem trainierten Körper, verharrten beide in einer Schockstarre, mit aufgerissenen Augen und angehaltenem Atem. Vorsichtig nahm er ihr sein iPhone aus der Hand und ging zurück ins Bad. Er musste die SMS nicht lesen, um zu verstehen, was soeben passiert war.

Jetzt, an diesem grauenhaften Morgen, lief Lucas nervös zwischen Fenster und Bett hin und her wie in einem Käfig. Sarah stellte sich ihm in den Weg. Ihr Blick bohrte sich in den seinen, und Lucas traute sich nicht auszuweichen. „Wie lange geht das schon, Lucas?"

Lucas war grundsätzlich ein spontaner Mensch. Er konnte immer leicht parieren, ein geübter Taktiker in schwierigen Verhandlungen. Jetzt kam nur Gestotter. „Es ist nur einmal passiert."

Sarah fühlte sich elend, aber nicht schwach, was sie ähnlich erstaunte, wie die Tatsache, dass ihr perfekter Architekt keinen Plan gehabt hatte, die Wahrheit zu vertuschen. Verrat durch eine SMS. Der Klassiker.

Die Morgensonne begann, das Schlafzimmer in ein frisches Licht zu tauchen. Lucas schob die hellblauen Gardinen zur Seite. Er öffnete beide Fensterflügel und sog die Luft tief ein. Dann drehte er sich um und Sarah sah in seine hilflosen Augen. Fast hätte sie ihn umarmt, so Mitleid erregend sah er aus. Aber seine ungewöhnliche Kraftlosigkeit irritierte Sarah so sehr, dass sie beinahe wieder angefangen hätte zu weinen. Er war nicht mehr derjenige, der sie bei der Hand nahm. Sie spürte plötzlich eine unerträgliche Leere in dem Raum. Auch Lucas' Blicke irrten im Zimmer herum und versuchten, irgendwo Halt zu finden. Sein Handy begann zu surren. Mit routiniertem Griff stellte er es stumm. „Ich muss los", sagte er leise. „Können wir heute Abend reden?"

„Nein, ich kann nicht", antwortete Sarah stimmlos. Sie machte ihm den Weg frei. Er nickte und verließ die gemeinsame Wohnung.

## Drei

Sarah hockte mit ihrem Notebook an Antonias Küchentisch. Sie war völlig abgestumpft gegen alles Alltägliche, was um sie herum passierte. Es gab auch keine Möglichkeit, sich in die Arbeit zu stürzen oder sinnvoll abzulenken. Die Prüfungen lagen hinter und geplatzte Träume vor ihr. Dazwischen breitete sich eine pomadige graue Scheinwelt aus, in der sie fest hing. Eigentlich wäre sie mit Lucas am kommenden Wochenende nach Rom geflogen, um mit ihrer Mutter ihren Bachelor zu feiern. Danach, das war ihre Idee, wollte sie sich in dem sommerlichen Wien treiben lassen, ohne Termine und Verpflichtungen, einfach in den Tag hinein leben. Einmal, endlich! Dann wäre sie bei Lucas geblieben, der zur Zeit keinen Urlaub nehmen konnte, weil das Hotelprojekt in Peking seinen vollen Einsatz verlangte. Aber sie wären gemeinsam eingeschlafen und zusammen aufgewacht.

Jetzt, vier Tage nach diesem unvorstellbaren Gau, wollte Sarah weder nach Rom reisen noch in Wien bleiben. Sie wollte einfach weg, egal wohin, vielleicht nach Frankreich, wie es ihre Mutter vorgeschlagen hatte. Weglaufen hielt sie zwar für ihre größte Schwäche und für das, was sie eigentlich am dringlichsten an sich ändern wollte. Aber ausgerechnet jetzt Disziplin zu üben, hätte sie absurd gefunden. Außerdem hatte sie sich großen Herausforderungen seit ihrem Umzug nach Wien nicht mehr stellen müssen. Jetzt fühlte sie sich ausgehöhlt. Und was ihr am erbärmlichsten vorkam: Sie hatte keinen Plan, in dem Lucas nicht stattfand. Wenn sie in den Spiegel schaute, sah sie ein fremdes Wesen. „Uneitel bis zur Verkommenheit", hatte Antonias zärtliche Aufforderung gelautet, sich doch endlich einmal „einen Ruck" zu geben. Manchmal beobachtete sie, wie Sarah die Hände vor das Gesicht schlug, als könnte sie sich dadurch vor etwas schützen. Immer wieder überfiel Sarah die Erinnerung an Details jenes schrecklichen Abends. Ihre Versuche, diese Malträtierungen zu löschen wie durch einen DELETE-Befehl auf ihrem Laptop, führten paradoxerweise dazu, diese Momente immer und immer wieder erleben zu müssen.

Seit vier Tagen bemühte Antonia sich, ihre beste Freundin aus dem liebeskranken Seelensumpf herauszuziehen und abzulenken. Allmählich gingen ihr die Ideen aus. „Du wirst sehen, wenn du erst mal in die Ferien fährst, wird es dir besser gehen. Du brauchst Tapetenwechsel."

Es waren Semesterferien, und ob Sarah ihr Masterstudium in Wien aufnehmen würde, interessierte im Moment niemanden, am allerwenigsten sie selbst. Sarah hatte Mühe nach vorne zu schauen. „Ich glaube, ich werde irre", dachte sie bei sich. Es ging ihr auf die Nerven, zwanghaft in die Vergangenheit zu fallen und sich in ihr eingeschlossen zu fühlen wie in einem Käfig. Die schönen Erinnerungen machten sie schwermütig, und die Kontrolle über sich verloren zu haben, ängstlich. In der ersten Nacht bei Antonia war sie völlig ausgerastet. Sie konnte sich nicht an alles erinnern, was nicht nur daran lag, dass sie mit Antonia zuviel Wein getrunken hatte. Sie hatte sich schon auf dem Sofa zum Schlafen gelegt, schwindelig vom Rausch und den tränenreichen Gesprächen, als eine SMS von Lucas ihr Handy neben dem Kopfkissen in einen Spot verwandelte. Ihr Herz raste, als sie den grellen Text las: „Meine liebe Sarah, wir schaffen es im Moment nicht, vernünftig miteinander zu reden. Lass uns Zeit. Bitte! Ich kann dich nicht daran hindern, JETZT zu gehen. Aber vielleicht ist das unsere einzige Chance. Pass auf dich auf! L.".

Sarah war mit einem Satz vom Sofa gesprungen, gegen den Couchtisch getaumelt und hatte nach zwei misslungenen Versuchen, die umgestoßenen Gläser und Kerzen zu schlichten, wutentbrannt ein Teil nach dem anderen an die Wand geschleudert, sogar ihr Handy daran zerspringen lassen. Wie in einem schlechten Film hatte sie hektisch nach Vasen und Nippes im Raum gegriffen und sie an die mintgrüne Wand gehämmert. Die roten Spuren auf dem Putz verrieten im Dämmerlicht nicht, ob sie von Rotwein rührten oder von Blut. Sie hatte so erbarmungswürdige Schreie ausgestoßen, dass Antonia, aus dem Tiefschlaf erschrocken aus dem Bett gesprungen, sie mit aller Kraft umarmen musste, um Sarahs Wahn zu brechen. Immer lauter hatte Antonia Sarahs Namen rufen müssen, um sie zu übertönen und ihr in Erinnerung zu brüllen, wer sie eigentlich war. Am Ende lag Sarah winselnd auf der Couch, während Antonia ihr wortlos die Schnittwunden an der rechten Hand verband.

Sarah tippte mit ihrer verletzten Hand umständlich auf dem Notebook. In jener Nacht vor drei Tagen, in der sie völlig ausgerastet war, so wie noch nie in ihrem Leben, hatte sie keine Schmerzen gespürt. Jetzt brannte die Handkante noch immer, obwohl die Schnittwunden sich allmählich schlossen. Ihr kamen Presseartikel in den Sinn, die beschrieben, warum Menschen körperliche Schmerzen kaum wahrnehmen, wenn der psychische Schmerz zum selben Zeitpunkt noch größer ist. Als würde die psychische Qual die körperliche schützend überlagern.

„So weit habe ich es also nun gebracht." Sarah wunderte sich, zu so einer wahnsinnigen Raserei fähig zu sein. Für derartige Ausbrüche hatte sie, selbst wenn es andere betraf, bisher wenig Verständnis aufbringen können. Sie schämte sich.

Antonia war hier deutlich geübter. Hysterische Anfälle waren ihr nicht fremd. „Was soll's?", zuckte sie mit den Schultern. „Hauptsache, es ist raus! Auf solchen Hormonschlachtfeldern geht's halt nicht sonderlich vornehm zu."

Immerhin hatte Sarah sich ein neues Handy gekauft und eine neue Nummer zugelegt. Lucas' Nachricht war das letzte, was der alte Anschluss hergeben durfte, und Sarah sah die Kommunikation auf diesem Wege für beendet an. Lucas hatte das Schlimmste zugelassen, was passieren konnte: Er hatte sie gehen lassen, sich nach zwei Telefonaten von ihr verabschiedet. In langen Monologen. Er hatte nicht versucht sie umzustimmen, dafür um ihr Verständnis gebeten. Für sich. Wie es Sarah erging, dürfte ihm klar gewesen sein, denn er stellte keine Fragen. Seine Worte waren wie Sprechblasen, ein geblähtes Nichts, in dem sie gar nicht mehr vorkam. Ja, er hatte ihr gesagt, dass er sie noch immer liebte. Aber dass die Situation „gerade sehr kompliziert" wäre. Schließlich gelte Laura als ein innovatives Mitglied im Team, eine hochbegabte Architektin, auf die niemand verzichten wollte. Laura täglich an seiner Seite zu wissen, von morgens bis abends und wohl längst darüber hinaus, diese Vorstellung hatte sich in ihrem Bewusstsein regelrecht festgekrallt. Laura, dieser Gegenentwurf zu ihr, mit ihrem gradlinigen Chic und dem selbstbewussten Vertrauen in ihre eigene konturenscharfe Attraktivität. Lucas hatte ihr seine Kollegin einmal vorgestellt, als sie ihn aus dem Büro abholte. Dass diese „Eisente", wie Antonia Laura nur mehr bezeichnete, Sarah einmal gefährlich werden könnte, wäre ihr nie in den Sinn gekommen. Laura hatte in ihr nicht einmal einen Anflug von Eifersucht geweckt.

Jetzt jedenfalls müsste er, das war Lucas besonders wichtig, unter allen Umständen verhindern, in der Firma „Unruhe aus privaten Gründen" auszulösen. Er hatte versprochen, die Angelegenheit mit Laura zu klären. „Ich weiß, was ich dir zumute, Sarah", hatte er mit beschwörender Stimme gesagt und eine lange Pause eingelegt, damit Sarah den vollen Umfang seines Einfühlungsvermögens begreifen konnte. „Aber ich muss diplomatisch mit Laura umgehen. Ich brauche Zeit. Sie ist impulsiv! Und sensibler als man glauben könnte … und das gefährdet meine Stellung in diesem heiklen Projekt! Es ist ein Millionenauftrag, Sarah! Neunstellig!"

Lucas hatte ununterbrochen auf sie eingeredet, dass sie doch bitte Verständnis für seine komplexe Zwangslage aufbringen sollte. Er beschrieb im Detail die allseits bekannte Unkalkulierbarkeit chinesischer Kunden, die seine Arbeit zu einem Balanceakt werden ließe, ganz unabhängig von den technisch anspruchsvollen Herausforderungen. Und über den selbstverständlichen Anspruch an Teamprofessionalität seitens des Chefs, der Unkonzentriertheiten seiner Projektleiter „in keinem Fall" tolerieren würde, schon gar nicht wegen einer so kleinen und unwichtigen Affäre.

„Das ist aber eine scharfe Beruhigungssuppe, die er dir da serviert hat", ätzte Antonia. Ihre Augen verengten sich. „Heißt das jetzt, du sollst seine Geliebte akzeptieren, weil sonst in China das Hotel umfällt?" Ihr Tonfall hatte bereits eine derart verächtliche Tiefe erreicht, dass Sarah schon wieder kurz davor war, Lucas zu verteidigen. Solange Antonia sie tröstete und ihr Recht gab, war alles in Ordnung. Aber sobald sie den Eindruck erweckte, als wollte sie Lucas jegliche Moral absprechen, stellte Sarah sich innerlich schützend vor den Mann ihres Lebens.

Sie fühlte sich Lucas noch immer so eng verbunden, dass sie Anfeindungen gegen ihn auch als Angriffe gegen sich empfand. Aber das hätte sie Antonia nicht erklären können. Sarah war froh, dass sich ihre Freundin so selbstlos um sie kümmerte, in jedem Fall einfühlsamer, als ihre Mutter dazu in der Lage gewesen wäre.

Helene Hansen hatte wie erwartet sachlich auf die Neuigkeiten ihrer Tochter reagiert und gleich einen Rettungsvorschlag unterbreitet: „Was hältst du denn davon, den Sommer in Frankreich zu verbringen? Ich könnte meine alte Freundin Lydia anrufen. Ich hab dir doch schon oft von ihr erzählt. Sie kann immer wen brauchen, der sie unterstützt. Das wäre jetzt genau das Richtige für dich."

Sarah kannte Lydia Grünauer sehr wohl aus Erzählungen ihrer Mutter. Sie hatten miteinander in München studiert und sich nie aus den Augen verloren. Lydia wurde Kunsthistorikerin und lebte nach dem Tod ihres Mannes seit fast zehn Jahren im Béarn, im atlantischen Hinterland nahe der Pyrenäenkette, eine knappe Autostunde von Biarritz entfernt. Dort hatte sie ein fünfhundert Jahre altes Herrenhaus mit akribischem Sachverstand und leidenschaftlicher Hingabe nach und nach renoviert. Das Château d'Orion war inzwischen eine Institution, die weit über das Département Pyrenées-Atlantique hinaus Berühmtheit erlangt hatte. Lydia veranstaltete dort in den Sommermonaten philosophisch-literarische Seminare, zu denen Interessierte vor allem aus Deutschland, Österreich und der Schweiz anreisten. Beinahe hätte Sarah Lydia sogar schon einmal persönlich kennengelernt, vor fast zwei Jahren, als Lucas sie seinen Eltern in Saint-Émilion vorgestellt hatte. Aber dann war die Zeit doch zu knapp und die dreistündige Fahrt in den Süden zu aufwendig gewesen. Schließlich wollte Sarah so viel wie möglich von Lucas' Heimat sehen, verstehen woher er kam und ein gutes Bild von sich bei seinen Eltern hinterlassen, was ihr spielend gelungen war.

Das Telefonat mit ihrer Mutter hatte Sarah gekränkt. Ihre Mutter war für Sarahs Empfinden zu wenig verwundert, zu wenig bestürzt gewesen. Viel zu kurz hatte sie ihr Bedauern geäußert, dass Sarah nun nicht, wie geplant, nach Rom kommen würde. Stattdessen hatte sie bereits eine ihrer spontanen Patentlösungen parat, die nicht hieß „Komm doch nach Hause, meine kleine arme Tochter!", sondern: „Du brauchst Abstand, Sarah. Überleg dir das mit Orion." Der rationale Umgang ihrer Mutter mit seelischen Problemen war ihr durchaus vertraut, aber diesmal hatte sie sie empfindlich verletzt. Wieder fühlte sie sich ihrem Vater näher, der hochsensibel und mitfühlend gewesen war, wenn auch selten eine tatkräftige Stütze. Helene Hansen hatte nach ihrer Scheidung keinen neuen Mann in ihr Leben gelassen – und wenn, dann hatte Sarah nie etwas davon bemerkt. Ihr war das sehr recht. Zuhause waren solche Themen tabu. „Ja, ich rufe dich an, wenn ich mich entschieden habe", hatte Sarah gleichmütig geantwortet. Was ihre organisatorisch so perfekte Mutter wohl nicht realisiert hatte, war die Tatsache, dass Orion empfindlich nah bei Saint-Émilion lag. Waren dreihundert Kilometer weit genug entfernt, um in Frankreich nicht alles mit ihm zu verbinden?

„Ich finde den Vorschlag deiner Mutter gut", sagte Antonia und stellte Sarah einen Cappuccino neben das Notebook. Sie hatten gemeinsam die Homepage von Lydias Château angesehen, was bei Antonia gleich ein sehnsuchtsvolles Stöhnen hervorrief. „Das ist ja traumhaft! Ich sag dir was: Du könntest auf einem anderen Planeten leben und du kriegst Lucas nicht aus deinem Kopf, wenn du es nicht willst. Also, was rechnest du in Kilometern?"

„Wahrscheinlich hast du Recht, Toni", sagte Sarah und atmete tief durch. Dann nahm sie ihre starke Freundin in den Arm und drückte sie fest an sich. „Wenn ich dich nicht hätte ..."

Sie lächelte Antonia an, die ihre erste Chance sah, Sarah endlich ein wenig erheitern zu können: „Schatzi, du weißt doch: The first rule of the hole: Wer im Loch sitzt, darf nicht weiter graben!"

Sarah belohnte Antonia mit einem Schmunzeln und klopfte mit ihrer heilen Hand zur Bestätigung zwei Mal auf den Küchentisch.

Am nächsten Tag schüttete es wie aus Kübeln. In der Nacht waren heftige Gewitter über Wien hereingebrochen und hatten die unerträgliche Julihitze vertrieben. Sarah hatte von all dem nichts mitbekommen. Es war die erste Nacht, in der sie durchschlafen konnte. Sie fühlte sich jetzt nahezu normal, nicht mehr wie unter schlechten Drogen. Nicht dass sie je Drogen genommen hätte, aber genauso, da war sie sich sicher, musste es Junkies ergehen, die an einen schlechten Trip geraten waren. Diese Schmerzen, gegen die sie machtlos war, nie gekannte Angstzustände und Weinkrämpfe. Während der ersten beiden Tage hatte Antonia sogar zaghaft geäußert, sie vielleicht in die psychiatrische Ambulanz des Wiener Allgemeinen Krankenhauses bringen zu dürfen. Aber der Vorschlag war von Sarah empört abgeschmettert worden. Der tiefe Schlaf hatte ihr Kraft geschenkt, auch wenn ihr die Traurigkeit noch immer im Nacken hockte.

Antonia hatte die Wohnung früh verlassen. Sarah wählte die Nummer von Lydia Grünauer in Orion. „Sarah! Wie schön, dass du dich meldest! Ich hab schon auf deinen Anruf gewartet!" Lydia machte es ihr leicht. Ihre Stimme klang fast mütterlich aufmunternd und so, als würde sie Sarah seit Ewigkeiten persönlich kennen.

„Oh, Frau Grünauer, das …"

„Aber Sarah", unterbrach Lydia mit einem Lachen in der Stimme, „du wirst mich doch nicht siezen wollen! Sonst fühle ich mich gleich uralt! Außerdem kenne ich dich seit deiner Geburt. Jedenfalls durch Fotos, die deine Mutter mir früher einmal geschickt hat."

„Ach so?" Sarah wunderte sich tatsächlich. Dass ihre Mutter Fotos von ihr verschickte – soviel Mutterstolz hätte sie ihr gar nicht zugetraut. „Nun ja, Lydia, also … Mama meinte, du könntest Unterstützung im Château brauchen … Was dürfte ich denn tun? Ich meine …" Sarah stotterte ein wenig herum und genierte sich dafür.

„Sarah, ich brauche dich hier an allen Ecken, zum Denken, zum Kochen und zum Gästebetreuen. Nach den Erzählungen deiner Mutter bist du hier genau richtig."

„Mein Gott, was hat sie denn gesagt …?" Sarah, die sich überhaupt nicht vorstellen konnte, mit welchen Worten ihre Mutter sie empfohlen haben dürfte, stellte sich so ungeschickt an, dass sie bei jedem anderen Vorstellungsgespräch wahrscheinlich gnadenlos durchgefallen wäre.

Lydia schien das nicht zu stören. Sie plauderte fröhlich weiter. „Mach dir keine Sorgen, Sarah. Es gibt hier noch zwei weitere junge Leute, die mir unter die Arme greifen."

„Oh … das ist ja schön." Sarah ärgerte sich über ihre uncharmante Einfallslosigkeit.

„Also, wann kommst du denn nun? Am besten so schnell wie möglich. In zwei Wochen beginnt schon die neue Denkwoche."

„Welches Thema?"

„Das Ereignis der Liebe denken! Wir haben einen guten Referenten gewinnen können, Professor Rolf Heinemann von der Philosophischen Fakultät in Stuttgart."

„Ach ... also ... ich weiß nicht, ob ich mich bei dem Thema gerade gut einbringen kann ... Weißt du, ich ..."

„Weißt du was, Sarah, das besprechen wir alles, wenn du da bist, ja? Ich muss nämlich gleich nach Salies auf den Markt und bin schon spät dran." Lydia schien unerschütterlich. Sarah war sich sicher, dass ihre Mutter Lydia von ihrer privaten Katastrophe erzählt hatte. „Schreibe mir doch bitte, mit welcher Maschine du kommst! Eveline oder Paul werden dich dann in Biarritz abholen! Also dann, meine Liebe! Ich freue mich!"

Sarah lehnte sich auf der Küchenbank zurück, kniff die Augen zu und schüttelte kurz den Kopf. Sie hatte sich nicht mit Ruhm bekleckert. Aber egal. Es war ein Schritt. Ein großer Schritt für diese Zeit.

In den nächsten drei Tagen organisierte Sarah mit Antonias Hilfe ihre Reise nach Orion. Mit Lucas hatte sie per Mail verabredet, dass sie ihre Sachen aus der Wohnung holen würde, wenn er nicht da wäre. Mit ihm telefonieren wollte Sarah unter keinen Umständen. Seine warme Stimme hätte sie zurückgeworfen und nichts als Sehnsucht hervorgerufen, gegen die sie ohnehin immer wieder ankämpfen musste. Überhaupt hatten sie vereinbart, in den nächsten Wochen nicht in Kontakt zu treten.

„Schreib mir, wohin ich dir die Post nachschicken soll", hatte er wissen wollen und „Wohin fährst du jetzt?"

„Ich bin jetzt einfach weg", hatte sie zurückgeschrieben, „unterwegs. Irgendwo. Und nicht erreichbar." Lucas hatte es dabei bewenden lassen.

Den Aufzug benutzte sie nicht, als sie das Haus in der Servitengasse betrat. Langsam und mit einem mulmigen Gefühl in der Magengrube stieg sie die achtzig Stufen zu ihrer Wohnung hinauf. Antonia folgte ihr leicht keuchend. Das Haus schien an dem Vormittag wie ausgestorben. Nirgendwo hörten sie Geräusche noch begegneten sie einem

Nachbarn. Sarah überließ es Antonia, die Wohnungstür aufzusperren. Sie füllte ihren größten Koffer mechanisch mit Sommergewand und Büchern. Kurz überlegte sie, ob sie das Foto in dem Silberrahmen auf dem Küchenfensterbrett mitnehmen sollte, das sie und Lucas engumschlungen und mit glühenden Wangen auf einer Skihütte zeigte. Antonia nahm ihr die Entscheidung ab, schob sie sanft zur Seite und legte das Bild auf seine Glasseite.

„Glaubst du, ich werde hier je wieder leben?", fragte Sarah leise.

„Wer kann das schon wissen. Jetzt fliegst du erst mal in ein Paradies und arbeitest. Dafür kannst du dem lieben Gott danken. Ich beneide dich darum!" Antonias Ton klang unbefangen. Gleichzeitig fühlte es sich so an, als würden ihre Worte einfach auf den Boden fallen und von niemandem aufgehoben werden. „Männer!", schob Antonia nach. „Sie haben keine Ahnung! Sie kapieren einfach nicht, dass wir mit ihnen alt werden wollen und nicht wegen ihnen!" Mit einem Ruck hievte sie stöhnend den gepackten Koffer auf seine Rollen. „Abflug, Sarah! Komm!"

## Vier

Der Flug nach Biarritz war ruhig. Sarah beobachtete die silbrig schimmernde Wasseroberfläche im frühen Abendlicht. Sie hatte seit ihrem Transit in Paris nicht mehr an Lucas gedacht. Der Engländer auf dem Sitz neben ihr hatte sich durch ihre Zurückhaltung nicht bremsen lassen und seiner Nachbarin ein Gespräch über die Geduld beim Wellenreiten aufgedrängt. „Ich heiße Mark", hatte er sich vorgestellt und neben ihr Platz genommen, als hätten sie sich auf einen Drink verabredet. Er hatte etwas Aufgeregtes an sich. Freude blitzte in seinen Augen. Es dauerte keine fünf Minuten, bis er sie in ein Gespräch über das Surfen gezogen hatte. Sie hatte gar keine Zeit, darüber nachzudenken, ob er zu dreist wäre oder sie zu spröde. Er war ihr die Spur zu sympathisch, um sich von ihm genervt zu fühlen. Außerdem war sie dankbar für jede Ablenkung.

„Das Warten auf die perfekte Welle ist genauso wichtig wie das Warten auf die perfekte Frau", sagte er, nachdem er lange über das Surferparadies Biarritz geschwärmt hatte.

„Gnade", dachte sie, „das wird doch jetzt bitte keine platte Anmache." Mark strich seine blonden Locken aus dem Gesicht. Er hatte die Präsenz eines Werbespots. Sarah musste grinsen. „Aha", sagte sie spitz. „Und wann merkt man, dass der perfekte Moment da ist?" Sie schätzte ihn auf Mitte zwanzig.

„Das spürt man durch Erfahrung, durch große Konzentration und Hingabe."

„Durch Erfahrung", wiederholte sie ironisch.

„Und eben durch Geduld. Du lässt dir Zeit, bis der Wind aufs Meer hinausweht, paddelst ruhig die Welle an und wartest auf den einzigen idealen Moment, bei dem die Welle beginnt sich aufzutürmen ... wie ein lauerndes Glück. Und dann ...", Marks Augen blitzten auf, „dann stößt du dich ab, springst aufs Brett und lässt dich von der Welle mitnehmen ... spielst auf ihr ... das ist großartig ... einfach großartig." Mark zuckte mit den Schultern. „Ach, weißt du, eigentlich kann man nicht beschreiben, was da abgeht. Es ist ein Rausch." Er wurde allmählich ruhiger und erzählte von der Surfschule, bei der er jetzt schon die dritte Saison arbeitete. Und von dem Kampf mit den Wellen und den Worten.

„Worte klingen immer banal verglichen mit dem, was tatsächlich in einem vorgeht, oder? Das ist doch in allen Dingen so, findest du nicht?" In seiner Stimme lag weder ein Flirt noch eine Herausforderung. Er plauderte einfach weiter. „Die Welle macht dich high. Aber es ist irgendwie ein paradoxes Gefühl! Einerseits gleitest du mit der Welle in die perfekte Harmonie, und gleichzeitig spürst du, dass du sie besiegt hast."

Harmonie und Kampf gleichzeitig, das war für Sarah etwas Unvorstellbares. „Wie kannst du Harmonie in einem Idealzustand fühlen und gleichzeitig kämpfen?", wollte sie wissen.

„Weil du mit der Welle eins bist, eine unvorstellbare Nähe spürst. Nichts anderes existiert mehr. Ohne sie bist du in dem Moment nichts, gar nichts."

„Die Natur macht, was sie will", widersprach Sarah gleichmütig, „ihr seid keine gleichberechtigten Partner, du und die Welle."

„Das empfinde ich nicht so. Die Welle ist egoistisch, genau wie ...", er machte eine Pause, „... genauso wie ich." Sarah zog ihre Augenbrauen etwas spöttisch in die Höhe. „Die Natur ist uneitel", schob er schnell nach, „egoistisch, aber uneitel."

Sarah musste lachen. „Genauso uneitel wie du, oder wie?"

„Das könnte man durchaus so sagen", grinste er.

„Und was ist, wenn der perfekte Wind auf sich warten lässt?"

„Dann sitzt du am Strand, siehst aufs Meer hinaus, wartest und wartest ... und versinkst in tiefer Melancholie."

„Hmm ...", nickte Sarah, „und das ist bei der Liebe auch so, wenn die Flaute eintritt ..."

„Genau!" Mark war sichtlich zufrieden. „Genau so ist es! Aber Gott sei Dank passiert das in Biarritz nicht oft. Deshalb bin ich ja hier! Schau!" Er beugte sich etwas zu nah an Sarah vorbei zum Fenster und deutete auf die Grande Plage, die während des Landeanflugs immer größer unter ihnen sichtbar wurde. Der Strand war voller Menschen, und die Wellen liefen schäumend am Ufer aus. „Jetzt ist es da unten am schönsten!", sagte er mit fast zärtlicher Stimme. „Bald geht die Sonne unter. Das ist das Paradies ..."

In der kleinen Ankunftshalle des L'aéroport Biarritz-Anglet-Bayonne erblickte Sarah sofort einen jungen, schlaksigen Mann mit streichholzkurzen dunklen Haaren und einem viel zu großen, olivgrünen Hemd. Mit einem Schild mit der Aufschrift „Château d'Orion" fächelte er sich Luft zu. Es war stickig in der Halle, und die Sonne tauchte sie in gelbes Licht. Der junge Mann musste Paul sein, der neunzehnjährige Praktikant vom Château, der in München studierte. Lydia hatte ihr gemailt, dass Paul sich geradezu aufgedrängt hätte, sie abzuholen. Ein Autonarr.

Sarah ging lächelnd auf ihn zu und streckte ihm die Hand entgegen: „Ich bin Sarah."

Paul lächelte sie ebenfalls an und nickte etwas verlegen: „Paul. Herzlich willkommen!" Sogleich nahm er ihren Koffer und deutete unverzüglich mit der freien Hand auf den Ausgang. Sarah schaute sich noch einmal nach Mark um. Der stand noch am Gepäckband, hievte seinen Rucksack, der ihn um einiges überragte, kraftvoll auf den Rücken und packte sein in Luftpolster gehülltes Surfbrett unter den Arm. Sein athletischer Körper zeichnete sich deutlich unter seinem hellblauen T-Shirt und der Leinenhose ab.

„Also, hab eine gute Zeit! Du weißt, wo du mich findest. Ich bin jeden Tag an der Plage", sagte er.

„Ok", Sarah nickte und sah zu ihm auf. „Vielleicht. Aber ich habe sicher viel zu tun."

„Ach, wir Surfer haben Geduld. Viel Geduld.", grinste Mark. Er setzte sich geschmeidig in Bewegung. Ohne sich umzudrehen rief er: „Und vor Sonnenuntergang ist es am schönsten!"

Paul sprach nur das Nötigste. Er schien sich auf das Fahren konzentrieren zu wollen, unangestrengt und ohne sich durch unnötige Konversation vom Fahrvergnügen ablenken zu lassen. Sarah genügte es, ihm beim Lenken zuzusehen. In einem solchen Wagen war sie noch nie gefahren. Es war ein sandfarbenes Peugeot 204 Cabriolet „aus dem Jahr 1969, das erste Peugeot-Modell der unteren Mittelklasse und das erste mit Frontantrieb. Immerhin: 1123 Kubik Hubraum bei 59 PS". Die Vorstellung seines Automobils fiel bei Paul etwas großzügiger, aber ebenso schnörkellos aus wie die seiner eigenen Person. Sarah band ihre langen braunen Haare zu einem Knoten zusammen, weil der warme Fahrtwind sie ihr ins Gesicht wirbelte, was sich wie kleine Peitschenhiebe anfühlte. Sie musterte Paul von der Seite und beobachtete fasziniert, wie er mit kräftigen, aber behutsamen Bewegungen den Ganghebel der Lenkradschaltung hinaufdrückte, hinunterzog und dann wieder nach oben schob. Die A 64 war fast leer, und das Cabriolet rollte auf dem ruhigen Asphalt in der frühen Abendsonne dahin. Sarah fühlte sich wie in einem Film, völlig aus der Zeit. Sie erinnerte sich an die französischen Spielfilme aus den sechziger und siebziger Jahren, die sie so gern sah und in denen Jean-Paul Belmondo oder Michel Piccoli rasante Verfolgungsjagden meisterten. Immer mit coolen Sprüchen und schönen Frauen, dafür ohne Kopfstützen und nie ohne Zigarette.

Sarah kam sich ziemlich bieder vor. Sie hatte sich schon einige Male gefragt, ob die Generationen ihrer Eltern oder vor allem ihrer Großeltern nicht ein aufregenderes Leben geführt hätten. „Wir sind emotionale Beckenrandschwimmer", hatte Antonia einmal gemault. „Alles abgesichert, versichert, zugesichert. Komm, wir gehen nach Afrika! Oder nach New York!" Paul war ihr sympathisch.

Er dürfte ihre Blicke gespürt haben und drehte den Kopf zu ihr: „So was gibt es nicht mehr oft", rief er, den Fahrtwind übertönend, „die wurden nur kurz hergestellt!"

„Aha!" Sarah nickte heftig.

„Der hat sogar schon Scheibenbremsen. Das war damals eine Sensation!"

„Wo hast du den denn her?"

„Aus dem Internet. Von einer alten Dame in Toulouse."

„Verdienst du im Château so viel, dass du dir mal eben ein Cabriolet leisten kannst?", wunderte sich Sarah.

Paul winkte mit der rechten Hand ab. „Schnäppchen!", rief er und nach einer Weile: „Mein Vater hat das meiste bezahlt. Der ist nach dem Wagen genauso verrückt wie ich. Der freut sich schon, wenn ich mit ihm wieder nach München komme."

Die Verdienstmöglichkeiten im Château waren niederschmetternd. Das hatte Lydia ihr schon erklärt: zu hohe Restaurierungskosten der herrschaftlichen Immobilie, die von den Einnahmen noch nicht gedeckt werden konnten. Bei Sarah handelte es sich sozusagen um eine bezahlte Flucht. Wenn sich die Dinge nicht auf diese Weise ergeben hätten, vielleicht sogar zufällig, dann wäre sie hier nie gelandet. Sarah sah die Sache fatalistisch. Außerdem wäre sie ohne ihre Mutter und Antonia nie in der Lage gewesen, einen eigenen Rettungsplan für sich aufzustellen.

Paul widmete sich wieder dem Fahren, manchmal auf irgend etwas deutend, das ihm im Vorbeifahren auffiel. Fünf kreisende Bussarde oder ein Hinweis auf die Tour de France, die demnächst hier durch das Département Pyrenées-Atlantique führen würde. Sarah war es sehr recht, sich nicht unterhalten zu müssen. Sie war müde. Ihre

Gedankenfetzen über Mark, Antonia und Wien, über Lucas und Laura ... Sie wurden ihr vom Fahrtwind abgenommen und vom Geruch frisch gemähter Weizenfelder verdrängt. Das monotone Motorengeräusch hüllte sie ein wie in eine meditative Kapsel. Nach einer Weile riss das hektische Klacken des Blinkers sie aus ihrer Stimmung. „Salies-de-Béarn", zeigte das Ausfahrtsschild an der Autobahn an.

„Wir sind bald da", rief Paul. Sarah hatte gar nicht bemerkt, dass sie schon fast eine Stunde unterwegs waren. Sie verließen die Autobahn, zahlten an der Péage die Maut und fuhren jetzt über zunehmend hügelige und kurvige Landstraßen. Wiesen, gesäumt von kleinen Baumgruppen, und streng gereihte Weinfelder flossen an ihnen vorbei. Sarah setzte sich auf und atmete die milde Luft tief ein. Am Straßenrand fielen ihr einige kleine Anwesen auf, die offensichtlich nicht bewohnt waren. Verwachsene gusseiserne Tore und geschlossene verwitterte Fensterläden ließen die Sandsteinhäuser wie verwunschene Schlösschen aussehen. Dann häuften sich moderne Einfamilienhausgruppen. Bauernhöfe lagen in schützenden Hainen. In der Ferne entdeckte Sarah bereits die Pyrenäen und war tief beeindruckt von ihrer abgerundeten Ebenmäßigkeit und Schönheit. Durch die niedrig stehende Sonne wirkten sie romantisch und anziehend, nicht so schroff und spitz wie die Alpen. Das Licht ließ den Tag brüchig werden. Sarah spürte allmählich die Reiseanstrengungen. Der Wagen fuhr jetzt auf einer schmalen Straße, flankiert von riesigen Platanen, die einen langen grünen Tunnel bildeten. Für Sarah war es ein Augenblick, in dem alles zu schweben schien, summend, unbehelligt von Raum und Zeit.

Paul deutete nach rechts. „Das ist Salies da drüben. Berühmt für sein Salz. Ein Kurort seit dem Mittelalter."

„Aha", nickte Sarah.

„Die Salieser sind ganz stolz darauf, dass sogar Marcel Proust bei ihnen kurte."

„Was denn für eine Kur?"

„Er dürfte eine Nervenschwäche gehabt haben."

„Das ist ja interessant. Und? Hat es geholfen?"

„Das weiß ich nicht so genau. Musst du Lydia fragen. Die kennt hier jeden Stein."

Sarah hatte während ihres Studiums einen großen Teil von Prousts Romanzyklus *Auf der Suche nach der verlorenen Zeit* verschlungen. „Was wir die Wirklichkeit nennen, ist eine bestimmte Verbindung zwischen Empfindungen und Erinnerungen, die uns gleichzeitig umgeben ..." – Sarah hatte Proust für seine Genialität bewundert, die Subjektivität von persönlichen Wahrnehmungen zu inszenieren. Für ihn konnte jeder nur seine eine eigene Wahrheitsvorstellung besitzen, eine allgemeine Wirklichkeit existierte nicht. Sarah wollte mit ihrer vergangenen Wirklichkeit gerade nichts zu tun haben.

„Verdammt!", riss Paul sie aus ihren Gedanken. „Das darf doch nicht wahr sein!" Das Cabriolet fing an zu stottern und zu stolpern, als würde Paul in kurzen Abständen auf die Bremse treten.

„Was ist los?" Sarah stützte sich gegen das Armaturenbrett.

„Die Tankanzeige! Diese Tankanzeige funktioniert nicht richtig! Wir haben doch tatsächlich kein Benzin mehr! Verdammt!" Der Wagen stand nun mitten auf der engen Landstraße. Paul schlug mit der rechten Hand wütend auf das schmale Lederlenkrad.

„Und jetzt?", wollte Sarah wissen und ohne eine Antwort abzuwarten: „Ich rufe Lydia an. Sie soll uns abholen."

„Das lohnt nicht", antwortete Paul genervt, „das Château liegt da vorn." Er sah Sarah von der Seite an, als wäre sie Schuld an der Misere. Sie fand es komisch. Paul vermied es, in ihr grinsendes Gesicht zu sehen. Gemeinsam schoben sie das Cabriolet auf einen Grasstreifen neben der Fahrbahn. Paul stemmte Sarahs Gepäck aus dem Kofferraum. Er ignorierte, dass sie es ihm abnehmen wollte, und ging mit großen Schritten, den Koffer hinter sich her zerrend, der Häusergruppe entgegen, die auf einer leichten Anhöhe nah vor ihnen lag. Sarah folgte ihm amüsiert. Dabei ließ sie abwechselnd ihre Arme kreisen, um sich nach dem langen Sitzen Bewegung zu verschaffen.

Nach wenigen Minuten blieb Paul stehen und deutete schnaufend auf ein gusseisernes Tor, dessen Flügel offenstanden. Auf dem linken steinernen Torpfeiler war ein weißes Schild angebracht, nicht viel größer als ein Buchdeckel, auf dem in geschwungener Schrift Château d'Orion zu lesen war. Daneben entdeckte sie auf einem Steinblock eine übermannshohe, grob behauene Gedenktafel, die an die spitz zulaufende Form einer Mitra erinnerte. Im oberen Teil war das Lothringer Kreuz mit dem doppelten Querbalken eingemeißelt. Darunter stand in großen Lettern: „DE 1940 A 1944 – RÉPONDANT A L'APPEL DU GÉNÉRAL DE GAULLE – ORION". Und weiter klärte die Tafel darüber auf, dass Orion, dieser kleine Ort, der heute nicht mehr als vierhundert Einwohner zählte, während der deutschen Nazibesetzung im Zweiten Weltkrieg zum Netzwerk der Résistance gehörte und für die Ehre und die Freiheit des Vaterlandes gekämpft hatte. Darunter las sie den Namen Paul Labbé, der sich um seinen Heimatort verdient gemacht hatte. Weiter konnte Sarah nicht lesen. Paul, der ihren Koffer unbeirrt weitergeschleppt hatte, war nicht mehr zu sehen.

Sarah beeilte sich hinter ihm her. Sie passierte einen kleinen Gemüsegarten mit hohen Stauden noch grüner Rispentomaten, jungen Zucchini, prächtig reifen Auberginen und einem spiralförmig angelegten Kräutergarten. Rechts reihten sich Kiefern daran, und anschließend glänzten hohe Lorbeerbüsche. Sarah blieb abermals stehen. Sie war völlig eingenommen von der Schönheit dieser Natur. Sie konnte ihren Blick kaum lösen von dem fantastischen Panorama, das sich vor ihr ausbreitete. Ein sanft abfallendes Tal mit hügeligen Wiesen und weißen Rindern, das allmählich, aber kraftvoll zu der majestätischen, violetten Silhouette der Pyrenäenkette aufstieg. Sarah rührte sich nicht. Die Luft war still und warm, nur einige Mückenschwaden webten Muster in das klare, altgoldene Licht des Abends. Eine nahe Kirchenglocke schlug acht Mal mit hellen, kurzen Klängen. Sarah folgte weiter dem Weg. Noch einmal ertönte die Kirchenglocke, wie-

der acht Mal, was sie kurz irritierte. Endlich zeigte sich hinter den schützenden Lorbeerbüschen das Château, vor dem ein großzügiger Kiesplatz lag. Das alte Landschloss strahlte mit seiner Sandsteinfassade, die regelmäßig von weißen länglichen Sprossenfenstern und cremefarbenen Fensterläden unterbrochen war, eine Ruhe aus, als wäre die Zeit hier stehen geblieben. Davor warf die überhaushohe Baumkrone einer mächtigen Platane einen schützenden grünen Schatten auf Sarah. Drei erwachsene Männer hätten Mühe gehabt, den Baumstamm zu umfangen.

Unter dem ausladenden Blätterdach erblickte Sarah einen langen ovalen Tisch, gedeckt mit einem blau gemusterten Tischtuch, Geschirr, Gläsern und Kerzen. Neben dem Tisch lag ein großer Hirtenhund mit dickem weißen Fell im Gras, sein Haupt müde auf beide Vorderpfoten gestreckt, mit Blick auf die Berge. Er reckte kurz seinen Kopf, musterte Sarah brummend und legte sich gelangweilt wieder flach. Das Arrangement sah so aus, als hätte man es aus einem Inserat für französischen Käse gerissen. Niemand war zu sehen, bis Sarah plötzlich Schritte im Kies hörte.

Ihr Blick folgte dem Geräusch. Sie sah eine zarte alte Dame, gebeugt und auf einen Stock gestützt, zum Eingang des Châteaus gehen. Ihre Bewegungen waren vorsichtig, aber zügig und von würdevoller Eleganz. Ihr weißes Haar war kurz geschnitten und nach hinten gekämmt. Sie trug eine weiße Bluse und eine weinrote Stola über ihren Schultern. Ein breiter schwarzer Gürtel um ihre schmale Taille schien sie aufrecht zu halten. Unterhalb ihres hellgrauen wadenlangen Rocks zeigten sich zerbrechlich dünne Beine. Kurz vor den Stufen hielt die Frau inne und drehte den Kopf genauso langsam in Sarahs

Richtung wie eben der Hund. Sie war auffallend blass. Sarah nickte ihr zu. Die alte Dame nickte ebenso und lächelte. Dann ging sie die drei Stufen des Portals hinauf und verschwand im Haus.

Sarah wartete einen kurzen Moment und ging dann ebenfalls durch die geöffnete Tür in die Eingangshalle. Inmitten des quadratischen Raums stand ein alter langer Holztisch, darauf ein großer Strauß weißer Hortensien und geschlichtete Bücher und Prospekte. Sarahs Aufmerksamkeit wurde auf das Ölportrait einer wunderschönen jungen Frau aus der Zeit des Fin de Siècle gezogen, das lebensgroß dem Eingang vis à vis über einer alten Truhe hing. Sarah betrachtete das ebenmäßige Gesicht dieser grazilen Frau, deren braune Augen sie mit dem Ausdruck zufriedener Ruhe ansahen. Das Kinn lief spitz zu, so dass ihr Gesicht unter dem schwarzen großkrempigen Hut die Form eines Herzens bildete.

„Das ist Madame Marie Labbé, eine geborene Reclus. Sie war eine herausragende Dame des Hauses und hat hier in jungen Jahren literarische Salons geführt." Sarah hatte Lydia nicht kommen hören. Sie wusste sofort, dass sie es war, die sie um die Schulter fasste und so tat, als würde man sich schon immer gekannt und nie aus den Augen verloren haben. „Ich hoffe, ich habe dich nicht erschreckt, Sarah", sagte Lydia mit mütterlichem Ton. „Ich freue mich so, dass du da bist! Paul hat mir gerade Bescheid gegeben. Ich fürchte, er muss sich erst mal von der Fahrt erholen." Sie lachte hellauf. „Er kommt nicht darüber hinweg, dass ihm der Sprit ausgegangen ist."

Sarah musste ebenfalls lachen. Dann fragte sie: „Ich bin eben einer alten Dame begegnet. Wer war das?"

„Madame Labbé, Marguerite Labbé."

„Die Tochter von der Dame auf dem Ölbild?"

„Nein, ihre Schwiegertochter. Von ihr habe ich das Château gekauft. Sie wohnt weiterhin hier. So. Aber nun gehen wir in die Küche! Du musst doch Hunger haben! Wir essen gleich alle gemeinsam. Dann lernst du alle Schlossbewohner kennen."

Lydia Grünauer war eine uneitle Frau, die mit ihrer Entspanntheit eine Souveränität ausstrahlte, die Sarah spontan beruhigte. Ihr Ehrgeiz, einen perfekten ersten Eindruck machen zu müssen, verflog. Nicht, dass es ihr egal gewesen wäre, was Lydia über sie denken könnte, vor allem über sie als die Tochter ihrer besten Freundin, nein. Lydia machte einfach den Eindruck, ein Menschenfreund zu sein. Sarah folgte ihr durch einen schmalen Gang zur Küche. Es duftete nach Backofen. Lydia redete und gestikulierte unaufhörlich. Ihr dunkler Pagenkopf blieb keine Sekunde still. Sie trug eine sandfarbene Jeans zu einer eng anliegenden weißen Bluse mit ein paar Spritzflecken vom Kochen. „Es gibt eine Gemüsequiche mit Ziegenfrischkäse, Sarah", sagte Lydia und öffnete die Backofenklappe, um den Zustand der Tarte zu überprüfen. „Können wir dir damit eine Freude machen?", fragte sie hoffnungsfroh.

Sarah schaute sich in der geräumigen Landhausküche um. „Dein Zimmer kannst du dir später ansehen. Jetzt trinken wir erst mal ein Gläschen. Was meinst du?" Lydia öffnete den mannshohen Kühlschrank, holte einen Plastikkanister mit Roséwein heraus und füllte gekonnt zwei schlichte Wassergläser. „Also, noch einmal, herzlich willkommen, Sarah!" Sie drückte Sarah ein Glas in die Hand und prostete ihr zu. „Ich hoffe, du fühlst dich hier wohl!"

„Ganz sicher", Sarah strahlte Lydia an, „wie sollte man sich hier nicht wohl fühlen? Das ist ja ein Traum!"

„Ein Traum mit viel Arbeit, meine Liebe. Das wirst du schon noch sehen! Aber es ist sehr wohl ein Traum, den ich mir hier verwirklicht habe. Hier spürt man meinen Genius Loci. Dieser Ort wurde durch Literaten, Künstler und Wissenschaftler geprägt. Die Atmosphäre hier zieht auch unsere Gäste in ihren Bann. Ich liebe es, Menschen zusammenzubringen, die sich Gedanken über Dinge machen wollen, die uns bewegen. Das können sie hier! Nicht grübeln in staubigen Bibliotheken oder allein im Kämmerchen! Wozu? Dazu braucht es Begegnungen! Berührungen! Impulse!" Lydia erzählte begeistert. Sie gestikulierte mit dem Besteck, streute grobes Salz aus einem Keramikfass über den Salat und anschließend frisch gehackte Kräuter. „Weißt du, hier trauen sich die Leute, unkonventionell zu denken", fuhr sie fort und füllte routiniert Karaffen mit Wein und Wasser. „Und ihre Überlegungen vor allem auch auszusprechen! Mit anderen auszutauschen! Dafür fehlt uns im Alltag doch viel zu oft die Zeit! Du kannst dir gar nicht vorstellen, wie inspiriert ... ja und vor allem zu Neuem motiviert! ... viele Gäste nach unseren Denkwochen wieder abreisen."

Sarah war fasziniert von Lydias Art, über ihr Projekt so enthusiastisch zu sprechen, als hätte man ihr gerade ein großes Geschenk gemacht. Ihren „Salon auf Zeit" verwirklichen zu können, war harte Arbeit gewesen, hatte ihre Mutter erzählt. „Sie hat nie die Hoffnung aufgegeben", hatte Helene Hansen bewundert gesagt, „dabei ist ihr immer wieder das Geld und sicher oft die Kraft ausgegangen. Aber sie ist und bleibt eine Idealistin!"

Nach und nach hatte sich das große Tablett gefüllt, das Lydia nun nach draußen trug.„Nimm den Wein mit, Sarah!", rief sie. „Und das Brot!"

Das Abendessen unter dem lauschigen Dach der Platane war zu schön für Sarah. Die Sonne senkte sich langsam hinter den sanften Linien der Pyrenäenkette und hinterließ einen melancholischen Zauber. Sarah war anfällig für solche Stimmungen, vor allem wenn sie erschöpft war und dann noch der Wein dazu kam. Die Sehnsucht nach Lucas begann sie zu beherrschen. Es hätte nicht viel gefehlt und sie hätte ihn angerufen, ihm gesagt, dass sie ihm verzeihen würde und ohne ihn nicht leben könnte. Nur mühsam gelang es ihr, wieder Haltung zu gewinnen. Es war Teo, der sie aus dem Abseits zurückholte. Der Hund hatte sich neben Sarah postiert und begonnen, seine rechte Seite an ihren linken Oberschenkel zu pressen. Ohne sich zu bewegen und ohne nachzugeben.

„Das ist ein Vertrauensbeweis. Das macht Teo nur bei Menschen, die er mag", erklärte Lydia und beobachtete die beiden mit Wohlwollen. „Pyrenäische Hirtenhunde sind sehr sensibel."

„Und offensichtlich auch sehr stark", murmelte Sarah verunsichert und hatte wirklich Mühe, Teos beharrlichem Druck Widerstand entgegenzusetzen. Es war kein Anlehnen, auch keine Bedrängung. Es war, als wollte er ihr Halt geben und sie dabei mit aller Kraft auffordern, sich bei ihm anzulehnen. Sarah streichelte Teos Rücken und war dankbar.

Irgendwie gelang es ihr, Eveline zu begrüßen, die Lydia ihr in den höchsten Tönen als ihre rechte Hand vorstellte. Sie fragte höflich nach Madame Labbé und ließ sich erklären, dass die alte Dame nie an den Mahlzeiten im Schloss teilnahm. Marguerite Labbé pflegte ihr Nachtmahl grundsätzlich allein auf ihrem Zimmer einzunehmen. Sarah lobte Lydias köstliches Essen, obwohl sie selbst nur wenig Appetit hatte.

„Ich zeige dir jetzt dein Zimmer", sagte Lydia plötzlich, erhob sich und forderte Sarah mit einem Lächeln auf, sie zu begleiten. Sie führte sie durch das tizianrot gestrichene Treppenhaus in den ersten Stock, vorbei an Ölporträts, meterlangen Bücherregalen und mit Nippes gefüllten Glasvitrinen. Die Holzstufen knarrten anheimelnd unter ihren Füßen. „Träum was Schönes", verabschiedete sich Lydia, nachdem sie ihr das Notwendigste gezeigt hatte.

Das Fenster zeigte zur Dorfkirche, die gleich hinter dem Châteaugarten das Zentrum des Dorfes bildete. Ihre Glocken kündigten zwei Mal hintereinander zehn Uhr an. Danach war es vollkommen still um Sarah. Sie betrachtete ihr kleines, alt eingerichtetes Zimmer. Über dem Bett hing eine blau bemalte Tapisserie, in deren Mitte die lateinischen Worte Parva sed apta gestickt waren. Von dem barocken Eichenholzsekretär an der Wand warf eine kleine Jugendstillampe gedämpftes Licht auf die Utensilien, die so dalagen, als hätte sie gerade jemand liegenlassen. Ein Tintenfässchen, noch halb gefüllt, glänzte oberhalb einer Briefpapiermappe aus Leder, und ein emaillebemalter Handspiegel funkelte neben einem ausgeblichenen chinesischen Papierfächer auf der Sekretärempore. Kinder, aufgereiht in einem hölzernen Leiterwagen, lachten aus einem alten Foto in einem Silberrahmen. Eine vergangene Zeit. Eine verlorene Zeit? Sarah streifte ihr Kleid ab und ließ sich erschöpft in die weißen Kissen fallen. Sie hatte noch nicht einmal Zeit zu weinen, bevor sie in einen tiefen Schlaf fiel.

An das Geläut werde ich mich noch gewöhnen müssen, dachte Sarah. Um sieben Uhr hatten die Kirchenglocken sie aus dem Schlaf gerissen und zweimal mitzählen lassen. Die Morgensonne schien durch das offene Fenster und verbreitete eine frische, unschuldige Stimmung in dem hohen Raum, der jetzt viel größer und moderner wirkte als am Abend. Sie beugte sich aus dem Bett, um ihr iPhone aus der Handtasche zu fingern, die auf einer niedrigen, alten Seemannstruhe lag. „Warum meldest du dich nicht? Alles ok??" Antonia. Es war die fünfte SMS, die Sarah anklickte. Sarah schoss gleich das schlechte Gewissen ein. Sie hatte Toni versprochen, in regelmäßigen Abständen ihre „Wasserstandsmeldungen" durchzugeben. „Ich bin gern dein Entlastungsgerinne", hatte Antonia am Flughafen in Wien gesagt und sich dabei die sorgsam getuschten Wimpern ruiniert, zwischen denen dicke Tränen hängen geblieben waren.

„Toni! Sry!! ... Gut angekommen!!! Alles bestens. Melde mich später. Bussiiii!" Sarahs Nachricht sauste davon.

Der gute Paul hatte noch vor dem Abendessen ihr Gepäck aufs Zimmer getragen und ihren Laptop mitsamt Internetmodem und Kabel derart sorgsam auf die Schreibfläche postiert, dass das gesamte Ensemble wie ein Altar wirkte. „Nicht wundern! Spinnt manchmal! Paul", stand auf einem Zettel.

„Technikfreak", dachte sie. Sie zog noch einmal die Decke über die Schulter. Was wäre, wenn sie hier tatsächlich völlig abtauchen könnte? Ohne Kontakt zu ihrer gewohnten Welt, aus der sie gerade geflüchtet war. Ohne dass man sie erreichen könnte? „Heute ist man überall erreichbar", grübelte sie. Selbst an diesem schönen Ende der Welt. Sie war es gewohnt, immer darüber informiert zu sein, wo auf der Welt ihre Freunde sich gerade aufhielten und wie sie „grad drauf" waren. Ein Leben ohne Chatten und Posten, Telefonieren und Fotografieren? Davon spricht man immer nur, aber keiner macht's ... Obwohl ... Etwas mochte sie nie: Selfies. Aus ihrem Leben eine Ich-Kampagne machen? Niemals! Das hätte ja bedeutet, dass sie Selbstbildnisse von sich hätte präsentieren müssen. Schrecklich. Das wäre ihr zu intim gewesen. Sich selbst ständig im Fokus zu haben ... ein fremder Gedanke ...

Die Vorstellung, sich eine Zeit lang nichts und niemandem stellen zu müssen, gefiel ihr. Sie könnte ja ganz einfach eine Abwesenheitsmeldung antworten lassen. „Hallo! Ich bin in den nächsten Wochen auf Reisen und kann eure Mails in dieser Zeit nicht beantworten. Bis bald! Eure Sarah!" Gleichzeitig fragte sie sich, wer sie wohl vermissen würde. Antonia, natürlich. Sicher auch die anderen Mädels, ihre Freundinnen, die nicht fassen konnten, aus welchem unglaublichen Grund sie dem Abschlussball ferngeblieben war. Und Lucas? Vielleicht nicht sofort. Aber garantiert nach ein paar Wochen. Oder doch nicht? Würde er sich nicht wenigstens Sorgen um sie machen? Es könnte ihr ja auch etwas passiert sein ...

Sie war gerade erst in Orion angekommen und hatte bereits das Gefühl, ihr altes Leben schon längere Zeit hinter sich gelassen zu haben. „Es ist gut so", dachte sie. „So wie es grad ist, ist es gut." Sie war erleichtert, dass ihre Mutlosigkeit gewichen war. Und dass sie es fertigbrachte, Lucas aus dem Kopf zu drängen. Es gelangen ihr kleine Fluchten. Ihre Gedanken lenkten zu Mark. Sie grinste. Was für ein Typ! Seine Unkompliziertheit hatte ihr gut getan. Hatte er eigentlich mit ihr geflirtet? Oder sich überhaupt dafür interessiert, ob sie Single wäre? Sie hatte sich schon länger nicht mehr die Frage gestellt, wie sie auf andere Männer wirkte. Meist hatte sie es nur erfahren, wenn Lucas mit Stolz feststellte, dass er von anderen Männern um sie beneidet würde. Mark wiederzusehen? Was spräche dagegen? Vielleicht würde sie ihn am Strand von Biarritz treffen, mit ihm einen Strandspaziergang machen, plaudern. So wie im Flugzeug. Auch wenn dieses Lächeln eine Spur zu smart gewesen war und seine Körperlichkeit eine Spur zu eitel – es lag ein erotischer Reiz in dieser Träumerei. Eine nette Flucht in eine unbeschwerte Illusion. Die Wahrscheinlichkeit, ihm tatsächlich noch einmal zu begegnen, war ohnehin gering. Sie hatten keine Telefonnummern ausgetauscht, und der Strand von Biarritz war weit weg – außerdem so groß und menschengedrängt, dass sie ihn dort unmöglich finden könnte. „Egal", dachte sie und sprang mit einem Satz aus dem Bett. Unter der Dusche schloss sie die Augen und stellte sich vor, mit den Wasserstrahlen all ihre Sorgen und Ängste von sich spülen zu lassen. Wie eine Muschel den Sand durch eine Welle am Strand.

In der Küche herrschte bereits Betrieb, als Sarah sich leise und etwas unsicher hinzugesellte.
„Na? Gut geschlafen? Guten Morgen!" Eveline goss, ohne aufzusehen, heißes Wasser auf das Kaffeepulver in einer Glaskanne. „Du bist ja gestern Abend richtig verfallen!" Sie kicherte, und ihr rotblonder Pferdeschwanz wippte. Eveline strahlte Sarah aus ihren braunen Augen an, die von Sommersprossen umrahmt waren wie zwei Sonnen in einer Galaxie. „Das ging mir auch so, als ich hier ankam. Mann, war ich fertig!"
„Aber die Arbeit hier hat sie aufgemuntert, wie du siehst", mischte sich Lydia ein, die mit einer dicht beschriebenen Liste am Küchentisch saß und Sarah über ihren Brillenrand musterte. „Bonjour, Sarah! Komm, setz dich zu mir! Frühstücke erst mal, und dann machen wir eine kleine Schlossbesichtigung." Eveline drückte mit einem Siebstab kräftig den aufgequollenen Kaffeesud auf den Boden der Kanne und

beendete die heikle Aktion zufrieden mit einer tänzelnden Bewegung. Paul kam durch die Terrassentür. „Guten Morgen", grummelte er und schnitt ein paar Scheiben vom Baguette. Summend stellte Eveline den Kaffee auf den langen Holztisch und setzte sich neben Sarah auf die Holzbank. Sie stützte ihr Kinn in beide Hände.

„Eins sage ich dir gleich: Clubbings gibt's hier nicht. Auch keine Disco. Noch nicht mal ein Tanzcafé!" Sie schaute Sarah neugierig an.

Die zuckte nur mit den Schultern. „Na ja, ich hoffe, ich werde es überleben. So wie Paul die Fahrt mit mir gestern überlebt hat." Sarah beobachtete Paul, der so tat, als hätte er nichts gehört. Er setzte sich den beiden Mädchen gegenüber. Bedächtig goss er Kaffee in eine Schale und ebensoviel Milch hinterher. Dann studierte er ausgiebig Lydias Liste, die neben ihm lag. „Noch müde, Paul?", fragte Sarah. Paul brummte. „Wirst du bei den lauten Glocken nicht munter?", wunderte sie sich. In diesem Moment begann die Kirchturmuhr erneut zu schlagen. Sarah zählte acht Mal. Und der zweite Satz folgte.

Paul schüttelte den Kopf. „Nicht mehr."

„Wieso läuten sie die Uhrzeit eigentlich doppelt?"

„Damit die Bauern auf dem Feld noch einmal mitzählen können, falls sie sich beim ersten Mal verzählt haben."

„Verstehe."

Zu ihrer Überraschung setzte Paul nach: „Das geht einem manchmal schon auf die Nerven. Jedenfalls am Anfang." Er machte eine kurze Pause. „Ich glaube, die einzige, die den Sound voll genießt, ist Madame Labbé." Sarah zog die Augenbrauen hoch und wartete auf die Erklärung. Aber Paul widmete sich wieder seinem Kaffee.

Lydia nahm die Lesebrille ab und legte den Kugelschreiber auf ihre Einkaufsliste. „Madame Labbé ist ein sehr frommer Mensch, musst du wissen. Sie fährt mit ihrem kleinen Wagen fast jeden Tag in die katholische Kirche nach Sauveterre. Die Kirche hier im Ort ist eine evangelische."

„Sie fährt noch Auto?", staunte Sarah.

„Ja", grummelte Paul, „aber alle gehen in Deckung." Er schüttelte den Kopf.

„Sie wird ihr Geld sogar der Kirche vererben!", ereiferte sich Eveline, „Es wäre besser, sie würde es ins Château stecken, dann könnten Praktikanten auch besser bezahlt werden."

„Ach ... Eve ...", stöhnte Lydia, „solche Zusammenhänge liegen zwar nahe, haben aber mit der Wirklichkeit gar nichts zu tun.

„Ich hab's ja nicht so gemeint", gurrte Eveline, „ich find's total toll hier! Also! Was kann ich tun?"

„Etwas, was du besonders gern machst, meine Liebe! Shoppen!" Lydia lachte und drückte Eveline die Einkaufsliste in die Hand.

# Fünf

Nachdem Eveline und Paul auf den Markt nach Sauveterre gefahren waren, zeigte Lydia Sarah das Haus. Die Gästezimmer verteilten sich auf die oberen beiden Stockwerke und trugen die Namen der Châteaubesitzer aus vergangenen Zeiten. Ihre Geschichten sprudelten nur so aus Lydia heraus. Sie hatte den gesamten Stammbaum dieses Hauses verinnerlicht und fühlte sich mit ihm ganz selbstverständlich in einer Linie. Sarah hatte Mühe, sich die vielen Personen und deren Verwandtschaftsgrade zu merken, aber es war Lydia zweifelsfrei gelungen, die Geschichte dieses Hauses wachzuhalten und so zu erzählen, als wäre alles gerade erst passiert. Vor allem aber war sie erstaunt, wie großartig es Lydia gelungen war, den Räumen wieder Leben einzuhauchen. „Geschichten über Geschichten! Du wirst sie alle erfahren!", rief Lydia. Sie gingen hinunter in den Salon.

„Warum wohnt Madame Labbé eigentlich noch hier, wenn sie es dir verkauft hat?", wollte Sarah wissen.

„Ach, weißt du, eigentlich wollte sie es gar nicht verkaufen. Ich bin zufällig auf das Château gestoßen, als ich mir Objekte in dieser Gegend angesehen hatte. Ein Freund hatte mich aufmerksam gemacht. Als ich das Haus betrat, wusste ich sofort: Das ist es! So was hab ich gesucht! Marguerite lebte damals ja schon fast zwanzig Jahre ganz allein hier. Ihr Ehemann, Jean Labbé, war Schriftsteller und ist 1985 gestorben. Es hat eine Zeit gedauert, bis ich sie überzeugen konnte. Aber ich glaube, sie dachte, Gott hätte mich geschickt, um sie aus ihrer Einsamkeit herauszuholen. Jedenfalls hat sie das später einmal so gesagt."

„Und dann verkaufte sie es unter der Bedingung, dass sie wohnen bleiben kann?"

„Nein. Das wollte ich so. Für meinen Seelenfrieden. Sie sollte nicht ihr Zuhause verlieren. Sie gehört einfach hierher. Und ohne sie hätte ich den Geist dieser alten Mauern auch gar nicht verstehen können, glaub mir!"

„Toll", murmelte Sarah, „und wieso war Eveline vorhin nicht gut auf sie zu sprechen?"

„Ach, Eveline mag Marguerite sehr wohl. Nur will sie manches nicht verstehen."

„Und was?" Sarah wurde immer neugieriger.

Lydia zog Sarah mit in ihr Büro hinter dem Salon und öffnete die Gartentür. „Sie versteht Marguerites Verhältnis zur Kirche nicht."

„Wieso? Sind nicht fast alle alten Leute fromm?"

„Das möchte ich so nicht sagen. Also ... Marguerite jedenfalls ist sehr fromm." Lydia schaute auf die alte Wanduhr und machte eine Handbewegung, als wollte sie einen Gedanken verscheuchen. „So viel Zeit muss sein", sagte sie dann entschlossen, „komm, nimm Platz." Sarah setzte sich neben sie auf das Canapé, das vor einer vollgestopften Bücherwand stand. „Marguerite hat eine außergewöhnliche Jugend verbracht, musst du wissen. Keine schöne Jugend! Und die hängt mit der katholischen Kirche zusammen. Eveline kann deshalb nicht verstehen, dass sie ihr Erbe der Kirche vermachen will. Mir fällt das allerdings auch etwas schwer, muss ich gestehen."

Sarah bekam ein mulmiges Gefühl. Sofort dachte sie an die vielen Missbrauchsfälle, die ständig durch die Presse gingen.

Als hätte Lydia ihre Gedanken erraten, sagte sie: „Was Marguerite erlebt hat, ist wohl kaum einem anderen jungen Mädchen passiert. Jedenfalls nicht, dass wir wüssten. Sie ist im Vatikan aufgewachsen. Sie hat dort acht Jahre zubringen müssen, während des Krieges und auch noch danach. Das war für eine heranwachsende Frau damals sicher keine ideale Umgebung."

„Ist es heute wohl auch nicht", murmelte Sarah, „wieso hat sie denn dort so lange gelebt?"

„Ihr Vater war der französische Botschafter beim Heiligen Stuhl während des Zweiten Weltkrieges", erklärte Lydia. „Er hieß Léon Bérard und war früher ein sehr bekannter konservativer Politiker. Das ist eine lange Geschichte."

„Interessant." Sarah musterte Lydia gespannt. Ihr Interesse für französische Literatur und Geschichte war immer groß gewesen. Sie kannte sich recht gut aus. Nicht zuletzt durch Lucas, der zwar kein politischer Mensch war, aber doch immerhin Franzose. Ein stolzer Franzose.

„Während der deutschen Besatzungszeit hatten die Franzosen einen Botschafter beim Heiligen Stuhl ... aha ... das heißt, er muss ein Vertreter der Vichyregierung gewesen sein, oder?"

„Genau so ist es."

Sarah fiel das Mahnmal vor dem Château ein. „War er ein Kollaborateur?", fragte sie.

„Nein!", rief Lydia, „auf keinen Fall. Die Vichyregierung musste sich zwar den Nazis beugen, aber Bérard war kein Faschist. Er war ein Demokrat. Ein Intellektueller. Weißt du, mit ihrem Vater hatte Marguerite wohl kein Problem. Er muss ein feiner Mann gewesen sein. Mit ihrer Mutter dürfte sie sich auch gut verstanden haben. Aber sie hat mir erzählt, dass diese acht Jahre in Rom die Hölle für sie gewesen sind. Es waren Jahre wie in einem Gefängnis. Sie hatte dort kein normales soziales Leben führen können und ist vor Einsamkeit und Tristesse fast gestorben."

„Ohhh. Das tut mir leid", sagte Sarah, „ich kann mir das gar nicht vorstellen."

„Das können wohl die wenigsten", nickte Lydia. „Wenn du möchtest, stelle ich dir Marguerite heute Mittag vor. Ich bringe ihr gegen zwölf Uhr das Essen. Magst du mitkommen?"

„Wenn du meinst", antwortete Sarah unsicher.

„Sie würde sich sicher freuen, jemanden kennenzulernen, der auch in Rom aufgewachsen ist."
„Bist du sicher?"
„Ganz sicher!", lächelte Lydia. „Sie ist charmant. Du wirst sehen."
„Na dann", nickte Sarah und stand auf. „Was kann ich inzwischen tun?"

Sarah ging zu dem kleinen Gemüsegarten, um einige Zucchini, Auberginen und Tomaten für das Mittagessen zu ernten. Ihre Gedanken blieben bei Marguerite, die sie heute Mittag kennenlernen sollte. Diese schmale Frau, die gestern aus der Entfernung so streng aussah und deren Leben die Kirche bis heute wohl schicksalhaft beherrschte. Jedenfalls hatte ihr Gespräch mit Lydia diesen Eindruck hervorgerufen. Eine alte Dame, die zurückgezogen lebte und den dringenden Wunsch hatte, ihren ganzen Besitz der Kirche zu hinterlassen. Dabei hatte die ihr so viel genommen. Paradox? Oder nur folgerichtig? Wie erging es diesem Mädchen, das mit dreizehn Jahren an einen Ort geriet, der Weltgeschichte schrieb, die eigene aber stillstehen ließ? Was fühlte diese junge Frau mit fast 21 Jahren, als sie jenen Ort wieder verlassen durfte, der sie persönlich vermutlich gar nicht wahrgenommen hatte, jedenfalls als Frau, sie aber für den Rest ihres Lebens prägte? Marguerite war damals nur zwei Jahre jünger gewesen als Sarah heute war. Sarah hatte plötzlich das Gefühl, bisher ein pralles, sattes Leben geführt zu haben. Ein Geschenk. Glück gehabt! Nein, man konnte das eigentlich alles gar nicht vergleichen! Hatte Marguerite je Chancen auf eigene Entscheidungen gehabt? Es kam vor, dass Sarah sich fremdbestimmt fühlte, aber meist nur dann, wenn Antonia predigte, dass sie doch endlich auch einmal auf sich selbst schauen sollte. Es lag in ihrem Wesen: Sie richtete sich gern nach den Menschen, die sie liebte. Sie erfüllte von Herzen gern Erwartungen. Der Glaube an Gott oder Bestimmungen durch die Kirche hatten in ihrem Leben dagegen keine große Rolle gespielt.

Sich selbst bezeichnete Sarah gelegentlich als „schlampige Katholikin". Sie war zwar getauft und später in Rom auch auf eine katholische Schule gegangen, aber das Liturgische hatte für sie eher etwas Folkloristisches. Frömmigkeit kannte sie nicht. Ihre Mutter äußerte öfter Kritik an der „Frauenfeindlichkeit der Kirche", an der „Firma", wie sie den Papst und seine Vertreter nannte. Aber darüber, woran man im Innersten glaubte, ob es einen Gott gäbe oder nicht, welche Gedanken einen zutiefst berührten – darüber wurde zuhause wenig geredet. Es hatte sich sogar so angefühlt, als wäre Mystisches etwas noch Intimeres und Unaussprechlicheres als Sex. Ihr Vater hatte immer eine gewisse Überheblichkeit an den Tag gelegt, wenn Glaubensthemen es in die Nachrichten schafften. Er hatte „Religionsanhänger und Esoteriker", die er sehr wohl unterscheiden, aber nicht verstehen konnte, als etwas Überflüssiges behandelt. „Religiös sind diejenigen, die Angst vor der Hölle haben. Spirituell sind die, die bereits durch die Hölle gegangen sind." In ihrer Distanz zur Kirche waren sich Sarahs Eltern einig. Das war wohl das Einzige, aber eben auch das Unwichtigste. Stefan Hansens Konfession war die Musik. In ihr hatte er einen „Überhimmel" gefunden, etwas von Menschen Kreiertes, dessen Wirkung mangels Worten einfach als „göttlich" bezeichnet wurde. In diesen Überhimmel hatte er sich immer flüchten können. Hier lösten sich die Fundamente seines Lebens aufs Angenehmste auf. Die Musik war für ihn eine Ausstiegsklausel, ein Notausgang für die Seele. Sie war sein Gott. Zuverlässig, allmächtig, barmherzig, vollkommen.

Als die Kirchturmuhr elf Uhr schlug, ging Sarah zum Haus zurück. Sie hätte noch mehr Zeit in dem schönen bäuerlichen Garten zubringen können. Der Klang der Glocken erweckte in ihr mit einem Mal heimatliche Gefühle. Es waren Klänge aus ihrer Kindheit, die einfach zum Leben in der Ewigen Stadt gehörten. Besonders beeindruckt hatte sie jedes Mal das satte Vollgeläut vom Petersdom zu Ostern. Es war in ganz Rom zu hören, gleich nach dem päpstlichen Segen Urbi et

Orbi. Die Schallwellen waren so durchdringend, dass sie als junges Mädchen vollkommen davon überzeugt gewesen war, dass sich genau in jenen Minuten Himmel und Erde miteinander verbanden.

„Ouiiii!" Die Stimme klang schrill und langgezogen. Lydia öffnete die Tür zu Marguerite Labbés Zimmer. Sarah trug ein Tablett mit einer kleinen Schüssel Bouillon, einem Teller mit Ratatouille und Brot sowie einem halben Pfirsich in einem Glasschälchen. Das Appartement von Marguerite Labbé war drei Türen von Sarahs Zimmer entfernt. Sarah war ein wenig aufgeregt, sie kam sich beinahe wie ein Eindringling vor. Die beiden Frauen betraten den Raum. Die Lamellenläden der zwei großen Fenster schützten den dicht möblierten, hohen Raum vor der gleißenden Mittagssonne und erzeugten eine freundliche Lichtstimmung. Mitten im Zimmer stand ein mit Büchern, Zetteln und Couverts vollgeräumter Schreibtisch, auf dem nur ein kleiner Kreis zum Schreiben frei geblieben war. Madame Labbé erhob sich vorsichtig von ihrem breiten Bett, das mit einer geblümten Tagesdecke bedeckt war. Sie war genauso gekleidet wie am Vorabend, mit einem hellgrauen Kostümrock und einer weißen Seidenbluse, die ihre zierliche Gestalt locker umspielte. Beiläufig schaltete sie mit der Fernbedienung den stummen Fernseher aus, der an der Wand am Ende des Bettes Nachrichtenbilder zeigte. Sie spannte den Stretchgürtel mit dem Klettverschluss um die Taille, streckte den Rücken und strich ihr kurzes Haar zurück.

„Bonjour! Ach, die Hitze macht mich ganz krank!" Ihre Stimme klang noch immer hochgerissen und artifiziell, als wäre sie auf einer Theaterbühne. Sie würdigte das Essen keines Blickes und richtete ihre Augen interessiert auf Sarah.

„Das ist Sarah, Marguerite. Sie wird einige Zeit bei uns bleiben und uns helfen." Lydia beugte sich fürsorglich zu der kleinen Dame und strich ihr über den Arm. Sarah beobachtete den behutsamen Umgang, den Lydia mit Madame Labbé pflegte.

Beim Kochen hatte Lydia ihr erzählt, dass die alte Dame fast zwanzig Jahre allein in dem Château gelebt hatte, das allmählich zu verkommen drohte. Sie hatte auch nur noch zwei Zimmer bewohnt und im Winter beheizt. Alles andere war nach und nach in einen Dornröschenschlaf verfallen. Eine Bäuerin aus dem Dorf hatte sich um Marguerites Haushalt gekümmert und ihr jeden Tag eine warme Mahlzeit gekocht, auch wenn Marguerite nur wenig davon aß. Die Frau hatte sie wie selbstverständlich versorgt, allein deshalb, weil sich zuvor Generationen von Château-Herrschaften um die Einwohner von Orion gekümmert und dem Ort Wachstum ermöglicht hatten. Es waren Schinkenfabrikanten, Ärzte, Ingenieure und Künstler, die für Arbeit sorgten, Hilfe spendeten und Unterhaltung organisierten. So war es eine Frage der Dankbarkeit und Ehrerbietung dem Haus gegenüber, sich Madame Marguerite Labbés, der letzten Herrin des Château d'Orion, anzunehmen.

Sie war eine einsame Frau geworden, deren Leben darin bestand, jeden Tag mit ihrem Renault Twingo zum katholischen Gottesdienst nach Sauveterre zu fahren. Lydia war sich sicher, dass es Monseigneur Gustave war, der Pfarrer von Sauveterre, der Marguerite über diese bleierne Zeit hinweggeholfen hatte. Auch Doktor Clemenceau, nur zwölf Jahre jünger als sie und langjähriger Vertrauter der Familie Labbé, kam regelmäßig, um nach seiner Patientin zu sehen und ihr Medikamente gegen ihre Kreuzschmerzen zu bringen oder gegen ihre Depressionen, die ohne ersichtlichen Anlass in unregelmäßigen Abständen aufflammten.

Lydia wusste, dass sie den Lebensabend der alten Dame versüßte. „Weißt du, was sie immer sagt, wenn sie mit Besuchern spricht?" Ihre Stimme klang voller Stolz, als sie Sarah davon erzählte. „Jedes Mal sagt sie: ‚Madame Grünauer hat die Seele des Châteaus wieder eingefangen. Die Seele war verflogen, wie Rauch durch den Kamin.'" Lydia zeichnete mit ihrer Hand eine schwungvolle Spirale über ihren Kopf. „Und dann sagt sie: ‚Aber jetzt ist sie wieder da, die Seele! Fast so schön wie früher! Nein, eigentlich ist es noch schöner als früher!' Was sagst du dazu?"

Lydia reichte Madame Labbé ein Tuch, das sie sich gleich um die Schulter legte. „Sarah ist die Tochter einer sehr guten Freundin aus Rom. Komm Sarah, stell das Tablett auf den kleinen Tisch am Fenster."
„Bonjour, Madame", sagte Sarah höflich. Vorsichtig näherte sie sich einem kleinen schlichten Holztisch, auf dem exakt so viel Platz zwischen Pillenpackungen und Medikamentendosen freigelassen war, dass Sarah das Tablett wie ein Puzzleteil einfügen konnte. Dann wandte sie sich wieder in die Richtung der alten Dame und streckte ihr die Hand entgegen. Madame Labbé aber war längst um sie herumgegangen, flinker als erwartet, so dass sie sich auf komische Weise umkreisten. Madame Labbé blieb nun kerzengerade hinter dem Esstisch stehen, als wollte sie eine Rede halten. Wieder fixierte sie Sarah, deren Wangen rot angelaufen waren.
„Oh! Aus Rom kommen Sie!"
„Nein, nicht direkt, Madame. Ich bin dort aufgewachsen. Heute lebe ich in Wien. Aber meine Mutter arbeitet als Archäologin in Rom."
Marguerite Labbés Gesichtszüge waren kantig, aber nicht resolut. Ihre schmalen Lippen wirkten mädchenhaft, ihre helle, feinporige Haut zeigte keinen einzigen Altersfleck. Eine kurze Weile standen sich beide stumm gegenüber. Wie aus heiterem Himmel beschenkte Madame Labbé sie plötzlich mit einem Lächeln. Sarah lächelte befreit zurück. „Oh, Rom muss doch heute eine schöne Stadt sein", sagte sie – und zu Sarahs Überraschung in einer weichen Stimmlage, die plötzlich um zwei Oktaven tiefer gefallen war. „Vielleicht wollen Sie mir einmal von Rom erzählen, Sarah. Wenn es Sie nicht zu viel Mühe kostet."
Sarah beeilte sich, Madame Labbé zu versichern, dass sie ihrem Wunsch gern und ganz sicher entsprechen würde und tat dies so wohlerzogen, wie sie nur konnte.

„Lassen Sie es sich schmecken, Marguerite!" Lydia rettete Sarah aus ihrer Verlegenheit. „Und ruhen Sie sich aus. Morgen soll es schon ein wenig kühler werden. Hoffe ich zumindest."

Erst als sie die Tür hinter sich geschlossen hatten, hörten sie das Geräusch eines Stuhls, der am Tisch zurechtgerückt wurde. Sarah atmete tief durch. „Wieso hat sie denn am Anfang mit so einer künstlich hohen Stimme gesprochen? Das hat mich ganz fertig gemacht."

„Ich hab mir mal erklären lassen, dass reife Damen von hohem Stand hierzulande in die Kopfstimme gehen, damit sie nicht wie Greisinnen wirken. Das soll vornehm sein", sagte Lydia amüsiert. „Vielleicht mache ich das in ein paar Jahren auch so. Wirkt doch gleich um ein paar Grade jünger, oder?"

Sarah schüttelte verwundert den Kopf. So einer Frau wie Madame Labbé war sie noch nie begegnet.

Nach dem gemeinsamen Mittagessen auf der kleinen Küchenterrasse verzogen sich Lydia, Sarah, Eveline und Paul ins kühle Haus, um sich für die spätere Lagebesprechung auszuruhen. Die Wanduhr im Flur tickte. Sarah mochte solche Geräusche, die sie nur aus Filmen kannte. Paul hatte nach dem Frühstück amüsiert auf einer alten Japy herumgeklappert, einer mechanischen Schreibmaschine aus den fünfziger Jahren, der das Farbband fehlte. „Es gibt so viele verschwundene Geräusche!", hatte Lydia gesagt, „mit denen bin ich noch aufgewachsen. Geräusche, die ganze Generationen begleitet haben. Die habt ihr nie kennengelernt!" Sie schwärmte vom Kratzen einer Plattenspielernadel oder Spulen eines Kassettenrekorders. Und von dem Drehscheibenklackern alter Telefone. „Ihr jungen Hühner habt ja noch nicht einmal mehr das rauschende Piepsen eines Internet-Modems mitbekommen! Bei euch geht heute alles schnell und lautlos. Ich weiß gar nicht, wie ich das finden soll!"

Sarah ging auf ihr Zimmer und legte sich aufs Bett. Ihre Gedanken wanderten zu Lucas. Sie bekam Sehnsucht nach ihm. Mit sich allein zu sein, war für Sarah gerade gefährlich. Sie hatte ihren sicheren Platz an seiner Seite verloren. Ohne ihn fühlte sie sich leer, als hätte sich in den letzten Tagen alles aufgelöst, die Bilder aus der Vergangenheit und auch die Träume für die Zukunft. Sie hatte sogar ihre inneren Räume verloren, in denen erotische Phantasien möglich gewesen waren. In ihre Leere drängte sich jetzt nur Schmerz. Sarah flüchtete aus dem Bett und startete ihren Laptop auf dem Sekretär. Vielleicht hatte er ja doch geschrieben! Es nicht ausgehalten ohne sie. Sie durchsuchte ihren email-Eingang, in dem sie nur launige Urlaubsgrüße ihrer Freundinnen fand. Nichts von Lucas. Gar nichts.

An den folgenden Tagen versuchte Sarah sich zu disziplinieren. Disziplin war immer ein gutes Korsett für sie gewesen. Sie wollte sich nicht mit ihrer Vergangenheit beschäftigen und noch weniger mit der Zukunft. Die Aufgaben im Château waren abwechslungsreich und hielten sie vom Grübeln ab. Sie holte Gemüse aus dem Garten, half beim Kochen, schlichtete Tischwäsche und richtete mit Eveline die Gästezimmer.
  Lydia ging völlig in den Vorbereitungen zur kommenden „Denkwoche" auf, die in vier Tagen beginnen sollte. Sie erwartete acht Gäste, die eine Woche lang im Château wohnen würden, um sich in dieser Abgeschiedenheit Zeit für ein philosophisches Kolloquium zu nehmen. „Das Ereignis Liebe denken" war das Thema. Lydia war voller Vorfreude. Sie liebte es, die Denkwochen, die sie nun seit ein paar Jahren im Château veranstaltete, zu moderieren. Die meiste Zeit verbrachte sie nun in ihrem Büro, stellte Tagesprogramme auf, machte sich Notizen und kopierte Textauszüge aus den Büchern von Professor Rolf Heinemann aus Stuttgart, der als Fachmann die kleine Runde in Schwung bringen sollte.
  „Lydia, ich werde in keinem Fall an dem Seminar teilnehmen." Sarah stand plötzlich vor Lydias Schreibtisch im Büro und hatte Mühe, ihre Tränen zurückzuhalten. Es hatte sie große Überwindung gekostet,

endlich mit den Gedanken herauszurücken, die sie seit Tagen quälten. „Das ist kein Thema für mich."

„Ich glaube, es ist genau das Thema, das dich gerade am meisten beschäftigt. Kann das sein?" Lydia blickte ruhig von ihren Unterlagen auf.

„Ich habe genug in der Küche zu tun. Das Tafelsilber muss noch geputzt werden. Außerdem habe ich Paul versprochen, ihm zu helfen, eine Dusche zu reparieren und ..."

„Sarah, ich werde dich natürlich nicht zwingen, an der Gesprächsrunde teilzunehmen. Das ist auch gar nicht nötig." Lydia stand auf und zog Sarah zu der abgewetzten Chaiselongue. „Deine Mutter hat mir erzählt, dass du dich von deinem Freund getrennt hast. Oder umgekehrt. Ich kann mir gut vorstellen, wie es dir geht."

„Dann weißt du ja Bescheid", schniefte Sarah.

„So ungefähr jedenfalls. Ich hätte mir zwar gewünscht, dass du mit von der Partie bist, allein deshalb, weil du viel jünger bist als all die anderen, die kommen werden. Das hätte die Sache sicher noch interessanter gemacht. Vielleicht hast du eine ganz andere Einstellung zur Liebe als wir Mittelalterlichen."

Lydias verständnisvoller Ton ermutigte Ton ermutigte Sarah, das zu sagen, was sie sich dachte. „Ich will nicht über die Liebe nachdenken. Und schon gar nicht mit Fremden. Es bringt auch nichts, wenn ich das mal sagen darf." Sarahs Stimme zitterte. Sie hatte keinen anderen Ausweg mehr gesehen, als Lydia ihre Assistenz bei den Diskussionsrunden abzusagen. Sie hatte sogar in Betracht gezogen, gleich wieder abzureisen, so sehr fürchtete sie, Lydia schwer zu enttäuschen. „Du kannst die Liebe eh nicht mit Gedanken lenken, Lydia! Sie macht, was sie will. Sie kommt und geht."

„Mag sein. Wir wollen hier auch keine persönlichen Tiefenschürfungen unternehmen. Dazu ist sicher nicht jeder bereit. Aber man kann darüber reden, welchen Stellenwert die Liebe in der modernen Zeit hat! Und inwiefern sie sich verändert hat! In welchen Abhängigkeiten sie tatsächlich heute steckt! Das ist erstaunlich! Es glaubt doch jeder, ein autonomer Mensch zu sein! Die Liebe frei wählen zu können. Aber: Mit purer Romantik kommt sie doch heute gar nicht mehr aus."

Sarah zuckte die Schulter, obwohl sie Lydias Begeisterungsfähigkeit auch jetzt wieder bewunderte. „Das kann man wohl sagen" stimmte sie Lydia ironisch zu. „Aber mit dem Sezieren von Gefühlen ist auch keinem geholfen. Im Gegenteil. Das tötet doch alles."

„Und schon bist du mitten im Thema." Lydia triumphierte. „Trotzdem kalkulieren wir mit einer Selbstverständlichkeit, was die Liebe uns bringt, so, als wären wir zur Not auch unabhängig von ihr. Wir wählen unsere Partner nach ökonomischen Eigenschaftskatalogen. Heinemann spricht in seinen Büchern von einem erotischen Materialismus. Erst wenn du eine Bruchlandung gemacht hast, merkst du, dass diese Kataloge nur Beiwerk sind. Dann musst du dich selbst wieder voll und ganz auf den Prüfstand stellen und fühlst dich plötzlich wertlos und leer. Der Stolz auf die eigene Autonomie hat plötzlich kein Gewicht mehr. Sie wirkt sogar als Bedrohung."

Sarah schaute aus dem Fenster in den Garten und blieb still. Lydia stand auf und ging zu ihrem Schreibtisch. „Sieh mal, was ich gerade aufgeschrieben habe!" Lydia fischte aus ihren Unterlagen eine Karte, auf die sie ein Zitat des französischen Philosophen Emmanuel Lévinas geschrieben hatte: *„Die Philosophie ist nicht die Liebe zur Weisheit, sondern die Weisheit der Liebe.* Ich finde, das ist ein ganz gutes Motto für unsere Denkwoche, findest du nicht?"

Sarah sah abwesend auf ihre verkrampften Hände und stand mit einem Ruck auf. „Ich hoffe, du bist jetzt nicht zu enttäuscht von mir."

„In keinem Fall, Sarah. Aber ich habe eine Bitte: In der nächsten Woche habe ich wenig Zeit, mich um Madame Labbé zu kümmern. Könntest du das für mich übernehmen? Eveline wird dir dabei helfen."

„Natürlich. Klar. Keine Frage … Mir fällt ein Stein vom Herzen. Danke, Lydia!" Sarah atmete tief ein und aus und ließ sich von Lydia umarmen.

# Sechs

Von: Sarah Hansen <sarah.hansen1@gmail.com>
Betreff: AW: Rauchzeichen!!
Datum: 3. August 2012, 22:48 MEZ
An: Antonia <Anti.Moser@gmx.com>

„Süße Toni! Ich habe ein schlechtes Gewissen .... Bitte entschuldige, dass ich bisher immer so kurz angebunden war. Ich brauchte erst einmal Abstand von allem ... du bist nicht sauer, oder? Bittebitte nicht! Ich habe allerdings auch wirklich viel zu tun ... 8))))! Aber das ist auch gut so. Es bleibt wenig Zeit zum Traurigsein ... Ach Toni, meine Sehnsucht nach Lucas kommt mantramäßig nachts. Ich kann nichts dagegen tun. Es ist schrecklich. Ich habe das Gefühl, dass diese Beziehung (grässliches Wort!!) nicht zu Ende ist. Es bleibt immer noch dieser ANSPRUCH! Wie soll ich dir das erklären?!? Ich habe das Gefühl, dass Lucas und ich immer noch einen regelrechten Anspruch aneinander haben. Er ist irgendwie ständig neben mir, in mir, vor mir. Manchmal habe ich das Gefühl, dass er mich beobachtet und sei es, dass ich Zucchini aus dem Garten hole oder Teo streichle (Teo ist ein Hund, Toni ...:))). Und was für einer! Ein pyrenäischer Hirtenhund, der sich in mich verliebt hat. Wenigstens einer...)
  Die Menschen hier sind zauberhaft. Das hilft! Und lenkt ab! Und morgen geht hier richtig die Post ab! Wir erwarten acht Gäste, die hier umsorgt werden wollen. Deshalb schreibe ich dir jetzt rasch, sonst musst du noch länger warten. Wir sind schon ganz aufgeregt. Wir, das sind Lydia (ich würde mich sofort von ihr adoptieren lassen), Eveline (Lydias rechte Hand, supercool und immer gut drauf. Aber nichts gegen DICH!!) und Paul (Praktikant, Technikfreak, etwas

kryptisch, aber urlieb!). Dann gibt's noch Annie. Sie ist Köchin und kocht während der Denkwoche (Thema: Das Ereignis Liebe denken. Ausgerechnet ... Ich halte mich da raus. Das geb ich mir nicht! Unmöglich! Lydia hat Verständnis!)

    Toni, es gibt so viel zu erzählen, zu viel zum Schreiben! Aber eines MUSS ich dir doch schnell noch erzählen: Hier lebt eine alte Dame, sie heißt Marguerite Labbé. Ihr gehörte das Château früher. Ich bringe ihr jeden Tag das Mittagessen. Anfangs hatte ich ein wenig „Angst" vor ihr. Sie wirkt so unnahbar, obwohl sie wirklich sehr nett zu mir ist. Wir unterhalten uns meist über Rom. Dort hat sie einmal gelebt. Stell dir vor, sie hat acht Jahre in Vatikanstadt verbracht, mit ihrer Familie. Ihr Vater war während des Zweiten Weltkrieges französischer Botschafter beim Heiligen Stuhl. Sie konnten den Vatikan während dieser Zeit kaum verlassen. Unglaublich, oder? Sie war dreizehn, als sie dorthin kam! Acht Jahre nur unter Priestern! Ohne Freunde! Ohne Verreisen! Es muss ein Gefängnis für sie gewesen sein. Bisher hat sie mir noch nichts darüber erzählt. Aber ich erzähle ihr von Rom, wie ich dort zur Schule gegangen bin, von meiner Mutter. Und davon, wie sich Rom heute anfühlt. Sie hört mir dann immer ganz gespannt zu. Manchmal schaut sie mich eigenartig an. Ich weiß nicht, wie ich dir das erklären soll. Jedenfalls hält sie mich dann mit ihren Blicken fest. Inzwischen ist mir das gar nicht mehr unangenehm. Wir kommen uns allmählich näher. Sie zeigt mir auch Fotos von früher, von ihrem Vater, Léon Bérard. Der war ein französischer Regierungspolitiker vor dem Krieg und vor der Vatikanzeit. Und: Er war Mitglied der Académie Française, die berühmte Gelehrtengesellschaft in Paris. Das finde ich natürlich besonders spannend. Da kommt ja nun nicht jeder rein. Er muss schon ein ganz Großer gewesen sein! Stell dir vor, heute war ich mit Eveline und Paul in Sauveterre auf dem Markt einkaufen. Genau neben der Kirche gibt es eine Straße, die nach ihm benannt ist, die Rue Léon Bérard. Er ist in dem Ort geboren.

    Ach, meine Toni, ich vermisse dich so sehr! Vielleicht schaffen wir es zu skypen. Aber nicht in der nächsten Woche. Hier sind alle Zimmer belegt und ich will nachts nicht so laut sprechen. Vielleicht stört das die, die neben mir wohnen ...

    Ich umarme dich!!! Deine Sarah.

Eben hatte Sarah das Tablett auf Marguerites Esstisch gestellt, als sie die Reifen eines Autos auf dem Kies knirschen hörte. Sie öffnete das angelehnte Fenster etwas weiter und schob den rechten Fensterladen ein wenig mehr nach außen, um besser sehen zu können. Es war Professor Heinemann, der aus einem silbrigen Passat stieg. Sarah erkannte ihn sofort von den Bildern auf seinen Büchern, die Lydia überall liegenließ und in denen Sarah doch einige Male geblättert hatte. Professor Heinemann war ein Mann von Mitte fünfzig, völlig in Grau gehalten. Graues, volles Haar, eine hellgraue Hose, ein dunkelgraues kurzärmeliges Polohemd, unter dem sich ein kleiner Bauch abzeichnete, und anthrazitfarbene Gesundheitsschuhe. Geschäftig öffnete er die hintere Wagentür und holte seinen grauen Aktenkoffer von der Rückbank. Dann hielt er inne und schaute regungslos, den Koffer in der Hand, in Richtung der Pyrenäen. Wie in Zeitlupe wischte er sich mit einem Taschentuch über die Stirn. Sarah konnte sich nicht vorstellen, dass dieser graue Mensch nun hier eine Woche lang über die Liebe philosophieren sollte. Die Mittagshitze strahlte backofenwarm von der Hauswand gegen Sarahs Gesicht, und die Sonne warf einen gleißenden Lichtkegel auf ihr Gesicht.

„Es sieht so aus, als wäre das der Herr Professor", sagte Madame Labbé ganz leise. Sie hatte sich unbemerkt an Sarahs Seite gesellt, damit sie besser sehen konnte, was sich unten vor dem Haustor abspielte. Ihre Gesichtszüge wirkten so zart, als wären sie nie berührt worden. Die helle Haut schien fast durchsichtig, dafür hatte ihr Blick heute einen unternehmungslustigen Ausdruck. „Jaja, das muss der Professor sein. Nur Universitätsprofessoren tragen solche groben, bequemen Schuhe. Als müssten sie jeden Tag kilometerweit laufen", schmunzelte sie.

Sarah schaute Madame Labbé erstaunt von der Seite an und kicherte ein wenig. Offensichtlich hatten beide Frauen ähnliche Gedanken. Sie lächelten sich an, als hätten sie ein winziges Komplott geschmiedet. Sarah hatte den Eindruck, dass die alte Dame sich auf ihren regelmäßigen Mittagsbesuch freute, ja dass ihr schrilles „Ouiiii" nach dem Anklopfen rascher ertönte. Sarah hatte sich an Marguerites extreme Stimmamplituden gewöhnt, die ohnehin rasch abflachten, sobald Sarah das Tablett an seinen Platz gebracht hatte. Außerdem sprach Marguerite Labbé immer sehr prononciert, mit bewusst gesetzten Betonungen für das, was ihr wichtig war. Die Art zu sprechen passte zu ihrer geraden Haltung und verlieh ihr eine wirkungsvolle Noblesse, die die fragile Person kräftiger wirken ließ. „Sarah, ich finde es besonders schön", sagte sie freundlich und wiederholte betont „besonders", „dass ich Sie jeden Tag sehen darf und wir uns ein wenig unterhalten."

„Ja, das gefällt mir auch, Madame", antwortete Sarah. „Setzen Sie sich doch, bitte. Das Essen wird sonst kalt."

„Marguerite! Sie haben versprochen, mich Marguerite zu nennen!"

„Ja, natürlich. Marguerite! ... Annie hat eine wunderbare Gemüsesuppe gekocht. Die wird Ihnen heute schmecken. Gestern haben Sie ja nur die Nachspeise gegessen ..." Sarah hatte sich vorgenommen, Marguerite zum Essen zu bewegen. Sie konnte sich nur schwer an die kleinen Portionen gewöhnen, die Marguerite akzeptierte und von denen sie dann nur einen Bruchteil aß. Manchmal musste Sarah sogar ein nahezu unberührtes Tablett zurücktragen, von dem nur das süße Dessert verschwunden war.

„Ach, Annie ist wieder da! Sie kommt immer während der Denkwochen und verwöhnt die Gäste. Da soll noch einmal jemand sagen, Engländerinnen könnten nicht kochen!", sagte Marguerite direkt beschwingt. „Sie ist eine gute Köchin! Eine sehr gute Köchin! Sie glaubt aber, dass mir ihr Essen nicht mundet, was ja nun gar nicht stimmt. Aber was soll ich machen?"

Sarah wusste von Lydia, dass Marguerite seit ihrer frühesten Jugend anorexisch war. Eine Folge ihrer Zeit im Vatikan. Dabei machte Marguerite aus ihrer Krankheit keinen Hehl. Auch wenn zur Abwechslung einmal das Wetter als Entschuldigung für vergebliche Mühen herhalten musste, so pflegte Marguerite Sarah mit einer fast unbeteiligten Gelassenheit zu beruhigen: „Wer anorexisch ist, kann nicht viel essen." Dann zog sie wieder ihren breiten Stretchgürtel um die schmale Taille fest.

Marguerites geistige Präsenz erstaunte Sarah immer wieder. Sie verfolgte die politischen Nachrichten genau und kommentierte sie engagiert, wenn sich die Gelegenheit bot. „Ich werde ja schließlich auch noch regiert!", war ihr Credo. Sie verblüffte mit einem brillanten Gedächtnis für historische Daten, literarische Zitate oder philosophische Bonmots. Eigentlich hätte Sarah Spaß daran gehabt, länger zu bleiben. Aber es verstand sich von selbst, Marguerite während ihrer Mahlzeit nicht zu stören. Also verabredeten sie ein Nachmittagstreffen, sobald die Seminarteilnehmer sich erst einmal eingelebt hätten.

Im Treppenhaus hörte Sarah die Stimmen von Professor Heinemann und Lydia. Sie lauschte aufmerksam am Geländer und schaute hinunter. Seine Tonlage klang temperamentvoller als sein Äußeres hatte vermuten lassen. Schwelgerisch! Bewundernd! „Was für ein fantastisches Anwesen! Ich bin überwältigt! Wie Gott in Frankreich!" Für Lydia waren die meist stereotyp klingenden, aber grundehrlichen Begeisterungsanfälle der Gäste längst nichts Neues mehr. Trotzdem genoss sie jeden Applaus für ihren magischen Ort, in den sie soviel Herzblut gesteckt hatte.

„Wir haben Sie im Appartement Casamayor untergebracht, Herr Professor."

„Aha. Klingt irgendwie wichtig ... Casamayor ..."

„Die Casamayors waren die ersten Bewohner dieses Hauses", erklärte Lydia. „Sie unterhielten hier eine Abtei, die Abbey Laïque d'Orion. Der Noble Marc de Casamayor konnte das Château bis zur Französischen Revolution halten!"

„Oh ... na ja, dann hoffe ich aber sehr, dass hier in der nächsten Woche keine Revolution stattfindet und ich vertrieben werde."

Der Professor lachte über seinen eigenen Scherz, den Lydia gleich parierte: „Das will ich aber sehr wohl hoffen, lieber Herr Professor, dass hier in dieser Woche eine kleine Revolution stattfindet! Deswegen sind wir ja nun alle da! Die Liebe hat doch ein höchst revolutionäres Potenzial, finden Sie nicht?"

„Durchaus, Frau Grünauer. Durchaus. Hmmm ... Wenn man sich das Wort Revolution anschaut, dann kann man da durchaus das Wörtchen love drin entdecken. Ja ... nur umgedreht ..."

„Herr Professor! Das ist ja genial!" Lydia war ehrlich begeistert. „Wenn Sie erlauben, bringt unser Paul Ihr Gepäck gleich nach oben."

Professor Heinemann stellte seinen Aktenkoffer auf die unebenen großen Sandsteinfliesen und schaute mit offenem Mund durch das weiträumige Zentrum des quadratischen Treppenhauses. Das mittägliche Sonnenlicht ließ die rot gestrichenen Wände knallig strahlen, vor ihnen das veilchenblau lackierte, wie Stimmgabeln geformte Schmiedeeisen des Geländers, an dem sein Blick hinaufwanderte, bis er den von Sarah traf. Sie nickten sich höflich zu. Das Farbenspiel ließ das Einheitsgrau des Professors vergessen und goss einen rosa Schimmer über sein fasziniertes Gesicht. „Wunderbar! Wunderbar!" Er suchte in seinen Hosentaschen nach dem Autoschlüssel und drückte ihn Paul, der gerade hinzugekommen war, dankend in die Hand. Eveline begrüßte den Professor so, als hätte sie schon seit Jahren seine Vorlesungen besucht und erkundigte sich interessiert nach seiner Anreise. Als sie ihn zu seinem Zimmer begleitete, erklärte sie ihm en passant, wer die Schlossbewohner auf den Ölporträts waren, die im Treppenhaus hingen. Für Eveline war dies heute ein großer Tag. Endlich war hier was los! Orion fand sie zwar „hammerschön", aber in der Idylle von Einkochen, Büroarbeit und Französisch pauken konnte sie durchaus etwas Abwechslung vertragen. Paul war nicht unbedingt der Gesprächigste, und Sarah, so schien es ihr, dürfte irgendwie genug mit sich selbst zu tun zu haben. Und mit Madame Labbé.

Im Laufe des Nachmittags trudelten die Gäste ein. Das Ehepaar Ursel und Werner Drechsler, das sich diese Reise zum dreißigsten Hochzeitstag geschenkt hatte, kam aus dem Taunus. Aus Hamburg reiste die Medizinerin Dorothee Berg an, die gleichzeitig mit Hendrik van Basten von Paul aus Biarritz abgeholt wurde und nicht so recht wusste, was sie von diesem spirituellen Coach aus Amsterdam halten sollte, der wie sie auf die sechzig zuging. Die hübsche Französischlehrerin Caroline Kaspar aus München, Mitte dreißig, fuhr mit ihrem kleinen Honda vor, entspannt und bereits erholt, weil sie schon eine Ferienwoche an der Atlantikküste verbracht hatte. Lediglich das Ehepaar Markus und Nicole Hechler, beide Geschäftsführer ihres Versicherungsbüros in Dresden, sollten erst am nächsten Morgen anreisen. Sie hatten in Bordeaux noch eine Weinverkostung „mitnehmen wollen" und versprochen, in jedem Fall vor dem Seminarbeginn in Orion einzutreffen.

In den Stunden bis zum Abend zog der Himmel immer weiter zu. Die Pyrenäen verschwanden in grauem Dunst, und die Luft schien sich keinen Millimeter zu bewegen. Teo zeigte nicht das geringste Interesse an den Gästen und blieb unbeteiligt auf dem Kies neben dem Haustor liegen, seinen Kopf matt auf die Vorderläufe gepresst. Noch nicht einmal die aggressiven Fliegen konnten ihm eine Reaktion abzwingen.

Lydia und ihr Team waren damit beschäftigt, den Gästen das Haus zu zeigen, in dem sie die nächsten acht Tage verbringen würden. Die Stimmung war aufgeregt, neugierig und optimistisch. Eveline wirbelte durch die Räume, die im Vergleich zum stickigen Außenklima angenehm kühl geblieben waren, servierte im Grand Salon Kaffee und eine Tarte mit Pfirsichen der Sorte Dorée Bellegarde aus Monein. Lydia hatte die besonders großen Früchte extra vom Markt in Salies geholt und vorsichtig auf den Küchentisch gelegt, als wären sie pures Gold. Die hohen Sprossenfenster des Salons waren weit geöffnet, ein leichter Wind begann die Vorhänge zu blähen. Sarah zündete die Kerzenleuchter auf dem mannshohen Kaminsims und dem schwarzen Flügel an. Im Kerzenlicht wirkten die Wände wie ungebrannter Ton. Als sich schließlich das Gewitter krachend über dem Château entlud und Lydia zu ihrem obligatorischen Begrüßungsgläschen Rosé bat, waren alle Gäste übermütiger Stimmung. Professor Heinemann schwelgte, dass ihm im Moment kein anderer Ort einfiele, der Herz und Hirn für sein Thema „Liebe denken" mehr inspirierte als dieser, worauf ihm Lydia sogleich nachschenkte. Die allgemeine Stimmung war schließlich so heiter, dass man vom Salon direkt in den Speisesaal zum Diner wechselte, wie bei einem Familienfest.

Sarah hatte vorher noch einen raschen Besuch bei Marguerite abgestattet, die ihr Appartement heute den ganzen Tag nicht verlassen hatte. Die drückende Hitze des Nachmittags hatte ihren Blutdruck deutlich gesenkt, aber sie wehrte Sarahs Sorge bestimmt ab: „Ich lege mich einfach früh zu Bett, Sarah. Jetzt nach dem Gewitter ist die Luft so klar und wunderbar, dass ich sicher gut schlafen werde." Trotzdem klang Marguerites Stimme dünn und ein wenig weinerlich. Sie zeigte auch kein Interesse an den neuen Gästen, drängte Sarah aber, sich um sie zu kümmern.

Sarah war von dem quecksilbrigen Tag so überdreht, dass sie nicht einschlafen konnte. Kühle Luft drang durch das offene Fenster, und sie zog das Bettlaken enger um ihre Schultern. An den letzten Abenden war es ihr gelungen, mit Musik einzuschlafen, die sie über Kopfhörer von ihrem iPhone hörte. Heute Nacht war das unmöglich. Sie wollte einfach nichts mehr hören. Gar nichts. Sie wälzte sich von einer Seite auf die andere und musste sich an ihre erste qualvolle Nacht ohne Lucas erinnern. Sie bemerkte eine der beiden Schleiereulen über ihrem Fenster, die sich in einer kleinen Öffnung unter den Dachschindeln eingenistet hatten. Sarah fand, ihre Rufe klangen wie die von verlorenen Seelen. Rasch stand sie auf. Sie fürchtete, wieder diesem Herzbrennen ausgeliefert zu sein, das ihr immer wieder den Schlaf raubte und sie grübeln ließ. Leichtfüßig huschte sie durch das knarrende Treppenhaus in die Küche und kochte eine Tasse heiße Milch, eine wirksame Schlafhilfe ihres Vaters, der sich vor nervenaufreibenden Konzerten nicht mit Rotwein beruhigen durfte, um seine Konzentrationsfähigkeit nicht zu gefährden. Leise schlich sie über den Korridor zurück. Außer den knarzenden Holzstufen unter ihren bloßen Füßen war nichts zu hören. Alle Gäste schienen tief zu schlafen, erschöpft von ihrer Anreise, dem guten Essen und dem Wein. Plötzlich hörte Sarah ein leises Wimmern aus der Richtung von Marguerites Appartement, das zwar nah an ihrem Zimmer lag, aber doch ein wenig zurückgelegen am Ende eines kleinen Korridors, der beidseitig mit Bücherregalen gesäumt war.

Sarah lauschte. Das Wimmern kam tatsächlich aus Marguerites Appartement. Sarahs Herz fing an zu klopfen. Es gab keinen Zweifel, Marguerite weinte. Es klang so, als hätte sie sich verletzt. Vielleicht war sie gestürzt. Mit angehaltenem Atem klopfte Sarah an Marguerites Tür. Marguerite antwortete nicht. Zögernd öffnete Sarah die Tür. Es war fast ganz dunkel im Raum. Marguerites Weinen klang unverändert. „Marguerite!", flüsterte Sarah, „Marguerite, hören Sie mich?" Die alte Dame schien sie nicht wahrzunehmen. Sarahs Herz klopfte immer schneller. Am liebsten wäre sie wieder unbemerkt aus dem Zimmer geschlichen. Was war mit Marguerite? Was wäre, wenn sie plötzlich erschrecken würde und anfinge zu schreien? Sarah bewegte sich langsam ein paar Schritte zum Schreibtisch und tastete nach dem Schalter der kleinen Lampe. Währenddessen redete sie so ruhig wie möglich weiter. „Marguerite, ich bin's, Sarah! Bitte erschrecken Sie nicht. Marguerite, beruhigen Sie sich."

Als sie die Schreibtischlampe anknipste, sah sie Marguerite kauernd auf dem Bettrand sitzen, ihre Hände vor dem Gesicht. Sie zeigte keine Reaktion und war völlig in sich versunken. Sarah streichelte über ihren Rücken und wiederholte immer wieder sanft und liebevoll ihren Namen. Mit einem Mal hörte sie auf zu weinen, hob ihren Kopf und sah Sarah an. Ihr Blick wirkte abwesend. „Wollen Sie sich vielleicht hinlegen, Marguerite? Ich helfe Ihnen dabei." Als sie nicht antwortete, stand Sarah auf und bettete sie vorsichtig auf das Kissen. Marguerite stöhnte. Sarah ging zum Fenster, öffnete es und goss Wasser aus der Karaffe in ein Glas. Marguerite schien allmählich zu sich zu kommen. Sarah half ihr zu trinken und redete ruhig auf sie ein: „So ist's gut, Marguerite. Ich decke Sie jetzt zu, ja? Sie haben ja ganz kalte Hände." Marguerites Hand hielt Sarah fest und drückte sie. „Was ist denn passiert, Marguerite? Wollen Sie es mir nicht erzählen?"

„Ich habe solche Schmerzen, Sarah. Meine alten Knochen, wissen Sie ..." Marguerite war jetzt wieder ganz bei Sinnen, aber ihr Gesicht war schmerzverzerrt. Sie bat Sarah, ihr das blaue Medizinfläschchen vom Esstisch zu bringen. Sarah beeilte sich, ihr die Morphintropfen zu verabreichen. Dann setzte sie sich auf den Bettrand und sagte nichts mehr. Mit der Zeit entspannten sich Marguerites Gesichtszüge ein wenig. „Es tut mir leid, dass ich Ihnen diese Unannehmlichkeiten mache, Sarah", flüsterte sie und betonte dennoch jede einzelne Silbe des Wortes *Unannehmlichkeiten*. Sie erklärte Sarah, dass ihre Magersucht der Grund für ihr mürbes Knochengerüst sei, das ihr manchmal höllische Schmerzen bereitete.

„Kann man diese Magersucht nicht behandeln, Marguerite?"

„Das habe ich aufgegeben, meine Liebe. Daran leide ich nun schon seit mehr als sechzig Jahren ... und kein Arzt hat mir wirklich helfen können. Ich habe mich daran gewöhnt."

„Aber warum ...?"

„Ach ... diese Anorexia ist teuflisch. Dr. Clemenceau ist der Überzeugung, dass mir diese endlosen Jahre ... diese acht end-lo-sen Jahre in die Seele gekrochen seien. Sie lassen sich nicht ausradieren. Sie haben sich einfach in meinen Körper ge-schrie-ben."

„Marguerite ... das ist doch schon so lange her ... und danach waren Sie nie mehr einsam. Sie haben geheiratet. Sie hatten eine wunderbare Familie ... Und auch jetzt sind Sie in Orion. Sie sind nicht allein,

Marguerite. Und Sie können doch frei entscheiden, was immer Sie wollen …"

Sarah versuchte zu trösten, empfand ihren Zuspruch aber als unbeholfen. Sie wusste zu wenig über Marguerites Leben, gerade so viel, wie Lydia ihr erzählt hatte, Biographisches, das mehr Fragen aufwarf als beantwortete.

Marguerite fröstelte. Sie war erschöpft und schien gleichzeitig nervös. Ohne Unterlass schabte sie mit dem Daumennagel ihrer rechten Hand an den kurzen Fingernägeln ihrer linken entlang, einen nach dem anderen und wieder zurück.

Diese Unruhe hatte Sarah schon einige Male bei Marguerite bemerkt. „Wollen Sie mir vielleicht einmal erzählen, was Sie erlebt haben, Marguerite?", fragte Sarah vorsichtig. „Dann würde ich ein wenig mehr verstehen. Das würde ich wirklich sehr gern."

Marguerite sah Sarah zweifelnd an. „Vielleicht, ja … vielleicht ergibt es sich einmal …" Marguerite nickte ihr lächelnd zu. Sarah versprach, später noch einmal nach ihr zu sehen. Marguerite hatte jetzt ein ganz friedliches Gesicht, in dem Sarah keine Anspannung mehr entdecken konnte.

Sarah ging zurück in ihr Zimmer. Sie war hellwach. Zum ersten Mal hatte sie das Gefühl, dass ihr Liebeskummer auch etwas Wertvolles, sehr Lebendiges bedeuten konnte. Marguerite dagegen schien das Leben links liegengelassen zu haben. Sie war erwachsen geworden in einem Abseits von allem, was Freude, Liebe, Körperlichkeit und Eigenständigkeit bedeutete. Nichts dürfte sie verwirrt haben, nichts erwartet oder erhofft. Selbst ein Liebeskummer war ihr nicht vergönnt gewesen. Was muss es für ein junges Mädchen bedeuten, in einer klösterlichen Umgebung aufzuwachsen, in der Sinnlichkeit als des Teufels gilt? Warum litt sie noch heute an einer Krankheit, die meist in der Reifezeit einer jungen Frau entsteht? Als hätte man ihr mit dreizehn Jahren ihr Leben genommen.

Sarah legte sich mit dem Laptop auf das Bett. Nun konnte sie erst recht nicht einschlafen. Sie googelte den Staatsmann und Botschafter Léon Bérard. Sie las die respektvollen Trauerreden seiner Freunde aus der Académie Française, wie die des Schriftstellers Jean Guitton, als Bérard 1960 im Alter von 84 Jahren starb. Sie folgte den Links zu Papst Pius XII. und dem Vichyregime. Je mehr sie las, desto mehr Fragen stellten sich ihr. Und stets hatte sie dabei Marguerite im Kopf, die durch die Karriere ihres Vaters ein Leben führen musste, das sie bis heute prägte.

Léon Bérard war ein angesehener Rechtsanwalt, der zum Bildungsminister der Dritten Republik Frankreichs aufgestiegen war und vor dem Zweiten Weltkrieg das Justizministerium geleitet hatte. Im Béarn war man stolz gewesen auf den gebildeten Landsmann und herausragenden Redner, den sie als Konservativen in den Senat für das Département Pyrénées-Atlantiques gewählt hatten. Sein Ansehen reichte sogar bis in die Gegenwart, was Sarah daran ablesen konnte, dass ein Gymnasium im Béarn und ein Krebsforschungszentrum in Lyon sich mit seinem Namen schmückten. Gleichzeitig wurde deutlich, dass eine einzige folgenreiche Entscheidung Bérards weiteres Leben bis zum Tod bestimmen sollte – und auch das seiner Familie. Nach der Niederlage der Franzosen gegen das Deutsche Reich hatte der Konservative Léon Bérard im Juli 1940 für die Ermächtigung Pétains gestimmt. Mit ihm tat das die überwiegende Mehrheit der Franzosen. Sie erteilten dem populären Marschall Henri Philippe Pétain, dem legendären „Held von Verdun", den Auftrag, eine neue Verfassung zu erstellen; Regierungssitz wurde Vichy. Bérard war wie so viele Franzosen davon überzeugt gewesen, dass diese Regierung das kleinere Übel nach dem schweren Schock der Niederlage gegen die Nazis war. Ohne diesen schmerzlichen Kompromiss, mit dem verachteten Nazideutschland zusammenzuarbeiten, hätte es keinen Waffenstillstand gegeben, sondern eine Vernichtung. Die Diskussion über den Grad

*Léon Bérard*

und Umfang der Kollaboration mit den Nazis hatte damals längst nicht die Brisanz gehabt, die sie nach dem Krieg bekam. Für Léon Bérard bedeutete diese Regierung erst einmal eine ehrenvolle Aufgabe: Das Vichyregime ernannte ihn im Oktober 1940 zum Botschafter beim Heiligen Stuhl. Er sollte die diplomatischen Beziehungen zwischen Marschall Pétain und dem Oberhaupt der katholischen Kirche aufrechterhalten. Wie lange Bérard seinem Heimatland fernbleiben sollte, in dessen Auftrag er in Rom war, hatte er nicht ahnen können. Dieses Amt hatte für ihn Fluch und Segen gleichzeitig bedeutet.

Sarah hatte Mühe, all die historischen Fakten und Spekulationen mit der Biographie Bérards in Einklang zu bringen. Es stellten sich ihr immer mehr Fragen. Ein Dokument vom August 1941 zitierte Bérard. Darin berichtete er Pétain „über die unveränderte Haltung des Heiligen Stuhls" zum *Judenstatut*, das vom Vichyregime knapp ein Jahr zuvor erlassen worden war. Papst Pius XII. hatte darin zum Ausdruck gebracht, sich nicht gegen die Ausnahmegesetzgebung zu stellen, in der eine umfassende „Säuberung" der staatlichen Ämter beschlossen worden war. Französischen Juden wurde danach der Zugang zu Schulen, Behörden, natürlich zur Justiz, aber auch zur Medizin und den Universitäten verwehrt. Ein Gesetz, das die Vichyregierung nach neueren Untersuchungen unter keiner direkten Einflussnahme der Nazis, sondern quasi autonom erlassen hatte. Welche Haltung hatte dabei Léon Bérard persönlich eingenommen?

Sarah konnte sich kein Bild machen. Mit Erleichterung las sie, dass Bérard sich nach der Machtergreifung der Nazis 1933 für jüdische Intellektuelle und Künstler aus Deutschland eingesetzt hatte, die nach Frankreich geflüchtet waren. In den dreißiger Jahren hatte Bérard zwei Mal das Amt des Justizministers bekleidet. Wie konnte das zusammengehen mit dem freundschaftlichen Verhältnis, das er angeblich zu Papst Pius XII. gehabt haben sollte? Dem am heftigsten umstrittenen Papst des 20. Jahrhunderts. Jenem, der geschwiegen hatte, der sich nie öffentlich gegen den Holocaust aussprach, dem sogar immer wieder Duldung der Nazis unterstellt wurde. Wenn dieser Papst Léon Bérard und seiner Familie nach dem Krieg kein Asyl im Vatikan gewährt hätte, wäre der Ex-Botschafter in Paris sofort vor ein Gericht gestellt worden, wie viele Pétainisten. Schließlich war Marschall Pétain selbst zum Tode verurteilt und von Charles de Gaulle zu lebenslanger Haft begnadigt worden. Sarah las über die Stimmung der Genugtuung in Paris, als Pétain im Jahr 1951, verachtet und verbittert, im Alter von fünfundneunzig Jahren in der Verbannung auf der Île d'Yeu gestorben war, endlich, wie viele fanden.

Am nächsten Morgen hörte Sarah die Kirchturmglocken nicht. Auch nach dem zweiten Durchgang rührte sie sich nicht. Als Eveline sie kurz vor neun Uhr sanft wach rüttelte, hatte sie Mühe zu sich zu kommen.

„Na? Wohl lang gechattet heute Nacht, was?", kicherte Eveline und nickte in die Richtung des Laptops, das noch immer aufgeklappt neben Sarah lag. „Wie heißt er denn? ... Alles ok?"

„Jaja, alles ok", nuschelte Sarah in die Kissen. „Verdammt ... echt total verschlafen ... ich beeile mich ..."

„Kein Stress", tröstete Eveline. „Heute Morgen sind alle irgendwie wie in Zeitlupe."

„Na dann. Ich komme gleich runter." Zweimal noch war Sarah in der Nacht zu Marguerite geschlichen, um nach ihr zu sehen. Ihre tiefen ebenmäßigen Atemzüge hatten sie beruhigt. Rasch zog sie sich an und eilte wieder zu Marguerites Zimmer. Sie klopfte, öffnete die Tür einen Spalt und sah Marguerite lesend an ihrem Schreibtisch.

„Guten Morgen, Sarah!", rief sie lächelnd, als wäre nichts geschehen. „Sie sehen, es geht mir wieder gut. Machen Sie sich keine Sorgen. Wir sehen uns später."

„Tatsächlich? Das ist ja wunderbar!" Sarah war erleichtert. Gleichzeitig fiel es ihr schwer zu glauben, dass es Marguerite tatsächlich so gut ginge, wie sie tat.

„Hoffen wir's", dachte sie und rannte hinunter. In der Küche erzählte sie Lydia von den Vorfällen der Nacht. Eveline hörte mit Schreck geweiteten Augen zu und stieß ab und an ein „Oh Gott, nein!" aus.

Lydia blieb ganz ruhig. „Das passiert immer mal wieder, Sarah. Es tut mir leid, ich hätte dich vorbereiten sollen. Aber in den letzten Monaten ging es ihr eigentlich sehr gut. Das war nicht vorherzusehen ... Ich werde nachher kurz zu ihr gehen." Sie überlegte einen Moment, dann strahlte sie ihre beiden Praktikantinnen an. „Wir haben eine ganz homogene Truppe beisammen, meine Lieben! Das erleichtert vieles. Ich bin glücklich!"

Sie meinte die Seminarteilnehmer, die sich allmählich an dem großen Tisch unter der Platane sammelten. Lydia gesellte sich in Begleitung von Professor Heinemann dazu. Als sie mit ihren einführenden Worten zu Ende und kurz davor war, das Wort an Professor Heinemann zu übergeben, fuhr eine BMW-Limousine mit Dresdner Kennzeichen über den Kies und parkte direkt vor dem Haustor. Es waren

Markus und Nicole Hechler. Lydia seufzte. Eveline wusste genau, was sie jetzt dachte und grinste. Warum parken immer diejenigen direkt vor der Tür, die die dicksten Autos haben – das war die Frage, die Lydia angesichts ihrer Gäste höflich runterschluckte. Teo bellte und verschwand hinter dem Haus.

„Das ist ja hinreißend!", rief Frau Hechler noch bevor sie ganz ausgestiegen war und schaute sich staunend um. Sie sah aus wie aus einem Modekatalog für die Côte d'Azur. Herr Hechler, einen Kopf größer als sie und wohlbeleibt, streifte das rosa Leinenhemd über dem Bauch glatt, seufzte tief und sah seine Frau erwartungsvoll an.

„Willkommen im Château d'Orion!" Eveline liebte es, diese Begrüßung auszusprechen, immer etwas singend.

Nicole Hechler schob sich die Chanel-Sonnenbrille ins Haar und reichte ihr begeistert die Hand. „Sie müssen Eveline sein. Wir haben telefoniert. Nicole Hechler."

Paul schlenderte bewundernd um den Wagen herum und bot an, ihn auf den Gästeparkplatz zu fahren.

„Ach! Ja! Das wäre wirklich sehr nett!", rief Markus Hechler. „Und ... ich habe eine Riesenbitte! Wir haben Weinkisten im Auto. Die müssen kühl gestellt werden. In der Hitze geht das sonst alles kaputt." Er öffnete den Schlag des Kofferraumes, der randvoll war von Reisetaschen und fein säuberlich geschlichteten Weinkartons mit nobel wirkenden Bordeaux-Etiketten.

„Tja, wir haben nicht widerstehen können!", rief Frau Hechler stolz. „Ein Traum, kann ich Ihnen sagen. Ein absoluter Genuss, diese feinen Tröpfchen! Und gar nicht mal so teuer!"

„Wir hätten einen Anhänger mitnehmen sollen, Liebes", bestätigte Herr Hechler, und an Paul gewandt: „Auf dem Rücksitz sind noch ein paar Kisten. Aber nur Weißwein! Man kann ja nie wissen!" Er lachte laut und schlug dem reaktionslosen Paul auf die Schultern. „Weißwein macht keine Rotweinflecken! Verstehen Sie?" Paul sagte nichts. Es hatte ihm die Sprache verschlagen.

## Sieben

Als Sarah am späten Nachmittag mit Paul aus Salies zurückkam, schien das Haus wie ausgestorben. Annie bereitete das Abendessen vor und blickte von ihrem Schneidebrett kaum auf, als Sarah die Küche betrat.

„Marguerite ist im Krankenhaus", sagte Annie ruhig.

Sarah starrte die Köchin fassungslos an und hievte die Supermarkttasche neben sie auf den langgezogenen Küchenblock. „Was? Wo ist sie? Was ist passiert?"

„Lydia musste mit ihr ins Krankenhaus nach Orthez fahren. Sie hatte solche Schmerzen. Die Medikamente haben nicht mehr geholfen." Annie legte das Zwiebelmesser zur Seite und schaute Sarah ernst an. „Schau nicht so verzweifelt, Sarah. Sie werden ihr dort helfen können. Es ist nicht das erste Mal, dass Madame Labbé in Orthez ist. Sie wird sicher bald zurückkommen."

Die unaufgeregte Art der Köchin konnte Sarah nicht beruhigen. Als sie Marguerite das Mittagessen gebracht hatte, schien alles in Ordnung gewesen zu sein, auch wenn die alte Dame sehr wortkarg gewesen war. Aber das war sie selbst auch. Beide waren unausgeschlafen und nicht zum Plaudern aufgelegt.

Lydia betrat mit raschen Schritten die Küche und blieb entschlossen neben Sarah stehen. „Es ging nicht mehr. Sie hat nur noch geweint. Ich musste sie zu Dr. Rouchelle bringen, Sarah. Morgen sehen wir weiter." Sie ging zum Kühlschrank und goss Roséwein in zwei kleine Wassergläser. Eines reichte sie Sarah. „Es wäre gut, wenn du morgen nach dem Frühstücksservice nach Orthez fahren würdest. Dr. Rouchelle hat versprochen anzurufen, sollte sich ihr Zustand weiter verschlechtern." Sarah runzelte die Stirn. „Sie wird nicht leiden, Sarah, glaub mir", sagte Lydia beschwichtigend. Sie bekommt auch etwas gegen ihre Depressionen." Dann stellte sie ihr leeres Glas mit Nachdruck auf den Tisch und fragte geschäftig: „Sind unsere Gäste schon von ihrem Spaziergang zurück? Im Wald wird es sicher kühl genug gewesen sein."

Sarah ging auf ihr Zimmer und legte sich wieder mit ihrem Laptop aufs Bett. Sie versuchte Antonia per Skype zu erreichen. Sie hatte Sehnsucht nach der Unbeschwertheit ihrer Freundin. Antonia war nicht online. „Kannst du um zehn skypen?" tippte sie. „Muss mit dir reden ..." Sarah war gerade dabei, den Laptop auf die Seite zu schieben, als sie den Eingang einer Mail hörte. Der Absender war „Lucas". Das Herz schlug ihr bis zum Hals. Sie drehte sich auf die Seite und rollte sich zusammen. Sie stellte sich vor, wie Lucas in genau diesem Moment in seinem Büro saß und ihr schrieb. Sie sah ihn in seinem weißen Hemd, die Ärmel aufgekrempelt, zurückgelehnt an einem großen, aufgeräumten Schreibtisch. Er hatte gerade Kontakt mit ihr aufgenommen! Jetzt, genau jetzt an sie gedacht! Es verging eine Weile, bis sie sich an die Mail traute.

*Von: lucas.durand@gmail.com*
*Datum: 4. August 2012, 17.38 MEZ*
*An: sarah.hansen1@gmail.com*
*Betr.: Treffen*

*Liebe Sarah, ich weiß, wir haben ausgemacht, uns nicht zu schreiben. Aber ich werde dieses Versprechen jetzt brechen. Verzeih mir bitte. Aber wir sind erwachsene Menschen! Wir haben uns jetzt seit drei Wochen nicht gesehen. Es sind mir viele Dinge durch den Kopf gegangen. Es ist Zeit zu reden. Ich MUSS mit dir reden, Sarah! Aber nicht am Telefon. Ich werde in ca. zwei Wochen nach*

*Saint-Émilion fahren. Wenn ich es schaffe, sogar früher. Genau kann ich das noch nicht abmessen. Deine Mutter hat mir gesagt, wo du bist. Bitte lass mich dich besuchen. Und wenn es nur für eine Stunde ist. BITTE!!! Lucas*

Sie war wie erstarrt. Nein, sie wollte ihm nicht begegnen, auch nicht mit ihm sprechen. Sie würde das nicht aushalten. Sie war noch nicht so weit. Allein die paar Zeilen brachten sie aus der Fassung. Dabei hatte Lucas nichts anderes getan als das, was sie sich immer wieder gewünscht hatte. Aber was würde er ihr sagen wollen? Dass er mit Laura zusammen wäre? Dass er einen „würdigen Abschluss" bräuchte? Die Beziehung ordentlich abwickeln wollte wie eines seiner Projekte? Sarah sprang aus dem Bett und rannte die Stiegen hinunter in die Küche. Sie nahm das größte Tablett aus dem Regal und belud es mit Geschirr und Besteck, um den Tisch für das Diner zu decken.

Draußen vor dem Eingang spielten Professor Heinemann und Hendrik van Basten Boule. „Wollen Sie uns nicht ein bisschen Gesellschaft leisten, Sarah?", fragte der Spiritual Coach aus Holland. Er sah aus wie der kleine Bruder von Woody Allen, fand Sarah, und beobachtete, wie sein schmächtiger Körper nach dem dynamischen Wurf der Kugel fast hinterhersprang.

„Das würde mich auch freuen", rief Professor Heinemann fröhlich. „Uns haben alle Damen verlassen!"

Sarah lächelte. Die beiden gefielen ihr in ihrer bubenhaften Spielerlaune. Offensichtlich verstanden sie sich bestens und begossen ihre junge Freundschaft mit Rosé. „Das lohnt sich nicht mehr. Es gibt gleich Abendessen", antwortete Sarah und bedauerte tatsächlich, dass keine Zeit mehr für ein Spiel war. Sie liebte diese Minuten vor dem Sonnenuntergang in Orion, die es fertig bringen konnten, die Zukunft fern zu halten und ein Gefühl von tiefem Frieden hervorzulocken. Die letzten Sonnenstrahlen schälten sich von den hügeligen

Feldern vor den Pyrenäen, und die weißen Kühe standen in Gruppen auf den Wiesen, als gehörten sie sich selbst.

„Schade! Wirklich schade. Aber Sie müssen uns versprechen, dass Sie heute Abend mit uns essen, ja?", rief van Basten.

Sein holländischer Akzent amüsierte Sarah. „Das geht leider auch nicht, Herr van Basten. Ohne Service gibt es auch nichts zu essen."

„Dann setzen Sie sich später zu uns!", bekräftigte Professor Heinemann.

„Ich kann Ihren Diskussionen ja gar nicht folgen, Herr Professor", wehrte Sarah ab, „ich bin gar nicht im Thema."

„Aber wo! Zu unserem Thema hat jeder was zu erzählen", beharrte Professor Heinemann.

„Aber nur, wer will, Gerald. Nur wer will", sang Hendrik van Basten.

„Natürlich, Hendrik. Also, wir würden uns jedenfalls freuen, Sarah!" Professor Heinemann konzentrierte sich auf seinen nächsten Wurf und schwang den Arm mehrfach vor und zurück, bevor er die Partie als „endgültig versemmelt" abschreiben musste. „Es liegt am Kies", analysierte er, „es liegt eindeutig am Kies."

„Sie sind ein Opfer der Physik, Professor", konterte van Basten amüsiert. „Beugen Sie sich nicht der Diktatur der Naturwissenschaft. Es gibt noch andere Dinge zwischen Himmel und Erde. Lassen Sie Ihren inneren Schwingungen einfach mehr Raum. Dann werden Sie Ihrem Ziel schon näher kommen."

Heinemann wog den Kopf zweifelnd hin und her und gab sich für dieses Spiel geschlagen. „Wenn man von allen Damen einen Korb kriegt, ist das so eine Sache mit den Schwingungen."

Van Basten kicherte, und beide stießen in ihrer Weinseligkeit erneut an. „Das ist das Rückzugsphänomen, Gerald. Oder wie würden Sie das nennen?"

„Wie meinen?"

„Na ja. Das Rückzugsphänomen! Der, der sich zurückzieht, wird immer bedeutender. Und das um so mehr, je weiter er entfernt ist."

„Ja ... in der Tat. Da hat der Kollege Recht. Also, Sarah, bleiben Sie heute Abend einfach bei uns." Van Basten wippte zufrieden und sah Sarah herausfordernd an.

Sarah fühlte sich auf seltsame Weise ertappt. Sie lachte laut auf. „Na, dann werde ich nach dem Diner ein Glas mit Ihnen trinken. Vielleicht kann ich meinen Bedeutungsgrad dann wieder etwas relativieren."

Van Basten hob beide Handflächen gen Himmel und sah sich als Sieger auf der ganzen Linie.

Der Abend tat Sarah gut. Sie hielt ihr Versprechen und blieb nach dem Diner. Professor Heinemann und Hendrik van Basten waren deutlich ermüdet und zurückhaltender als erwartet. Sie überließen es Sarah, sie mit Geschichten über Wien, ihr Studium oder über ihre Zeit in Rom zu unterhalten. Kurz vor zehn Uhr verabschiedete sie sich. Sie konnte es nicht erwarten, mit Antonia zu sprechen. Pünktlich wählte sie auf ihrem Laptop Antonia an, die sich sofort meldete und mit ihrem breiten Grinsen auf dem Bildschirm zu sehen war. „Na, meine Schlossschönheit! Wie geht es dir?"

„Ach Toni! Ist das schön, dich zu sehen! Ich bin völlig daneben. Hier geht alles drunter und drüber!"

Antonia sah sie ratlos an und zog die Augenbrauen hoch. „Ich denke, du erholst dich in der Idylle ... Sind die Gäste nervig?"

„Nein. Überhaupt nicht. Die sind völlig ok. – Lucas hat mir gemailt."

„Ach ..." Antonia starrte Sarah erwartungsvoll an. „Ja, sag schon! Was hat er geschrieben?"

„Er will mich sehen und mit mir sprechen. Er besucht seine Eltern in Saint-Émilion, in zwei Wochen. Dann will er herkommen."

„Woher weiß er denn, wo du bist? Ich hab ihm nichts gesagt ..."

„Von meiner Mutter. Dabei habe ich ihr verboten, Lucas auch nur ein Sterbenswörtchen darüber zu verraten, wo ich bin. Aber die beiden stecken halt unter einer Decke. Das war schon immer so."

„Was willst du tun?"

„In keinem Fall will ich ihn sehen, Toni. Ich pack das jetzt einfach nicht."

„Hat er dir geschrieben, was mit ihm ist? ... ich meine ... ist er noch mit dieser Eisente zusammen?"

„Ich weiß es nicht. Und wahrscheinlich hab ich auch nur Angst davor, dass er mir so etwas sagen könnte. Andererseits müsste er sich dafür nicht die Mühe machen, extra hierher zu kommen."

„Das stimmt."

„Würdest du ihn an meiner Stelle treffen wollen?"

„Klar!"

„Natürlich ... Na ja, das hätte ich mir denken können. Ich habe ihm noch nicht geantwortet. Zwei Wochen sind noch ewig. Vielleicht warte ich einfach ab ..."

„Ja, lass ihn zappeln. Das ist immer gut."

„Wegen des Rückzugsphänomens, was?"

„Bitte was?!"

Sarah musste grinsen. „Das Rückzugsphänomen. Hab ich heute gelernt: Beim Rückzugsphänomen wird derjenige, der sich zurückzieht, immer bedeutender. Je länger, je weiter, desto doller."

„Eh klar! Die Statistik hab ich erfunden, Sarah!" Sie lachten.

„Wie geht es dir, meine Toni? Alles gut?"

„Ja, schon. Es ist nichts los. Ein, zwei langweilige Verehrer, sonst nichts. Die Stadt ist wie leer gefegt, nur Touristen. Du fehlst mir. – Wieso geht es bei dir dort drunter und drüber? Wie meinst du das?"

„Ich habe dir doch von Madame Labbé erzählt. Sie ist mir ans Herz gewachsen. Ich mag sie. Heute Morgen hat Lydia sie ins Krankenhaus bringen müssen. Sie hat Schmerzen in den Gelenken und Depressionen. Ach ... sie tut mir so leid. Ich werde sie morgen früh besuchen."

„Hmmm ... Ja, das tut mir auch leid ... Mach nicht so ein Gesicht, Schatzi! Wenn du sie aufmuntern willst, dann ertränk dich vorher nicht in Sorgen."

Am nächsten Morgen fuhr Sarah mit Lydias Wagen nach Orthez,

das nur dreizehn Kilometer von Orion entfernt lag. Sie überquerte den Gâve de Pau auf der mittelalterlichen Brücke Pont Neuf und bog in die Rue Bourg-Vieux. Das Krankenhaus schien aus der Zeit gefallen, karg und ein wenig vernachlässigt. Es roch nach Spiritus und Kampfer. Die Wände waren zitronengelb gestrichen. Der glänzende Anstrich wirkte so, als würde jede Hoffnung und Freude an ihm abgleiten. Sarahs Schritte hallten in den unmöblierten und menschenleeren Gängen. Marguerite lag auf einem Einzelzimmer, bleich und mit geschlossenen Augen. Eine Infusion war mit ihrem linken Arm verbunden. Sarah legte die Rosen von Lydia auf das Fensterbrett, dessen cremefarbener Lack abblätterte. Die farbstrotzenden Blumen wirkten verloren in diesem seelenlosen kleinen Zimmer. Sarah stellte den einzigen Stuhl neben Marguerites Bett und setzte sich nah an ihre Seite. Vorsichtig strich sie ihr über den freien Arm.

Als Marguerite die Augen öffnete und Sarah sah, lächelte sie müde. „Sarah ..."

„Guten Morgen, Marguerite. Wie geht es Ihnen?"

„Ach ... Ich fühle mich wie eine alte Fledermaus."

„Haben Sie Schmerzen?"

„Nein. Gott sei Dank nicht." Marguerite blickte zu der Infusionsflasche am Galgen und gab Sarah so zu verstehen, woher ihre Erlösung kam. „Ich bin nur so unendlich müde. Ich schlafe die ganze Zeit."

„Das ist vielleicht ganz gut."

„Ja. Wer schläft, sündigt nicht." Marguerite lächelte wieder ein wenig und schien Mühe zu haben, ihre Augen offen zu halten. „Vielleicht holt der Herrgott mich ja bald zu sich. Dann wäre ich auch wieder bei Jean. Er wartet sicher auf mich."

„Marguerite ... reden Sie nicht so etwas. Wenn Ihre Schmerzen vorüber sind und Sie keine Infusionen mehr brauchen, holen wir Sie wieder nach Orion. Nach Hause."

„Nein ... nein .. ich bleibe jetzt hier. Hier ist alles gut ..." Sie schloss wieder die Augen.

Sarah beschlich ein bedrückendes Gefühl. Sie hatte keine Erfahrung mit alten, gebrechlichen Menschen, die leiden und mit ihrem Leben abschließen wollen. „Warten wir es ab, Marguerite", verabschiedete sich Sarah leise. „Ich bin sicher, es wird Ihnen bald besser gehen. Ich werde morgen Vormittag wieder kommen."

Sarah besuchte Marguerite jeden Morgen, nachdem sie sich um das Frühstück der Gäste gekümmert hatte. Es bot sich ihr immer dasselbe Bild. Marguerite dämmerte sediert in ihrem schneeweißen Bett, auf dem keine Falte zu sehen war. Aber sie schien sich dennoch zu freuen, wenn Sarah sich neben sie setzte, ihre Hand streichelte und mit gedämpfter Stimme sprach. Sarah erzählte ihr vom Château und von den Gästen, die wegen der Augusthitze nur in den Vormittagsstunden kleine Ausflüge zu den Märkten machten oder einen kurzen Spaziergang auf den schattigen Abschnitten des Jakobsweges. Sie beschrieb ihr, wie animierend es die Gäste fanden, dass Hendrik van Basten seinen neuen Freund Professor Heinemann mit seinen spirituellen Ansätzen oftmals völlig aus dem Konzept brachte. Und von Lydia, die es, mit gewohnter Souveränität moderierend, fertiggebracht hatte, dass Philosophie und Spiritualität keine gegensätzlichen Fremdworte für die Runde blieben. Von Eveline und Paul, die die Gäste rund um die Uhr umsorgten und literweise Verveine-aromatisiertes Wasser, Früchte oder köstliche Patisserien zu dem großen Tisch unter der Platane trugen. Marguerite hörte ihr nur zu.

Am vierten Vormittag saß Marguerite aufrecht im Bett und aß ein kleines Brioche zum Milchkaffee. Der Infusionsgalgen war nicht mehr zu sehen. „Sarah ... Sie kommen aber heute spät. Ist etwas passiert?"

Sarah war so pünktlich wie immer im Krankenhaus erschienen. „Marguerite! Das sieht ja so aus, als könnte ich Sie gleich wieder mit nach Hause nehmen", scherzte sie überrascht.

„Nein, nein. Ich bleibe hier", sagte Marguerite ernst und bestimmt. Sie wirkte völlig bei Sinnen, aber starrköpfig. So resolut hatte Sarah

Marguerite noch nie erlebt. Ihre kurze Verunsicherung wich rasch einem ermutigenden Gefühl. Das Leben hatte Marguerite offensichtlich wieder Kraft geschenkt.

„Was sagt denn der Arzt?", wollte Sarah wissen.

„Was soll er schon sagen. Ich bin ein hoffnungsloser Fall." Marguerites Tonfall war ärgerlich, fast ein wenig aggressiv.

„Ist er nicht der Meinung, dass Sie bald nach Hause gehen könnten?", fragte Sarah vorsichtig.

„Fragen Sie ihn. Ich jedenfalls bleibe hier." Sarah gab das Thema auf. Sie machte Marguerite Komplimente, wie viel besser sie nicht aussähe, was an Marguerite völlig abzuprallen schien. „Dann werde ich Ihnen morgen etwas zum Lesen mitbringen. Man kann doch nicht den ganzen Tag die Wand anstarren."

„Das wäre sehr freundlich von Ihnen, Sarah." Marguerite fand zu ihrer gewohnten Höflichkeit und erkundigte sich nach den Neuigkeiten.

„Oh, Lydia erzählte heute morgen, dass sich Nicole Hechler, Sie wissen schon, die Versicherungsagentin aus Dresden, gestern Abend mit Professor Heinemann gestritten hat. Sie nannte den Professor sogar weltfremd. Der fühlte sich völlig missverstanden. Der Professor hatte nämlich gemeint, dass die Liebe besonders unser Denken herausfordert, wenn sie ausbleibt oder misslingt. Wenn etwas scheitert, dann würde Verzeihen zum Hauptwort der Liebe. Und das sei nun etwas sehr Wertvolles, was jeder erlebt haben sollte, sonst könne man gar nicht richtig lieben. Madame Hechler hatte dann immer den Rücken ihres Gatten gestreichelt und gemeint: Darauf verzichten wir, stimmt's, Schatz? Das schaffen wir auch ohne Scheitern."

Sarah lachte und Marguerite wog den Kopf hin und her. „Verzeihen muss man lernen. Und Demut. Heutzutage sind das keine Begriffe mehr."

„Ich verstehe. Früher war alles anders, meinen Sie?"

„In jeder Hinsicht, ja." Marguerite schaute Sarah mit einer provozierenden Trotzigkeit an. „Ich selbst war nie eine mutige Frau. Das ist eine andere Sache. Aber heute hat niemand mehr den Mut zu scheitern. Es muss alles nach Plan laufen. Und wenn der Plan nicht funktioniert, dann trennt man sich sofort wieder!" Marguerite klang ein wenig abschätzig.

„So ist das eben", sagte Sarah in entschlossenem Ton. Sie bereute es ein wenig, mit dem Thema begonnen zu haben. „Die Frauen von heute sind halt finanziell unabhängig", sagte sie gleichmütig.

„Unabhängig! Ja! Aber nicht sehr couragiert."

„Wie meinen Sie das, Marguerite?"

„Ich meine, ihre Herzen sind nicht sehr mutig. Sie haben nur Exposés für ihr Glück im Kopf. Wenn Katastrophen passieren, nehmen sie ihren Kopf unter den Arm und laufen davon ... fangen einfach etwas Neues an, ohne sich um ihre Wunden zu kümmern." Sarah sah Marguerite verblüfft an und hörte gebannt zu. „Es gab auch in früheren Zeiten Frauen, die wirtschaftlich unabhängig waren! Aber es gibt einen Unterschied! Einen großen Unterschied! Sie haben sich weniger gescheut, Niederlagen auszuleben. Sie durften einfach leiden. Das war nichts Ehrenrühriges. Heute bedeutet Leiden bereits Kapitulation. Als dürften starke Frauen nicht leiden!" Marguerite schien sich richtig zu echauffieren.

„Wie war das denn bei Ihnen?", fragte Sarah vorsichtig. Sie hatte Schwierigkeiten, die gemütskranke Dame mit etwas wie Leidenschaft oder Liebesglück in Verbindung zu bringen. Marguerite strahlte eher Leid und Fügung aus. In keinem Fall aber Entschlossenheit, Unglück mit Mut zu begegnen.

„Um mich geht es nicht", sagte Marguerite unwillig. Sarah war fast amüsiert über die Tatsache, dass Marguerite Labbé offensichtlich genauso wenig daran interessiert war über sich selbst zu sprechen wie sie selbst. „Ich erzähle Ihnen eine Geschichte. Dann verstehen Sie, was ich meine." Marguerite richtete sich auf und sah Sarah eindringlich an. „Eine wahre Geschichte. Madeleine Reclus ... Also, mei-

*Marguerite mit ihrem Vater*

ne Schwiegermutter hatte eine Schwester. Madeleine. Sie war eine außergewöhnliche Frau, auch für die damalige Zeit. Sie war gebildet, stark und eigenwillig. Vor allem aber hatte sie ein extra-or-di-näres Liebesleben. Heutzutage würde man sie für verrückt oder hysterisch halten."

„Ach, was war mit Madeleine?" Sarah rückte ihren Stuhl näher an Marguerite heran.

„Madeleine war eine besonders schöne Frau. Die Ölbilder im Château kennen Sie ja. Ernest Bordes hat sie gemalt. Er war ein berühmter Maler und gehörte zur Verwandtschaft. Das berühmteste Bild von Madeleine hängt im Trauungssalon des Standesamtes von Pau. Die schöne Madeleine, in einem weißen, eleganten Chiffonkleid mit einer rosa Rose in ihrem schwarzen Haar ... Im Hintergrund sieht man die

Pyrenäen, exakt der Blick von Orion aus ... Dass Madeleine das Standesamt von Pau ziert, ist eigentlich eine Ironie der Geschichte! Sie hat nämlich niemals geheiratet." Marguerite lächelte geheimnisvoll und genoss die Spannung in Sarahs Gesicht. Sie schob Sarah das Tablett entgegen und streckte den Rücken.

„Erzählen Sie, Marguerite! Bitte!"

Marguerite ließ sich noch ein wenig Zeit, schloss ihre Augen und atmete tief durch. Dann sah sie Sarah an und begann im Ton einer Märchenerzählerin. „Die Geschichte war so: Madeleine gehörte zu den begehrtesten Mädchen von Paris. Ihr Vater, Paul Reclus, war ein angesehener Mediziner. Er war ein großer Chirurg und Pionier, der berühmt geworden war, weil er mit Kokain als Anästhetikum experimentierte und Ersatzstoffe für das Rauschgift entwickelte. Madeleine Reclus und ihre Schwester Marie verkehrten nur in den besten Kreisen. Sie besuchten die elegantesten Bälle und Salons. Es gibt sogar noch eine Liste in Orion, auf der penibel Protokoll geführt wurde, welche Kleider sie auf welchem der vielen glanzvollen Bälle getragen hatten, um bloß in keinem ein zweites Mal gesehen zu werden. Das war alles kurz vor dem Ersten Weltkrieg. Nun, während Marie standesgemäß heiratete, auch einen Mediziner, Marcel Labbé, verliebte Madeleine sich in Emmanuel Berl."

„In Emmanuel Berl? In den berühmten Schriftsteller Emmanuel Berl?" Sarah wurde ganz aufgeregt.

„Berl war vor allem nach dem Zweiten Weltkrieg ein verehrter Intellektueller der Pariser Szene", erklärte Marguerite. „Er und seine Frau, die bekannte Sängerin Mireille Hurth, hatten im Untergrund gegen die Nazideutschen gearbeitet. Aber gegen Ende des Ersten Weltkrieges war Berl noch ein mittelloser, unbekannter Schreiber. Und er war etwas jünger als Madeleine. Sie war damals Ende zwanzig. Die Beiden hatten sich bei einem der Schriftstellersalons kennengelernt, die regelmäßig stattfanden. Nicht nur in Paris, auch in Orion. Berl war Madeleines große Liebe. Er nannte sie zärtlich ‚Nette'. Es verging kein

Tag, an dem sich die beiden keine Liebesbriefe geschrieben hätten. Madeleines einziger Lebensinhalt war Berl! Ihre Mutter Henriette schätzte Berl ebenso. Er war vergnüglich, charmant und hatte immer gute Ideen. Sie waren ein schönes Paar und wollten heiraten. Dann aber lernte Berl Madeleines Cousine Jacqueline kennen, die schöne blutjunge Tochter von Ernest Bordes, dem Maler. Nun: Berl löste die Verlobung mit Madeleine und machte Jacqueline einen Heiratsantrag. Madeleine war verzweifelt. Natürlich! Wer wollte das nicht verstehen!"

Sarah folgte Marguerites Geschichte gebannt, eine Liebesgeschichte, die vor hundert Jahren geschah und ihrer eigenen in gewisser Weise ähnelte. „Und was passierte dann?"

Marguerite machte eine lange Pause. Sie schien es zu genießen, dass Sarah so an ihren Lippen hing. „Madeleine akzeptierte die Auflösung ihrer Verlobung nicht."

„Was soll das heißen?", fragte Sarah erstaunt. „Was blieb ihr denn anderes übrig als das zu akzeptieren?"

„Sie konnte sich nicht damit abfinden, dass Berl und ihre Cousine ein Liebespaar sein sollten. Madeleine war sich sicher, dass Berl und sie zusammengehörten. Für alle Ewigkeiten. Selbst eine Hochzeit mit Jacqueline sollte das nicht ändern können. Sie war von Berl besessen. Oder vom Teufel!"

„Wenn Berl Madeleine so sehr liebte, wie konnte er dann Jacqueline heiraten wollen?"

Marguerite bekam einen verächtlichen Zug um den Mund. Sie nahm einen Schluck aus ihrem Wasserglas und verengte ihre Augen zu kleinen Schlitzen. „Oh, ich glaube, er wollte der Schwiegersohn des berühmten Malers Ernest Bordes sein. Und, da ich bin mir sicher, er war vernarrt in Bordes Anwesen, ein wunderschönes Schloss an der Atlantikküste. Es heißt Bettonset. Jaquelines Mutter Zaza hatte ihm – allerdings nur in dem früheren Taubenschlag – eine Bibliothek eingerichtet, wo er schreiben konnte."

„Das heißt, sie haben tatsächlich geheiratet?!", fragte Sarah entgeistert.

„Nun, schön der Reihe nach. Also ... Sie hatten eine fulminante Hochzeit ... 1920 ... zu der Madeleine natürlich eingeladen war. Selbstverständlich. Sie gehörte ja zur Familie. Madeleine verzichtete. Sie ist überhaupt nie mehr in ihrem Leben einer Hochzeitseinladung gefolgt."

„Oh wie traurig! Die arme Madeleine!"

„Dafür hat sie Jacqueline und Berl auf ihrer Hochzeitsreise begleitet." Marguerite setzte diesen Satz wie eine Nadel in ein Stickkissen und wartete auf Sarahs Reaktion.

„Sie ist auf die Hochzeitsreise der beiden mitgefahren?!", stieß Sarah ungläubig heraus.

Nach einer wirkungsvollen Pause stichelte Marguerite weiter: „Emmanuel Berl mag vielleicht kein Grandseigneur gewesen sein. Aber Madeleine war berauscht von der Überzeugung, Berl wäre ihr Mann. Davon ließ sie sich nicht abhalten – was natürlich jeder versuchte, zu allererst Berl und selbstverständlich ihre Mutter. Jacqueline dürfte eher ein schüchternes Mädchen gewesen sein. Sie hat sich nicht getraut, eigene Ansprüche zu stellen. Vielleicht hatte sie aber auch begriffen, dass ihre Cousine nicht aufzuhalten war. Nun! Es kam, wie Madeleine angekündigt hatte: Sie gingen zu dritt auf Hochzeitsreise. Nach Sizilien! Besser gesagt, zu viert! Henriette fuhr ebenso mit. Das musste sie ja! Sie konnte ihre unverheiratete Tochter Madeleine nicht allein in die Fremde gehen lassen. Das gehörte sich damals nicht. Wie sich die Zeiten geändert haben! Sie fuhren also mit dem Schiff von Marseille nach Palermo. Kaum waren sie dort angekommen, bekam Emmanuel starke Kopfschmerzen, später auch Bauchkrämpfe. Sein Fieber stieg von Tag zu Tag, und er wurde immer schwächer! Schließlich bekam er scheußliche rote Flecken am ganzen Oberkörper. Nun, der Arzt diagnostizierte Typhus. Es ist ein Wunder, dass er überlebt hat! Ohne seine Frauen hätte er das nicht geschafft! Sie haben sich um ihn gekümmert, ihn aufopfernd gepflegt, getröstet und versorgt."

„Nein ... das ist ja unfassbar. So ein Desaster!" Sarah fasste sich an den Kopf.

„Es hat zwei Monate gedauert, bis sie wieder zurückreisen konnten. Ich habe keine Erfahrung mit Hochzeitsreisen, Sarah", spöttelte Marguerite, „aber diese dürfte doch sehr außergewöhnlich gewesen sein."

„Und was passierte nach der Hochzeitsreise?"

„Berl ist in seinen Taubenschlag an die Atlantikküste gezogen und Madeleine wieder nach Paris. Sie sind sich nie wieder begegnet. Nach dieser langen Reise konnte Madeleine ihren Helden in ihrer Seele begraben ... Seine Ehe mit Jacqueline hat allerdings auch nicht lange gehalten. Nach sieben Jahren ließen sie sich scheiden. Berl hatte sie ständig betrogen, auch mit Prostituierten. Arme Jacqueline ... sie hatte es nicht verdient. Sie war sehr fromm und gütig ... Nun, zur Vollkommenheit hat es Berl als Ehemann weiß Gott nicht gebracht ... Wissen Sie, was er später über seine Ehe mit Jacqueline gesagt hat? Und das auch noch öffentlich! Er sagte, er wäre mit einem *katholischen Eigentum* verheiratet gewesen!"

Marguerite drückte sich in ihr Kissen. Das Erzählen hatte sie angestrengt. Sarah war noch völlig in ihrer Geschichte gefangen. „Und was passierte mit Jacqueline?"

Marguerite hob den Kopf: „Sie blieb allein. Man sagt, sie wäre damit sehr zufrieden gewesen. Sie hat ihre Erfüllung in ihrem Glauben gefunden. Die einzige, die das Berl-Intermezzo in dieser Familie auf die leichte Schulter genommen hatte, war Zaza, Jacquelines Mutter. Eine großmütige Frau! Als Berl Bettonset verließ und aus dem Taubenschlag ausgezogen war, hat sie gesagt: ‚Die große Taube ist wieder ausgeflogen!'"

Marguerite sprach in ihrer Kopfstimme, machte eine flatternde Handbewegung zur Zimmerdecke und lachte. Sarah lächelte Marguerite an und war glücklich, dass deren Zustand sich so deutlich gebessert hatte. Außerdem faszinierte sie die Geschichte.

Größer noch als ihre Empörung über den dreisten Filou war ihre Bewunderung für die unglaubliche Solidarität der Frauen. Sie haben sich von Madeleines Leidenschaft mitziehen lassen müssen. Die Flut dessen, was Liebende dachten und fühlten, musste durch den Flaschenhals der Konvention. Schlussendlich saßen sie alle im selben Boot und hatten nur im Sinn, einem selbstsüchtigen Poeten das Leben zu retten.

Sarah empfand ehrliche Bewunderung für Madeleine, die die Courage hatte, ihren Liebeswahn auszuleben und ihn nicht einfach zu verdrängen. Sie selbst war kampflos geflüchtet und hatte sich ihren eigenen Gefühlen und Sehnsüchten nicht gestellt. Sie hatte sich gefügt, wie so oft, und den Bedürfnissen von Lucas mehr Raum gegeben als ihren eigenen.

Sarah wurde aus ihren Gedanken gerissen, als Marguerite ihre Hand nahm und tätschelte. „Ich bin müde, Sarah. Ich muss schlafen."

„Eine verrückte Geschichte, Marguerite ..."

„Ja, Sarah. Eine verrückte Geschichte."

Während der Mittagspause setzte sich Sarah auf das breite Sofa im Grand Salon und betrachtete die Bilder, die Ernest Bordes gemalt hatte. Lydia kam aus dem Büro und legte eine große Schatulle neben sie auf die Couch. „Hier findest du noch ein paar Korrespondenzen, die die schöne Madeleine mit ihren Verehrern geführt hat." Sarahs Begeisterung über Margueritwith Geschichte motivierte Lydia sofort, weitere Fundstücke aus dem Archiv zu holen, das sie seit Jahren versuchte in den Griff zu kriegen. „Ach ... ich sag dir ... du findest hier ständig was Neues in den Kisten. Aber diesen Schatz hier hüte ich besonders." Natürlich kannte sie Madeleines Dreiecksdrama, das Sarah gleich beim Essen begeistert weitererzählen musste.

„Ich fass es nicht!", hatte Eveline gestöhnt. „Also, ich weiß nicht, ob der bei mir überlebt hätte!"

„Klar hätte er", grinste Paul.

„Hä? Wieso?"
„Du machst nur so auf die Coole, hinter der's gleich schneit."
„Wie bitte?!" Eveline stand der Mund offen. Dann lachte sie mit gespielter Empörung auf. „Also ehrlich! Man sollte gar nicht glauben, was alles in deinem Kopf tobt! ... Ehrlich? Du glaubst wirklich, ich hab ein gutes Herz? ... Pauli ... Aaach ... Das finde ich toll! Ich hab ja auch ein großes Herz! Klar! Aber dieser Berl! Muss ein echter Womanizer gewesen sein ..."

Lydia verzichtete auf ihre Mittagsruhe und erklärte Sarah die Personen auf den Ölbildern Ernest Bordes'. Ein großes Gemälde zeigte drei Frauen, seine Tochter Jacqueline, Ehefrau Zaza und Madeleine. Obwohl selbst die Blattadern umstehender Bäume in diesem mediterranen Flair perfekt zu erkennen waren, fehlte das, was Sarah am meisten interessiert hätte, nämlich die Auskunft über die Befindlichkeiten dieser drei eleganten Frauen. Bordes hatte das Werk nicht vollendet. Das Bild zeigte ihre Gesichter nur in ausdruckslosen Grundzügen. Madeleine saß im Schatten eines Baumes auf einer antiken Marmorbank, gekleidet in ein schulterfreies weißes Chiffonkleid. Zaza stand vor ihr und schien auf ihre Nichte einzureden. „Rechts sitzt Jacqueline", erklärte Lydia und deutete auf die Frau in dem hochgeschlossenen Empirekleid und dem großen Strohhut. „Wen diese Figur mit Hörnern darstellen soll, weiß ich nicht. Vielleicht den Hirtengott Pan, der auf seiner Flöte nichts als klagende Töne hervorbringt." Sie lachte.

Das unfertige Bild machte Marguerites Erzählung für Sarah nur noch reizvoller. Ihr bot sich jede Gelegenheit, die Stimmungslage der Szenerie in ihrer Phantasie auszumalen.

„Sieh mal! Das musst du unbedingt lesen!" Lydia öffnete die Schatulle und suchte aus den vielen vergilbten Papieren eines heraus. „Das ist ein Liebesgedicht von Henri de Régnier. Ein großer Schriftsteller. Und vor allem Lyriker! Er hat es an Madeleine geschrieben, die er sehr verehrt hat."

„Madeleine war offensichtlich eine prominente Person, damals ...", murmelte Sarah.

Lydia nickte. „Sie dürfte für viele Künstler ihrer Zeit eine Muse gewesen sein. Nun ja, Henri de Régnier jedenfalls war einer ihrer großen Verehrer. Er hat sie Nette genannt, wie viele ihrer Freunde. Ein hochdekorierter Dichter und auch Mitglied der Académie Française. Er war eng mit André Gide befreundet, den er auch einmal mit nach Orion brachte." Aus Lydia sprach der pure Stolz. „Es gibt die veröffentlichte Korrespondenz der beiden. Gide hat Régnier auch ziemlich genau beschrieben. Er soll ein stattlicher Mann gewesen sein. Groß und sehr schlank, mit wunderschönen, schmalen Händen, die sich fast immer auf der Höhe seines Gesichtes befanden, um seinen Schnurrbart zu zwirbeln." Sie unterstrich ihre Beschreibungen mit den Händen und lachte. „Allerdings dürften sich die beiden auch oft gestritten haben. Gide sprach jedenfalls davon, dass Régnier von einer herablassenden Herzlichkeit war. Schön gesagt ... Und! Er muss eine auffallend schöne Stimme gehabt haben! Eine betörende Stimme!"

Sarah blickte auf die Verse, die Régniers feines, ebenmäßiges Schriftbild zeigten und las Zeile für Zeile laut vor, sobald sie sie entziffert hatte:

*Ich liebe Ihr Haus, das den Namen eines Sterns trägt,*
*Nette, dieser Orion, den Ihre Augen erhellen,*
*und sein weiter Horizont, die Ebenen und die Himmel,*
*Wo der Berg in der Ferne verschwimmt oder sich enthüllt.*

*Ich liebe diesen Orion, den Ihre Augen erhellen,*
*deren Glanz mal funkelt oder sich verschleiert.*
*So wie das Hell und Dunkel an den Himmeln*
*davon abhängen, ob ein Stern aufgeht oder erlischt.*

*Nette, ich erinnere mich an den schönen Augustabend,*
*Ich sehe Sie wieder an der Schwelle des Hauses stehend,*
*Lächelnd und die Hand so zärtlich ausgestreckt ...*

*Oh Sie, der man so gut und ganz leise sich mitteilte.*
*Denn man spürt gut, wenn man Sie kennengelernt hat,*
*Dass auch das verschlossene Herz für Sie ohne Geheimnis ist.*

„Das ist ja zum Weinen schön." Sarah war ehrlich gerührt. „Das waren noch Zeiten, als man solche Gedichte bekam. Heutzutage kriegt man Kurzprosa in emails. Wenn überhaupt ..."

Lydia lachte und wurde dann ernst. „Geht's dir gut, Sarah?"

„Gut wäre geprahlt. Aber ich bin froh, hier sein zu dürfen, Lydia. Das tut mir gut. Außerdem finde ich es inzwischen ganz schön, mich um

Marguerite zu kümmern."

„Ich habe mit Dr. Rouchelle gesprochen. Er meinte, Marguerite könnte durchaus wieder nach Hause kommen. Aber sie will nicht. Sie liegt meist in ihrem Bett und sinniert. Ich weiß auch nicht ... Nächste Woche habe ich Zeit, sie zu besuchen. Dann sind die Gäste wieder weg. Du könntest ihr etwas zum Schreiben mitnehmen. Und ihre Post. Sie liebt es, Briefe zu schreiben. Vielleicht bringt sie das auf andere Gedanken." Sie sah auf die Uhr. „Oh, mein Gott! Ich muss ja wieder zum Seminar! Die warten sicher schon auf mich."

Der letzte Abend der Denkwoche war sternenklar und mild. Die Gäste saßen nach dem Diner unter der Platane, plauderten und genossen den Brébis-Käse mit einem fünf Jahre alten Jurançon, den Lydia in die Gläser goss, als handelte es sich um die Erfüllung aller Sehnsüchte. „Das ist mein Lieblingswein", schwärmte sie, „den spendiere ich heute, weil ihr alle so wunderbare Menschen seid! Solche Tage wie diese müsste man auch in Flaschen abfüllen können!"

„Himmlische Tage waren das!", rief Hendrik van Basten mit der ihm eigenen Überschwänglichkeit, an die sich die anderen inzwischen gewöhnt hatten.

„Da muss ich dir wirklich einmal Recht geben, Hendrik." Professor Heinemann nahm einen genüsslichen Schluck, und auch Markus Hechler schwenkte sein Glas ausdauernd, um dann das Bouquet tief durch die Nase zu ziehen: „Ja! Hier ist es wie im Himmel!"

Hendrik van Basten sprang auf und deutete mit ausgestreckten Armen auf den Sternenhimmel, der heute besonders reich funkelte. „Der Himmel ist nicht nur ein Ort über uns. Er ist vor allem eine Sehnsucht! Imagine, there's no heaven!"

„Das ist doch die erste Zeile aus John Lennons Imagine, stimmt's, Hendrik?", fragte Caroline Kaspar. Sie hatte sich in Orion mit Hendrik van Basten angefreundet und konnte von seinen Ausführungen gar nicht genug bekommen.

Hendrik summte versonnen und setzte sich wieder. „Ja, Caroline. Ist das nicht ein wundervoller Song?" Und mit einem Seitenblick auf Professor Heinemann: „Aber in unserem säkularen Zeitalter ist der Himmel ja leergefegt. Wir modernen Menschen sind Wissensriesen und Bedeutungszwerge. Heute schießen wir Raketen in den Himmel, durchrasen den Kosmos und erklären das Universum. Den Himmel aber haben wir als Sehnsuchtsort verloren."

„Das ist hier in Orion aber nur schwer möglich", widersprach Sarah.

„Genau, Sarah! Und wissen Sie was? Das war auch der Grund, warum ich mich entschieden habe, hierher zu kommen", sagte van Basten. „Ein Ort mit dem Namen eines Sternbildes! Orion!"

„Glauben Sie wirklich, dass die Menschen den Himmel aus dem Blick verloren haben?", fragte Lydia. „Ich glaube, da tun Sie uns Unrecht."

„Früher haben die Menschen viel selbstverständlicher in den Himmel geschaut", beharrte van Basten, „nicht nur wegen der Wettervorhersage. Seefahrer haben ihn für ihre Orientierung gebraucht. Alle großen Philosophen haben über den Himmel geschrieben. Heute wissen Kinder oft gar nicht mehr, wo die Sonne auf- und untergeht oder warum wir Halbmond oder Vollmond haben. Spiritualität und auch die Religionen kamen gar nicht ohne den Himmel aus!"

„Wie wahr, wie wahr!" Ursel Drechsler unterstützte Hendrik van Basten begeistert. „Jesus hat gesagt: ‚Wenn ihr den anderen Liebe zuteil werden lasst, dann ist das Himmelreich mitten unter euch!' Aber seitdem wir auf dem Mond gelandet sind, heißt der Himmel ja Weltraum." Sie bedauerte diese Entwicklung.

„Das stimmt schon", stimmte Professor Heinemann ein. „Seitdem wir Raketen und Satelliten ins All schießen, hat der Himmel etwas von seinem Zauber und auch an Spiritualität verloren ..."

Hendrik van Basten klopfte ihm anerkennend auf die Schulter.

„Da geht's doch um was ganz anderes!", schaltete sich Markus Hechler unerwartet ein. „Um den Weltraum reißen sich jetzt die Großmächte! Da geht es nur noch um geopolitische Interessen!"

„Naja, aber hallo!" Paul hatte sich plötzlich aufgerappelt, zur Verwunderung aller. „Als ob das nur schlecht wäre! Mit diesem katholischen Himmel kann ich sowieso nichts anfangen. Aber das kann ja jeder für sich entscheiden. Ok! Aber ohne die Raumfahrt gäb's auch kein Internet. Da können wir jetzt alle rumfliegen! Im Cyberspace! Überall hin! Und zwar endlos!"

„Wow!", sagte Eveline leise und mit echter Bewunderung. „Da hat er ja nun Recht."

„Das kann man wirklich nicht abstreiten", sagte Ursel Drechsler, „es kommt mir aber manchmal so vor, als wäre das Internet für die Jungen eine Ersatzreligion. Die sind ja von diesem Online-Universum direkt beseelt! Als wäre das die neue Unendlichkeit!"

„Nun ja", räsonierte Heinemann, „die technische Himmelsbewältigung kann uns ja nun nicht daran hindern, den Himmel als Projektionsfläche für die Liebe zu erhalten ... Das ist nicht nur legitim, sondern auch sehr schön! Also lassen Sie uns die Beziehung zwischen Himmel und Erde wieder aufnehmen!" Er drehte sich zu Hendrik van Basten.

„Das stimmt", sagte Hendrik versöhnlich. „Man könnte sogar sagen, der Brennstoff der Raketen ist die Sehnsucht, selbst die Grenzen des Irdischen zu überschreiten."

„Hendrik, ich lade dich ein, an der Universität in Stuttgart einen Vortrag zu halten. Über die Himmelsidee Sehnsucht und Liebe. Das wäre ein Hit!"

Die Tischrunde applaudierte. Hendrik van Basten blickte beseelt in die Runde und rezitierte: „Dann saget unterm Himmelszelt mir in der Brust: Es gibt was Besser's in der Welt als all ihr Schmerz und Lust. Ich werf mich auf mein Lager hin und liege lange wach. Ich suche es mit meinem Sinn und sehne mich danach. Matthias Claudius."

## Acht

Am späten Sonntagnachmittag war Ruhe in Orion eingekehrt. Alle Gäste waren abgereist. „Ich fühle mich beschenkt", hatte Hendrik van Basten geseufzt und sich mit einer langen Umarmung von Lydia verabschiedet. Nun lag sie mit Sarah auf den Liegestühlen unter der Platane und betrachtete stumm die Silhouette der Pyrenäen, die sich heute besonders scharf und klar abzeichnete, was meist ein Zeichen für einen Wetterumschwung bedeutete. Eveline und Paul hatten sich frei genommen und waren nach Sauveterre an den Gave d'Oloron gefahren. Der Fluss schlängelte sich malerisch durch den Ort und bot mit seinen beschatteten Buchten romantische und kaum besuchte Badeplätze, wo das klare Wasser flach und glitzernd über die großen runden Steine tanzte.

„Nächste Woche fahren wir aber einmal ans Meer, ok Sarah?", hatte Eveline gebettelt, als Sarah ablehnte, sie an den Fluss zu begleiten. „Nach Biarritz! Das ist ein Traum! Den ganzen Tag, ja?"

„Das könntet ihr wirklich machen", hatte Lydia bekräftigt. „Bis zum nächsten Seminar sind es noch zwei Wochen, und das Hochzeitsfest am kommenden Wochenende ist schon ganz gut vorbereitet."

Sarah dachte an Mark. Sie hatte ihn nicht vergessen und sogar manchmal im Traum mit ihm geflirtet. Ob sie ihn wohl doch an der Plage von Biarritz finden könnte? Sie winkte innerlich ab. Das wäre die berühmte Stecknadel im Heuhaufen. Aber an den Atlantik zu fahren war verlockend. Sie liebte das Meer und hatte Lust auf Abwechslung. Sie würde ihre Besuche an den Vormittagen bei Marguerite fortsetzen. Auch wenn sie sich die Beharrlichkeit der alten Dame, dort zu bleiben, nicht erklären konnte, so hatte sie doch das Gefühl, für Marguerite Labbé im Moment eine wichtige Person zu sein. Sie hatte ihr Briefpapier ins Krankenhaus gebracht, wie Lydia es vorgeschlagen hatte.

„Das müsste ich nur benutzen, wenn Sie mich nicht mehr besuchten", hatte Marguerite gesagt.

„Oh, ich würde gern einen Brief von Ihnen bekommen, auch wenn ich meine Besuche nicht unterbreche", war Sarahs Antwort gewesen, und beide hatten sich mit einem Lächeln angesehen, das keinen Zweifel daran ließ, dass sie sich sehr mochten.

„Hat Marguerite dir eigentlich von ihrer Zeit im Vatikan erzählt?", fragte Sarah, ohne den Blick von den Bergen abzuwenden.

„Ein wenig", antwortete Lydia müde. „Das muss eine sehr schwere Zeit für sie gewesen sein. Man kann sich das heute gar nicht mehr vorstellen. In jedem Fall spricht sie immer von einem Gefängnis, in dem sie lebte. Es gab ja sonst keine Mädchen oder Frauen im Vatikan. Für ihre Mutter war die Zeit sicher genauso ein Horror."

„Durften sie den Vatikan denn gar nicht verlassen?"

„Kaum. Es war Krieg. Ich habe ein Foto von Marguerite und ihrer Mutter während eines Spazierganges in Rom gesehen. Es ist 1942 aufgenommen worden. Beide wurden von einem vatikanischen Sicherheitsbeamten begleitet. Auf die Rückseite hatte ihre Mutter geschrieben: Unter dem wachsamen Auge des Schutzengels!" Lydia setzte sich auf und nahm die Teetasse vom Gras. „Die Franzosen waren zuhause von den Hitlerdeutschen besetzt und hatten eine abhängige Regierung, gegen die zunehmend viele im Untergrund agierten. Italien war faschistisch. Wenn die Familie den Vatikan verlassen wollte, was wohl äußerst selten vorkam, dann passierte das nur unter protokollarischer Begleitung."

„Wieso war es denn für die Franzosen im Krieg überhaupt so wichtig, einen Boschafter beim Heiligen Stuhl zu haben?"

„Der Vatikan war eine ganz wichtige diplomatische Basis für die

internationalen Beziehungen. Dorthin schickte man nicht nur Berufsdiplomaten, sondern ausgesuchte Vertreter der nationalen Eliten. Frankreich überhaupt! Die Grande Nation hat vor dem und während des Krieges nur Mitglieder der Académie Française als Vertreter zum Papst geschickt. Die Vichyregierung sah sich supranational, souverän! Als katholischste Nation von allen, die in der nationalen Krise den Rückhalt beim Heiligen Stuhl suchte. Der Vatikan war ein Umschlagplatz wichtiger internationaler Informationen. Und er galt als Terrain für mögliche Friedensfühler."

„Und was versprach sich der Vatikan selbst von seiner Position?"

„Er gab sich als unparteiische Instanz, als Friedensvermittler. Und vor allem wollte er den Weltkatholizismus retten! Gegen den Kommunismus und den Faschismus, die ja beide keine Freunde der Konfessionen waren."

„Hmmm ... nicht gerade ein passender Platz für eine Dreizehnjährige ... "

„Sicher nicht. Paris wäre für Marguerite vermutlich auch kein guter Platz gewesen. Da waren die Nazis. Sauveterre wäre ein Glück für sie gewesen. Sicher. Ihr Vater ist ja gebürtig von dort, wie du weißt."

Lydia lehnte sich in ihren Liegestuhl zurück und atmete tief durch. Beide waren müde von der anstrengenden Woche und schwelgten in dem Leerlauf, den sie in vollen Zügen genießen konnten, weil das Seminar mit viel Eifer und Einsatz gelungen war. Teo lag neben Lydia wie eine Sphinx im Gras und ließ sich mit halb gesenkten Lidern den Kopf kraulen.

Sarahs Gedanken flogen zu Lucas. Sie hatte ihm noch immer nicht geantwortet. Sie wusste auch nicht, was sie ihm antworten sollte. Sie kam allmählich zu sich und fühlte sich längst nicht mehr so ausgehöhlt und aschgrau wie zuvor. Orion bot ihr einen noch nie dagewesenen Raum, sich mit sich selbst zu befassen und dabei ihren Gefühlen freien Lauf zu lassen. Marguerite forderte sie heraus, ohne dass es ihr wohl bewusst war – oder vielleicht doch? Sie lockte sie aus ihrer Reserve, ohne sie mit Fragen zu bedrängen, einfach nur durch ihre Persönlichkeit und ihre besondere Geschichte. Lydia bot ihr Sicherheit und zeigte in jeder Situation Verständnis. Eveline und Paul waren ihr ebenso ans Herz gewachsen. Die Vorstellung, Lucas in diese schützende Burg zu lassen, bereitete ihr Unbehagen. Sie konnte geradezu vor sich sehen, wie er mit irgendeinem Cabrio die Einfahrt hinauffuhr. Er würde seine Brille lässig ins Haar schieben, wenn er auf sie zuginge, sie mit seinem Architektenblick mustern, dem kein Detail entging. Er würde sie umarmen wollen, egal welchen Vortrag über die Zukunft er ihr halten würde, ob über eine gemeinsame oder doch besser getrennte. Er würde alle um den Finger wickeln, besonders Eveline, so wie sich jeder von ihm um den Finger wickeln ließ. Und vermutlich würde er versuchen, den schützenden Raum, den Sarah sich gerade vorsichtig eingerichtet hatte, umzugestalten und ihm seinen Stil aufzudrücken. In jedem Fall würde er ihr sagen, dass Reue pure Zeitverschwendung sei, dass das Leben eben manchmal Überraschungen parat hielte. Und er würde von einem Rausch der Rechtfertigung seiner Lebensweise und Einstellungen erfasst werden, sie mit seinen Prinzipien überschütten, die man aber auch einmal unterlaufen dürfe, man sei ja auch nur ein Mensch, und über seine Moral, die er immer sehr hoch gehalten hätte, als Sohn einfacher Weinbauern. Er hatte eine Art moralischer Eitelkeit, die ihn manchmal selbstverliebt erscheinen ließ, was Sarah bis heute nicht weiter gestört hatte. Jetzt, in ihrer Vorstellung, fand sie sie unerträglich. Sie presste die Augen zu. Sie würde Lucas' Bitte, in zehn Tagen hierher kommen zu dürfen, abschlagen. Etwas anderes kam für sie im Augenblick nicht in Frage.

Am nächsten Morgen wachte sie mit Lucas auf. Sie hatte von ihm geträumt. Es war ein sehnsuchtsvoller Traum, und sie fühlte sich schlecht. Ohne lange zu überlegen klappte sie ihren Laptop auf und öffnete ihren Mail-Account.

*Von: anti.moster@gmx.com*
*Datum 12. August 2012, 23.18 MEZ*
*An: sarah.hansen1@gmail.com*
*Betreff: Und jetzt??????*
..........................................................................................................

*Meine Sarah, Lucas hat eben angerufen. klang nicht sehr happy. Hatte wohl was getrunken. Er sagt, dass du ihm nicht antwortest ... das macht ihn ganz fertig. jedenfalls will er wissen, ob du ihn treffen willst ... und ob du mit mir darüber gesprochen hättest??? ... Ich hab's kurz gemacht und mich ahnungslos gestellt. das kann ich ja so gut ... ;). hat er mir aber wohl nicht geglaubt. egal. Ich bin hundemüde ... küsse dich, deine Toni. ... vermisse dich!!!!!!! Was willst du tun? Sag mir Bescheid!!!*

Von: Sarah Hansen <sarah.hansen1@gmail.com>
Datum: 13. August 2012, 07:06 h MEZ
An: lucas.durand@gmail.com
Betreff: AW: Treffen

*Es tut mir leid, Lucas, aber !!! ICH möchte mich zurzeit NICHT mit dir treffen. Unter KEINEN Umständen. Bitte AKZEPTIERE das!.*
*Sarah*

Sie leitete diese Mail weiter an Antonia und schrieb dazu: „*Was mache ich, wenn er sich nicht daran hält? Melde mich. Bussi, Sarah.*"


Nach dem Frühstück machte sich Sarah auf den Weg nach Orthez. Ihr Nacken schmerzte. Vermutlich hatte sie in der Nacht falsch gelegen. Mit Pfirsichen und Zeitungen im Korb betrat sie Marguerites Zimmer. Das Bett war leer. Dafür stand ein kleiner Holztisch vor dem geöffneten Fenster, durch das noch kühle Luft drang. Auf dem Tisch lag ein Couvert, adressiert an Monseigneur Gustave, den Priester der katholischen Kirche in Sauveterre. Die Tür öffnete sich mit einem leisen Quietschen, und Marguerite betrat den Raum, gestützt auf ihren Stock und erhobenen Hauptes.

„Ah ... Sarah ... wie schön. Guten Morgen! Diese Ärzte ..." Sie setzte sich mit einem Seufzer auf die Bettkante und sah zu Sarah hinüber. „Es wäre lieb von Ihnen, wenn Sie den Brief mit zur Post nehmen könnten."

Sarah nickte. „Gern. Ich kann den Brief an Monseigneur Gustave auch direkt abgeben, wenn Sie möchten. Ich muss übermorgen ohnehin zum Markt."

„Ach, das ist nicht nötig, Sarah. So schnell werde ich schon nicht sterben."

Sarah schüttelte den Kopf und half ihr, sich ins Bett zu legen. „Ist der Monseigneur ein Freund von Ihnen?"

„Er ist ein enger Vertrauter. Mein Mann ist nun schon seit fast dreißig Jahren tot, und Monseigneur Gustave hat sich meiner immer angenommen. Ich habe ihm geschrieben, dass ich in Orthez bin. Er macht sich sonst Sorgen, warum ich nicht komme. Vielleicht hat er auch schon im Château angerufen?"

„Davon weiß ich nichts ... Gibt es denn schlechte Nachrichten, Marguerite? Was sagt der Arzt?"

„Nicht schlechtere als sonst auch, Sarah. Der Arzt meint, meine Wirbelsäule wird nicht mehr besser. Das trifft wohl auch auf meinen Geisteszustand zu. Aber das sagt er natürlich nicht. Ich war gerade bei ihm."

„Wenn man hier nichts mehr für Sie tun kann, dann ..." Sarah hielt inne. Marguerite hatte ihr mit einer abrupten Handbewegung zu verstehen gegeben, dass sie mit ihr nicht wieder über die Dauer ihres Krankenhausaufenthaltes verhandeln würde. „Darf ich Sie etwas sehr Persönliches fragen, Marguerite?"

„Natürlich. Bitte!" Marguerite sah Sarah aufmunternd an.

„Ach ... nein ... Entschuldigung, Marguerite ... das wäre eine indiskrete Frage ..."

„Fragen Sie nur, Sarah. Ich muss ja nicht darauf antworten."

„Na ja ... ich habe gehört, dass Sie der Kirche so sehr verbunden sind, dass Sie ihr Ihr Vermögen hinterlassen wollen ..."

„Hat Lydia das erzählt? ... Ja. Das habe ich mit ihr besprochen, gemeinsam mit dem Notar. Es bedeutet mir sehr viel, wissen Sie."

„Aber die Kirche ist doch nicht arm! Und was ich auch nicht verstehe ..."

„Die katholische Kirche in Frankreich ist sogar sehr arm, mein liebes Mädchen. Es gibt immer mehr Kirchenaustritte. Ein Priester verdient hier in vielen Gemeinden nicht viel mehr als vierhundert Euro im Monat, manchmal sogar noch weniger. Das ist in anderen Ländern anders. Dort gibt es Kirchensteuer. Monseigneur Gustave hat es mir erzählt."

„Was mich eigentlich interessiert, ist ... Sie haben so eine furchtbare Zeit erlebt, während des Krieges im Vatikan ... Wie soll ich es sagen? Ich meine, wenn mir das passiert wäre, was Ihnen passiert ist, dann würde ich, glaube ich, vor jeder Kirche, die ich sehe, sofort Reißaus nehmen. Wieso sind Sie ihr so verbunden?" Sarah sah Marguerite hilflos an. Ihr Gestammel war ihr unangenehm.

„Meine liebe Sarah, die Kirche hat mich mein ganzes Leben lang begleitet. Sie hat mir Halt gegeben. Ohne die Liebe Gottes würde es mich nicht mehr geben."

Sarah nickte. „Ich verstehe. Für mich sind Gott und die Kirche nicht unbedingt ein und dasselbe. Ich bin nicht sehr fromm erzogen worden. Ich meine, durch meine Mutter. Obwohl wir in Rom lebten."

„Heutzutage werden immer weniger Kinder fromm erzogen."

„Das stimmt. Aber wen wundert's? Die Kirche ist nicht mit der Zeit gegangen. Sie hat mit meinem Leben gar nichts zu tun!", erklärte Sarah.

„Ich weiß nicht, ob das von Vorteil ist, Sarah. Sehen Sie, meine Generation wurde na-tür-lich sehr fromm erzogen. Meine Eltern waren sehr gläubige Menschen. Und auch mein Mann, Jean, hätte ohne seinen Glauben an Gott nicht leben können. Seine Familie war protestantisch, aber er ist später zum Katholizismus konvertiert. Der Dichter Francis Jammes, den er sehr verehrte und mit dem er eng befreundet war, hatte ihn zum katholischen Glauben gebracht."

Sarah lächelte Marguerite an. Es musste für ihn schon etwas sehr Besonderes gewesen sein, eine Frau geheiratet zu haben, die in der unmittelbaren Nähe des Papstes aufgewachsen war. „Haben Sie eigentlich im Apostolischen Palast gewohnt?", wollte Sarah wissen. Sie hatte noch ganz gute Erinnerungen an die Residenz des Papstes, in der nicht nur der Heilige Vater wohnte, sondern auch die Büros der römischen Kurie untergebracht waren. Während ihrer Gymnasialzeit war für sie und ihre Klasse eine nicht enden wollende Führung organisiert worden. Die Opulenz und Ausstrahlung dieser Räume hatten sie damals eingeschüchtert und sie sich als ganz klein und unbedeutend empfinden lassen. Sie demonstrierten Macht in aller Herrlichkeit.

„Nein, wir haben nicht im Apostolischen Palast gewohnt! Oh nein! Unsere Wohnung war in dem Gästehaus Santa Marta untergebracht, links vom Petersdom. Sie lag im dritten Stock und war sehr schlicht, nicht zu vergleichen mit unserem Appartement in Paris, im 7. Arrondissement, im Quartier Saint-Germain-des-Prés."

„Haben dort auch andere Botschafterfamilien gelebt? Ich stelle es mir interessant vor, in so einer internationalen Gemeinschaft zu wohnen."

„Das hätte es vielleicht sein können. Tatsache aber war, dass wir kaum privaten Kontakt zu den anderen Botschafterfamilien hatten. Obwohl in Santa Marta natürlich andere Diplomaten wohnten, der britische Botschafter zum Beispiel mit seiner Familie und andere Vertreter alliierter Staaten. Aber man hat sich nur gegrüßt. Wir Franzosen saßen ja zwischen zwei Stühlen oder irgendwo abseits. Schließlich war mein Vater ein Vertreter des Vichyregimes, einer zwar französischen, aber in Wahrheit von den Nazis abhängigen Regierung. Das ließ keine Vertraulichkeiten zu." Marguerite überlegte. „Die deutsche Botschaft war natürlich nicht im Vatikan angesiedelt – der ja ein eigener Staat ist, wie Sie wissen –, sondern in Rom. Als Botschafter einer faschistischen Regierung mussten sie sich ja im faschistischen Rom nicht fürchten. Aber nachdem die Alliierten in Rom einmarschiert waren … das war am 4. Juni 1944! … fast ein Jahr vor Kriegsende, da flüchteten auch die Deutschen in den Schutz des Vatikans. Der deutsche Botschafter … er hieß Weizsäcker … Ernst von Weizsäcker … und seine Familie und sein Gesandter. Er hieß Sigismund von Braun." Marguerite war völlig konzentriert, kniff die Augen ein wenig zusammen, um aus ihrem Gedächtnis alle Daten und Namen herauszuholen, die sie dort seit fast siebzig Jahren gespeichert hatte.

„Dass Sie sich noch so gut an all die Details erinnern können, Marguerite!" Sarah blickte die alte Dame mit ehrlicher Bewunderung an.

Marguerite winkte brüsk ab und stieß ein kurzes „Ahhh" aus. „Diese Zeit werde ich nie vergessen, Sarah. Es war eine lähmende Zeit. Die Menschen im Vatikan lebten wie unter einer Glocke. Zwar im Bewusstsein, an einem sicheren Ort in einem Weltkrieg zu leben. Auch an einem besonderen! Aber im Alltag erreichte uns die Realität nicht."

„Es fällt mir schwer, mir das vorzustellen, Marguerite. Was überwog damals? Fühlten Sie sich eher beschützt oder eingesperrt?"

„Beides. Aber je länger wir dort bleiben mussten, desto mehr machte sich dieses grenzenlose Ohnmachtsgefühl breit. Das Leben dort war von einer grenzenlosen Langeweile und Leere."

„Gab es keine anderen Kinder oder Jugendlichen dort? Wo sind Sie denn in die Schule gegangen?"

„Ich bin nie in eine Schule gegangen, Sarah."

„Wie meinen Sie das?"

„Ich hatte Privatlehrer. Im Vatikan und auch schon zuvor in Paris ..."

„In Paris haben Sie auch keine Schule besucht?", fiel Sarah ihr ins Wort. „Wieso denn nicht?"

„Ich kam aus sehr gutem Haus. Da wurde man privat unterrichtet, jedenfalls vor dem Krieg in Paris. Insofern war es für mich keine große Umstellung, auch im Vatikan von Privatlehrern unterrichtet zu werden. Ohhh ... ich sage Ihnen! ... ich konnte sie nicht leiden!"

Sarah schmunzelte. „Das kann vorkommen, dass man Lehrer nicht leiden kann ... Aber es wäre natürlich schön gewesen, Kontakt zu Gleichaltrigen zu haben. Oder nicht?"

„All das gab es nicht. Es verging ein Tag wie der andere. Ich kam mir nutzlos vor. Mit der Zeit hatte ich auch gar keinen Appetit mehr. Irgendwann fing die Anorexie an."

„Und Ihre Eltern?", fragte Sarah ratlos. „Die müssen doch gemerkt haben, was mit Ihnen los war! Konnten sie Ihnen nicht helfen?"

„Ich konnte mich meiner Mutter schon mitteilen. Ich hatte ein gutes Verhältnis zu ihr. Aber ich glaube, sie war überfordert. Und an der Situation konnte auch sie nichts ändern. Wissen Sie, sie war eine mondäne Frau, eine elegante, schöne Frau, die in Paris viele Verpflichtungen gehabt hatte. In jener Zeit war sie die Gattin eines Ministers und musste ihn sehr oft begleiten. Auf Empfänge, Einladungen ... mein Gott ... sie war immer unterwegs ... Und dann der Vatikan. Da war nichts. Gar nichts. Wir haben viel gelesen oder sind in den Vatikanischen Gärten spazieren gegangen. Oder wir nahmen an Gottesdiensten teil. Was anderes gab es damals nicht."

„Und Ihr Vater?"

„Mon Dieu! Er hat immerzu gearbeitet. Er hat nicht viel Zeit mit uns verbringen können."

„Hatten Sie ein gutes Verhältnis zu Ihrem Vater?"

„Ich glaube, Töchter haben meistens ein gutes Verhältnis zu ihren Vätern. Oftmals ein besseres als zu ihren Müttern ... Oder nicht?" Marguerite schaute Sarah lächelnd an. „Mein Vater war ein sehr altmodischer Mensch. Eigentlich war er ein Mann wie aus dem 17. Jahrhundert ..." Marguerite lachte. „Er war sehr diszipliniert, immer korrekt. Aber nie streng! Seine Welt war die Politik! Die Bildung! Die Literatur! Und natürlich der Glaube! Er liebte es, mir mit dem Daumen ein Kreuz auf die Stirn zu zeichnen. Das war seine Art, mich in den Arm zu nehmen."

„Soll das heißen, er hat sie sonst nicht in den Arm genommen?"

„Nein, niemals."

„Noch nicht einmal als Kind?"

„Er war so erzogen. Körperliche Berührungen und Umarmungen gab es nicht."

„Und Ihre Mutter?"

„Auch nicht durch meine Mutter. Ich wurde von einem Kindermädchen aufgezogen, bis ich sechs Jahre alt war. Mathilde Effisseur! Sie kam aus dem Elsass und war sehr, sehr lieb. Und natürlich diplomiert!

Ich kann mich noch gut an sie erinnern."

Sarah atmete tief durch. „Eine traurige Zeit damals, Marguerite. Es tut mir leid ..."

„Das muss Ihnen nicht leid tun, Sarah. Die Zeiten sind schon lang vorbei. Aber sie fühlen sich manchmal so an, als wären sie gerade erst vergangen. Emotional leben wir in einer zeitlosen Welt ... Nun ... Sie sind noch so jung, Sarah! Genießen Sie Ihre Jugend!"

Sarah nickte nachdenklich.

„Jaja, ich weiß", sagte Marguerite, „die Jugend braucht man erst dann, wenn man alt ist. Nur alte Leute können mit Jugend etwas anfangen. Als junger Mensch ist es ein Geschenk, das man nicht auspackt."

„Oder nicht auspacken kann", sagte Sarah leise.

„Sie sollten hinaus gehen in die Sonne! Ich habe Sie schon viel zu lange aufgehalten!" Sarah war überrascht über Marguerites Stimme, die plötzlich sehr energisch klang.

„Marguerite, ich danke Ihnen, dass Sie mir so viel von sich erzählen. Das ist eine ganz andere Welt für mich. Und ich höre Ihnen wirklich gern zu! Ich danke Ihnen für Ihr Vertrauen."

„Ich danke Ihnen, mein Kind, dass Sie mir so viel Zeit schenken." Sie lächelte Sarah an. „Was werden Sie in dieser Woche tun, wenn kein Seminar stattfindet?"

„Oh ... morgen werde ich mit Eveline und Paul nach Biarritz fahren. Schwimmen im Meer! Darauf freue ich mich schon. Ich war schon so lange nicht mehr am Meer!"

Marguerite nickte und nahm Sarahs Hand.

„Aber vorher werde ich Sie besuchen kommen", beeilte sich Sarah zu sagen.

„Nein, Sarah, morgen nicht. Morgen nehmen Sie sich einen ganz freien Tag. Ich bitte Sie! Machen Sie sich um mich keine Sorgen. Ich freue mich, wenn Sie übermorgen wieder kommen. Bringen Sie mir eine schöne Muschel mit, ja? Das müssen Sie mir versprechen!"

Sarah willigte freudig ein. Sie stand auf und nahm den Brief an Monseigneur Gustave vom Schreibtisch. Die Aussicht, am nächsten Tag keine Pflichten zu haben, erleichterte sie. „Ich habe schon lange keinen handgeschriebenen Brief bekommen", bedauerte sie. „Ich schreibe natürlich auch keine Briefe. Höchstens Ansichtskarten ... Heute geht alles per email. Oder übers Handy. Schade eigentlich. Fühlt sich gut an, so ein Couvert in der Hand."

„Ahhh ... diese Elektropost", stöhnte Marguerite, „nein! Die ist des Teufels! Wie oft erzählt mir Lydia, dass wieder einmal ein Computer nicht funktioniert. Fürchterlich! Gott sei Dank muss ich mich auf so etwas nicht verlassen!"

Am Nachmittag skypte Sarah mit Antonia. Sie erzählte ihr von Marguerite.

„Ganz schön schwere Kost", sagte Antonia beeindruckt. „Aber meinst du nicht, es wäre besser, wenn du dich mit positiveren Dingen beschäftigen würdest, mein Herz?"

„Gar nicht, Toni. Im Gegenteil. Wenn ich ehrlich bin, tut es mir sogar gut, mit Marguerite zu reden. Gegen ihre kommt mir meine eigene Geschichte direkt läppisch vor. Außerdem fasziniert sie mich."

„Na dann ..." Antonia schien nicht überzeugt. „Ok. Also, was passiert jetzt mit Lucas? Du willst ihn nicht treffen. Hmmhhh ... Und was mache ich, wenn er sich bei mir meldet und quält?"

„Dann sagst du ihm, ich sei völlig abgetaucht und bräuchte meine Ruhe."

„Meinst du nicht, du solltest ihn doch treffen? Dann kennst du dich wenigstens aus und dein Hirn rennt nicht so viele leere Kilometer!"

„Ach Toni! Vielleicht hast du ja Recht. Aber wenn ich hier etwas lernen kann, dann das, auf mich zu hören. Nur auf mich. Ich will nicht das machen, worum er mich bittet. Ich will sogar noch nicht mal darüber nachdenken müssen, was du mir rätst ... nicht böse sein ... Du weißt eh, wie ich das meine ..." Sarah ließ sich nicht mehr unterbre-

chen. „Hör zu, Toni, morgen fahre ich mit meinen beiden Schlossfreunden nach Biarritz. Und ... ich meine, das wird sicher eh nicht klappen ... aber stell dir mal vor, ich würde Mark dort treffen ... du weißt schon, der aus dem Flieger von Paris nach Biarritz, der Surfer ..."
Antonia seufzte tief. „Du interessierst dich also doch noch für Männer! Gott sei Dank!"
„Ich kenne kein anderes Geschlecht, Toni!"

Seit ihrer Ankunft vor drei Wochen war Sarah nicht mehr in Pauls Cabrio gefahren. Der Morgen war frisch und klar. Sie saß eingezwängt auf dem schmalen Rücksitz, die Haare unter einem hellblauen Kopftuch, mit einer großen Sonnenbrille.
„Du hast ja den perfekten Cabrio-Retro-Look, Sarah!", rief Eveline bewundernd. „Du wirst sehen! Biarritz ist scharf! Am besten, wir mieten uns ein Strandzelt. Dann verbrennen wir nicht in der Sonne."
„Am besten, wir setzen uns erst mal an die Strandbar!", rief Paul, „dann verbrennen wir auch nicht!"
Die Route A 64 war dafür, dass es mitten in der Saison war, erstaunlich leer. Sarahs Gedanken waren bei Mark. Eigentlich gefiel ihr die Herausforderung des Schicksals. Wenn es denn sein sollte, würde sie ihn wieder treffen. Vielleicht wäre es aber auch nicht verkehrt, überlegte sie, dem Schicksal ein wenig nachzuhelfen und bei den Surfschulen nachzufragen.
Sarah schüttelte den Kopf. Ok, ok, dachte sie, jetzt nur keinen Stress! Sie rutschte noch tiefer in den Sitz, schloss die Augen und ließ sich den Fahrtwind um die Nase wehen.

Die Grande Plage war bereits gut besucht, als sie das Parkhaus Bellevue verließen. Sie mussten nur eine schmale Promenadenstraße überqueren, um endlich den warmen Sand unter ihren Füßen zu spüren. Einige Klippen ragten ins flache Meer. Dahinter gruppierten sich höhere Felsformationen wie auf Grund gelaufene Riesenwale. Die vielen Menschen waren kaum zu hören. Ihre Stimmen verflüchtigten sich im Wind oder wurden vom Rauschen der Wellen verschluckt, die sich in langen weißen Streifen tosend brachen und am Ufer ausrollten. Sie mieteten ein mannshohes Strandzelt mit einem schattenspendenden Vordach, warfen ihre Sachen hinein und rannten juchzend ins Wasser. Sie kraulten um die Wette hinaus zu einer schwimmenden Plattform und ruhten dort aus, bis das Salz auf der Haut anfing zu kribbeln. Die Mittagsstunden verflogen, ohne dass Sarah viel geredet hätte, und selbst Eveline döste faul im Sand. Paul holte sich ein Cola und blätterte unter dem Zeltdach in einer Autozeitschrift. Sarah überlegte, wie sie Mark begrüßen würde, wenn sie ihn denn überhaupt anträfe. Vielleicht würde er sich ja auch gar nicht mehr an sie erinnern. Vielleicht käme sie auch zu einem ganz ungünstigen Zeitpunkt. Vermutlich wäre es ohnehin das Beste, sie würde sich die Idee, ihn zu suchen, aus dem Kopf schlagen. „Ich habe Hunger." Sarah setzte sich auf.

„Ich auch", murmelte Paul noch mit geschlossenen Augen und trommelte mit den Fingerkuppen auf seinen Bauch. „Wir gehen zum Fischerhafen. Da gibt's die besten Muscheln", schlug er vor.

„Überredet", rief Eveline und zog sich, sofort hellwach, ihr blaues Strandkleid über den Kopf.

Die kleinen Lokale, die sich am Port des Pêcheurs aneinanderreihten, waren voll besetzt. Es dauerte eine Zeit, bis ein Tisch direkt an der Quaimauer frei wurde. Während sie auf ihre Salate und Moules-frites warteten, beobachteten sie staunend, wie junge Burschen und sogar einige Mädchen von einem Felsen aus etwa fünfzehn Meter Höhe in das kleine Meerbecken sprangen. Einige schrieen im Fall vor Übermut so lange, bis sie ins Wasser eintauchten.

„Woher kriegt man nur so ein Zutrauen?", wunderte sich Sarah. „Da kann einem doch niemand mehr helfen! Die springen einfach ins kalte Wasser! Als wäre es das Normalste von der Welt."

Der Kellner servierte die Miesmuscheln in großen Schüsseln, so dass auf dem Tisch kaum mehr Platz übrig blieb. „Monsieur, können Sie mir sagen, wo ich hier die Surfschulen finde?", fragte Sarah.

„Links. An der Côte des Basques", antwortete er müde, „vielleicht fünfzehn Minuten von hier. In die Richtung ..."

„Willst du jetzt surfen lernen?", fragte Eveline erstaunt.

„Vielleicht", grinste Sarah und beschäftigte sich intensiv mit dem Essen.

„Du kannst es schon, oder?", wollte Paul wissen, obwohl er es sich nicht vorstellen konnte.

„Nein, ich kann es nicht. Aber es sieht so schön aus ... Mal sehen ..."

Nach dem Essen schlenderten Eveline und Paul zurück zu ihrem Zelt. Sie waren zu faul, während der Mittagshitze zu den Surfschulen zu laufen. Sarah spazierte an der Plage du Port Vieux vorbei und beobachtete, wie die kleinen Kinder im flachen Wasser plantschten. Hinter der kleinen Bucht erstreckte sich die endlose Côte des Basques. Sarahs Blick verfolgte die langgezogenen Wellen, die wie aus dem Nichts heranrollten, sich zu einer Wand aufbäumten und wie eine schäumende Lippe das gegenläufige Wasser unter sich sogen, bevor sie tosend zusammenbrachen. Je näher sie kam, desto besser konnte sie die Surfer erkennen, die in den Wellen winzig aussahen. Einige hielten sich über eine lange Strecke aufrecht, die meisten strauchelten nach wenigen Sekunden und schienen in dem Strudel um ihr Brett zu kämpfen. Es war eine nervöse Atmosphäre. Rufe der Zuschauer, die sich manchmal wie warnende Schreie anhörten, mischten sich mit dem Meeresrauschen, das immer lauter wurde, je näher Sarah kam. Sie passten so gar nicht zusammen mit dem fast regungslosen Bild der Menschen, die auf ihren Strandmatten lagen oder am Ufer standen und dem Treiben zusahen. Als Sarah die erste Dépendance erreichte, beruhigte sich die Stimmung. Unter dem Vordach der Surfschule, die nicht mehr als eine unscheinbare hölzerne Baracke war, plauderte eine Gruppe von Leuten. Sarah ging an ihnen vorbei und betrat die Baracke, in der sich Neoprenanzüge, T-Shirts und allerlei Surfutensilien auf engstem Raum drängten. Ein Mädchen mit kurzen schwarzen Haaren stand hinter dem Tresen und begrüßte Sarah freundlich.

„Ich suche einen Surflehrer, einen englischen Surflehrer. Er heißt Mark. Kann ich den hier finden?"

Das Mädchen überlegte und schüttelte dann nachdenklich den Kopf. „Nein, von unseren Lehrern heißt niemand Mark." Sie wandte sich zum Computer und sichtete die Namen. „Mark ... und wie weiter?"

„Keine Ahnung ... Blonde Locken, blaue Augen, groß ... muskulös ..."

Das Mädchen lachte. „So sehen sie alle aus! Aber versuch es mal bei den Kollegen nebenan."

Sarah bedankte sich. Dreihundert Meter weiter zeigte sich ein ähnliches Bild. Sarah fragte den Mann an der Rezeption nach Mark.

„Der ist heute nicht da, Mademoiselle. Das tut mir leid. Er ist mit einigen Pro-Surfern in San Vicente. In Spanien! Da sind die Wellen höher."

„Ach ... tatsächlich? ...", sagte Sarah, erstaunt darüber, wie schnell und leicht man unter diesen vielen Menschen jemanden finden konnte, wenn man es wirklich wollte.

„Übermorgen ist er aber wieder da", sagte der Mann, fast wie um sie zu trösten.

„Oh ... nein! Kein Problem! Ich schau wieder vorbei."

„Soll ich ihm etwas ausrichten?"

„Nein, das ist nicht nötig. Ich melde mich wieder."

Sarah verabschiedete sich und wollte gerade in die gleißende Sonne zurück, als der Mann rief: „Warten Sie!" Er drückte ihr eine Visitenkarte in die Hand. „Das ist unsere Telefonnummer. Auf die Rückseite habe ich Ihnen auch die Mobilnummer von Mark geschrieben. Besser, Sie rufen ihn vorher an, bevor Sie herkommen. Er ist ziemlich ausgebucht."

„Das ist sehr freundlich, Monsieur. Danke! Herzlichen Dank!" Sarah nahm die Karte und ging zurück in das Tosen und Rufen, das noch immer den ganzen Strand beherrschte. Sie atmete tief durch, rannte zum Wasser und ließ es kühlend um ihre Beine spülen.

Zurück an der Grande Plage kam es Sarah so vor, als wären noch mehr Menschen gekommen. Sie stapfte zwischen den Liegeplätzen hindurch zu ihrem Zelt.

„Na? Wie sieht's aus?", fragte Eveline neugierig. „Traust du dich?"
„Ach nein", antwortete Sarah erhitzt. „Selbst wenn ich wollte ... ich hätte ja doch keine Chance."
„Wieso das denn?" Paul sah sie etwas gelangweilt an.
„Dafür wäre doch gar keine Zeit. Ich bin ja hier nicht im Urlaub!"
„So ist es", rief Eveline, „deswegen machen wir jetzt Surfen für Arme."
„Wie?"
„Sie meint Bodysurfen." Paul sprang auf. „Die Wellen sind jetzt am stärksten, Sarah. Nimm die Sonnenbrille ab! Die ist sonst futsch! Komm!"

Die drei liefen zum Meer, auf dessen unruhiger Oberfläche die Nachmittagssonne zitterte. Als Sarah bis zu den Hüften im Wasser stand, spürte sie, wie das Meer den Sand unter ihr zurückzog. Sie schwamm ein Stück hinaus und hatte bald den Boden unter ihren Füßen verloren. Neben ihr tauchte Paul auf. „Da! Pass auf!", rief er keuchend, „gleich kommt eine Riesenwelle!"

„Ok!", schrie sie.

„Leg dich auf's Wasser! Ganz flach! Dann zieht's dich nicht runter!"
„Ok! Ja! Ok!" Sarah wurde ganz aufgeregt. Sie sah eine wabernde Linie anrollen und lauerte bäuchlings auf dem Wasser, genau so wie Paul es neben ihr tat. Plötzlich fühlte sie einen ungeheuren Schub unter sich, viel gewaltiger als sie es sich vorgestellt hatte. Das Wasser strömte sprudelnd über ihren Kopf und nahm ihr erst die Sicht und dann den Glauben, gegen diese Kraft irgendetwas ausrichten zu können. Im Reflex spannte sie all ihre Muskeln an und versuchte dennoch, sich so flach wie möglich oben zu halten. Dann übernahm die Welle

sie vollends. Sarah strömte wie im Rausch orientierungslos mit ihr, wurde dann langsamer und ruhiger, bis sie schließlich auf dem Sand liegenblieb, der ihr noch einmal das Gefühl gab, sie wieder aufs Meer hinausziehen zu wollen, so kräftig fühlte sich der Sog auf ihrer Haut an. Sie blieb eine kurze Weile liegen und fühlte der Spannung nach. So ein durchdringendes Glücksgefühl hatte sie schon lange nicht mehr empfunden. Sie sprang auf und warf sich zurück ins Meer. Wieder und wieder. Ohne Angst zu haben, noch einmal die Kontrolle über sich verlieren zu können.

Sie kamen erst spät wieder ins Château zurück. Kein Fenster war mehr erleuchtet, nur die Lampe über der Eingangstür brannte noch. Sarah war erschöpft und zufrieden. Sie umarmte Eveline und Paul, dankte ihnen für diesen wunderbaren Tag und ging sofort auf ihr Zimmer. Sie warf sich müde aufs Bett. Unfähig noch einmal aufzustehen, zog sie sich im Liegen aus und fiel in einen tiefen Schlaf.

# Neun

Am nächsten Morgen fühlte sie sich wie gerädert. „Ich kann unmöglich aufstehen", dachte sie. „Mein Gott, ich spüre jeden Knochen ..." Sie bemerkte Sandkörner in ihrem Bett und schmunzelte. Sie zog den Laptop ins Bett, um sich noch ein wenig Zeit zu schenken und munter zu werden. Kurz überlegte sie, ob sie ihre Mails checken sollte. Sie wunderte sich darüber, gestern Nacht nicht auf die Idee gekommen zu sein. Aber sie war zu erschöpft gewesen. Lucas ... er machte Druck. Er hatte ihr ja geschrieben, Antonia eingespannt ... Rasch öffnete sie ihren Account. Natürlich, er hatte ihr geschrieben. Gestern Morgen schon. Während sie auf dem Weg nach Biarritz gewesen war.

*Von: Lucas.durand@gmail.com*
*Datum: 14. August 2013, 09:03 h MEZ*
*An: Sarah.hansen1@gmail.com*
*Betreff: Re: Aw: Treffen*

.............................................................................................

*Chouchou,*
*ich bitte dich um Verzeihung!! Ich weiß, was ich dir angetan habe. Und ich möchte es wiedergutmachen. Ich liebe dich. Und ich MUSS dich sehen! BITTE schlage mir diesen Wunsch nicht ab!! Ich brauche dich!!*
*Dein Lucas, der ständig an dich denkt!*

Sarah kniff ihre Augen zu. Genau das war es, was sie sich immer gewünscht hatte. Genau so einen Brief. Von Lucas. Exakt diese Worte. Nur von Lucas! Jetzt waren sie da. Klar und ohne auch nur einen Satz bezweifeln zu müssen. Trotzdem las sie den Text noch einmal und dann noch ein drittes Mal. Sie wollte sich nicht einstellen. Die Freude über ihren Triumph blieb aus. Seit vier Wochen hatte sie nichts anderes ersehnt als Lucas zurückzugewinnen. Und jetzt, da es keinen Zweifel mehr daran zu geben schien, blieb sie regungslos im Bett liegen. Sie spürte nur ihre Gliedmaßen und dachte daran, dass sogar noch auf der Rückfahrt nach Orion das Körpergefühl nicht weichen wollte, mit den Wellen zu spielen.

*Von: sarah.hansen1@gmail.com*
*Datum: 15. August 2013, 07:11h MEZ*
*An: Lucas.durand@gmail.com*
*Betreff: Aw: Re: Treffen*
....................................................................................................

*Lieber Lucas,*
*ich sage dir „ganz erwachsen", ohne Kalkül und ohne dich verletzen zu wollen: Ich möchte dich jetzt nicht treffen. Ich brauche diese Zeit für mich. Es geht mir nicht schlecht, vielleicht sogar ganz gut. Du brauchst dir also keine Sorgen zu machen. Natürlich werden wir uns irgendwann sehen. In ein paar Wochen bin ich wieder in Wien. Bis dann.*
*Liebe Grüße, Sarah*


Als sie mit Lydias Wagen nach Orthez fuhr, kam es ihr so vor, als wäre sie schon seit Monaten oder noch länger in Frankreich. Obwohl ihre Muskeln schmerzten, fühlte sie sich leicht. Das Krankenhaus war ruhig wie immer. Sarah klopfte leise an Marguerites Tür. „Ouiii!" Marguerite saß kerzengerade an ihrem kleinen Schreibtisch wie sonst oft in Orion und las den *Figaro*.

„Ahh! Sarah! Mein Stück von der Sonne!" Marguerite war gut gelaunt. Sarah ging lächelnd zu ihr und legte eine schneeweiße Muschel auf die Zeitung. „Wie schön!", rief sie und strich mit ihren zarten Fingerkuppen über die geriffelte Schale. „Der Tag am Meer hat Ihnen gut getan. Sie sehen blendend aus! Es ist schön, wenn man einen jungen Menschen sieht, der so strahlt wie Sie jetzt, Sarah! Junge Frauen, die verliebt sind, sehen so aus."

Sarah winkte amüsiert ab. „Die Sonne hat mich aufgetankt."

Marguerite legte ihre Zeitung zusammen und sah Sarah nachdenklich an. „Vielleicht sollten wir ein wenig in den Hof gehen, gleich auf der Rückseite des Krankenhauses. Da gibt es auch eine Bank, auf die wir uns setzen können."

Sarah half ihr, eine leichte Strickjacke über das weiße Nachthemd zu ziehen und den schwarzen Gurt um ihre zierliche Taille zu zurren, ohne den sie nie unterwegs war. Langsam und gestützt auf den Stock und auf Sarahs Arm verließ Marguerite Labbé erstmals seit ihrer Aufnahme im Krankenhaus das Zimmer. Sie sprach nicht und konzentrierte sich auf jeden Schritt. Der Hof war klein und mit alten Steinplatten ausgelegt, zwischen denen Gras wuchs. Ein Kastanienbaum beschattete den viereckigen Platz. Marguerite und Sarah setzten sich auf die Bank und sahen sich in dem kargen Hof um.

Sarah hatte zwei Gläser und eine Wasserflasche mitgenommen. „Wo haben Sie eigentlich Ihren Mann kennengelernt, Marguerite? In Paris?"

„Nein. Ich habe Jean in Orion kennengelernt. Im Château. Im Grand Salon, um genau zu sein. Und zwar im Sommer 1953."

„Waren Sie öfter in Orion zu Besuch?"

„Überhaupt nicht. Dies war das erste Mal. Zu dem Besuch war es zufällig gekommen. Die Sommerferien verbrachten meine Eltern und ich gewöhnlich in Sauveterre, dem Geburtsort meines Vaters. Wir hatten dort ein kleines Haus, in dem wir immer die Sommerferien verbrachten. Eines Sonntags im August gab es eine Kermesse vor der evangelischen Kirche in Sauveterre. Zu der Zeit war es schon üblich, dass die Katholiken die evangelische Kermesse besuchten und die Protestanten die katholische. Ein Fortschritt! Also, an dem Sonntag war mein Vater auf dieser Wohltätigkeitsveranstaltung der Protestanten und kaufte dort einen Kuchen. Als er nach Hause kam, sagte er: ‚Stellt euch vor, wen ich auf der Kermesse getroffen habe! Madame Marie Labbé! Wir werden heute Nachmittag mit dem Kuchen nach Orion fahren!' Er war ganz aufgeregt und freute sich! Ich kannte das Château d'Orion aus seinen Erzählungen. Und natürlich war er immer voll des Lobes über Marie Labbé, die große Salonnière vor dem Krieg. Sie war eine exzellente Gastgeberin. Zu ihren Salons kamen Dichter und Maler, sehr oft Francis Jammes, der berühmteste Poet im Béarn, den mein späterer Mann sehr verehrte. Er war mit André Gide befreundet und auch mit Mallarmé und natürlich mit Henri de Régnier, der nicht zuletzt wegen unserer schönen Madeleine nach Orion kam … Sie erinnern sich?"

Sarah nickte eifrig.

„Nun! Maries Mann Marcel war gestorben, als der Krieg begann. Ich habe ihn also nie kennengelernt. Noch im Krieg verlor sie ihre Söhne Jacques und Paul. Sie gab ihr wunderschönes Appartement in Paris auf und lebte bis zu ihrem Lebensende in Orion."

Marguerite machte eine Pause, und Sarah beobachtete, wie sie sich in eine schöne Erinnerung hineinlächelte.

„Nun … also … an jenem Sonntag fuhr uns unser Chauffeur nach Orion. Mein Vater konnte ja kein Auto fahren. Das hatte er nie gelernt. Wir sind dort sehr, sehr freundlich empfangen worden. Marie Labbé war da und auch Madeleine, ihre Schwester."

„Wussten Sie, dass Sie dort Jean kennenlernen würden?"

„Das weiß ich gar nicht mehr so genau. Jedenfalls hatte mein Vater mir erzählt, dass Maries einziger Sohn ein guter Schriftsteller sei, außerdem Reserveoffizier der Marine. Ja, einige seiner Gedichte seien sogar von der Académie française ausgezeichnet worden. Jean dürfte vor unserem Besuch mit seiner Mutter Schach gespielt haben. Als wir den Salon betraten, stand er neben dem Schachtisch mit den feinen Intarsien aus Raminholz. Den gibt es noch immer ... Er steht vor dem Fenster ... Er sah jünger aus, als ich ihn mir vorgestellt hatte. Er hat mir sofort gefallen."

„Wie alt war Jean, als Sie ihn kennen lernten?"

„Er war schon vierzig Jahre alt, fünfzehn Jahre älter als ich."

„Hat er sich gleich in Sie verliebt?"

„Ohh ... das weiß ich nicht ... darüber haben wir niemals gesprochen!"

„Niemals? Aber Jean war doch ein Poet!", meinte Sarah. „Die passenden Worte hätten ihm ja wohl nicht fehlen dürfen ..."

Marguerite lachte. „Ach, wissen Sie ... damals redete man nicht so viel über Gefühle, Sarah. Ich war außerdem ein sehr schüchternes Mädchen. Nun, an jenem ersten Nachmittag in Orion habe ich nicht viele Worte herausbekommen. Ganz sicher nicht. Jean war auch eher zurückhaltend. Die Unterhaltung führten mein Vater und Marie Labbé und auch meine Mutter. Sie hatten sich seit Kriegsbeginn nicht mehr gesehen, und es gab natürlich viel zu berichten. Madeleine war auch recht sparsam in der Unterhaltung. Sie rauchte ununterbrochen! Un-un-terbrochen! Sie war damals schon ein wenig kränklich, aber noch immer sehr schön." Marguerite erinnerte sich an jedes Detail. Dann sagte sie nachdenklich: „Ich glaube nicht, dass Jean sich damals in mich verliebt hat. Ich hätte es wohl auch kaum bemerkt, so unbedeutend, wie ich mir vorkam. Natürlich mochte ich ihn. Ich freute mich, dass er uns auch nach den Sommerferien oft in Paris besuchte. Er verstand sich außergewöhnlich gut mit meinem Vater. Er bewunderte ihn. Die beiden diskutierten ständig über Literatur. Und selbstverständlich über Projekte der Académie française. Jedenfalls war ich sehr erstaunt, als er mir einen Heiratsantrag machte."

„So ganz überraschend?" Sarah riss die Augen auf.

„Ja, sehr überraschend. Damit hätte ich niemals gerechnet. Nun, seine Besuche waren für mich jedes Mal sehr, sehr aufregend. Es gab auch keinen Zweifel daran, dass wir uns mochten." Marguerite lächelte amüsiert. „Um meine Hand hat er im Winter angehalten. Es war auf der Esplanade des Invalides in Paris, in einer frostigen Dezembernacht 1953. Es hatte geschneit und die vielen Schneekristalle auf Jeans Schal glitzerten, als hätten sie alle Laternen um uns in sich aufgesogen."

„Das muss sehr romantisch gewesen sein."

„Ja, das war es, Sarah. Und natürlich habe ich sofort Ja gesagt. Ohne zu zögern. Ich mochte Jean sehr. Und wir verstanden uns gut."

„Und vor diesem Antrag haben Sie sich nie Hoffnungen gemacht?"

„Natürlich nicht! Ich wäre nie auf den Gedanken gekommen, dass mich ir-gend-je-mand auf der Welt hätte heiraten wollen. Warum auch? Ich war kein lustiges oder interessantes Mädchen. Ich hatte nicht viel erlebt ..."

„Aber Jean dürfte das anders gesehen haben, Marguerite", erwiderte Sarah. „Warum hätte er Ihnen sonst einen Heiratsantrag machen sollen? Niemand hätte ihn zwingen können."

„Jean war nicht mehr der Jüngste. Er war im Krieg als Nachrichtenoffizier auf See gewesen. Er hatte wohl kaum Chancen, eine Frau näher kennen zu lernen ..."

Sie machte eine Pause und trank einen Schluck Wasser. „Und wie gesagt: Er verehrte meinen Vater. Papa war ein angesehener Mann! Ich war eine gute Partie! Und jung!" Sie erzählte weiter, als würde sie aus ihrem Tagebuch vorlesen. „Im Winter lebten wir in Paris, in Saint Germain-des-Prés, direkt am Ufer der Seine bei den Bouquinisten. In der Rue des Saints-Pères 9! Papa arbeitete zu der Zeit ausschließlich in der Académie française. Er schrieb mit einer Gruppe von Schriftstellern an einem Dictionnaire, einem französischen Wörterbuch. Er war ein Wächter der Sprache, der Kunst des Sprechens. Alte Ausdrücke und Formulierungen sollten nicht verloren gehen. Er war davon überzeugt, dass Französisch immer die Sprache der Zivilisation sein würde. Und dass sie der Expansion französischen Denkens diene. Schon als Bildungsminister, lange vor dem Krieg, hatte er sich für die Pflege und den Schutz unserer Sprache eingesetzt und eisern gegen jede Konkurrenz gekämpft. Zum Beispiel gegen diese Kunstsprache, gegen Esperanto. In solchen Diskussionen konnten Jean und Papa völlig aufgehen. Das Wörterbuch ist übrigens nie fertig gestellt worden. Es war eine schier unendliche Aufgabe ..."

Marguerite machte eine Pause und sah Sarah an, die gespannt zuhörte. „Und dann?", fragte sie. „Sie müssen doch sehr glücklich gewesen sein."

„Ich war froh und hatte zugleich große Angst vor der Zukunft. Nach unserer Verlobung zog Jean von Orion nach Paris, um mich öfter treffen zu können. Er wohnte bei einer Cousine. Er kam jeden Abend zum Diner. Nach dem Diner haben meine Eltern uns den Salon überlassen. Hier durften wir allein sein. Manchmal sind wir spazieren gegangen oder auch ins Theater. Während dieser Zeit ging es mir nicht sehr gut. Ich bekam eine nervöse Depression. Ich konnte mir nicht vorstellen, dass irgendjemand auf der Welt mich lieben wollte. Ausgerechnet mich! Ich fühlte mich meines Glückes nicht würdig. Jean hat von meinem Zustand nichts bemerkt. Und ich habe auch alles getan, damit er mir nicht auf die Schliche kam ..."

„Hätten Sie die Hochzeit absagen können? Hätte es diese Möglichkeit denn überhaupt gegeben? Oder erwarteten Ihre Eltern, dass Sie eine Ehe eingehen, egal mit wem?"

„Oh nein! Natürlich wollte ich Jean heiraten. Ich habe mich auch meiner Mutter anvertraut. Sie brachte mich zu einem angesehenen Arzt, einem Psychiater. Der Professor diagnostizierte eine nicht seltene Angst junger Frauen vor der Ehe, die schon irgendwann vorbeigehen würde. Er konnte mir nicht helfen. Ich wurde immer depressiver. Nachts konnte ich nicht schlafen. Zu viel ging mir durch den Kopf, wie ein Gewitter ..." Marguerite hielt kurz inne, dann erzählte sie weiter, nur etwas leiser als vorher. „An einem Tag im Januar war ich so verzweifelt, dass ich mich in der Seine ertränken wollte. Ich stand am Ufer und wartete auf den Mut, dem Leben ein Ende setzen zu können."

„Nein!", erschrak Sarah.

„Aber ich war zu feige. Ich konnte es nicht. Nicht einmal das konnte ich. Das Wasser war eisigkalt ..."

Sarah hatte unsicher ihren Arm um Marguerites Schultern gelegt, die sich aber gar nicht traurig oder irgendwie beeinträchtigt zeigte. Im Gegenteil. So kraftvoll hatte Sarah Marguerite seit über einer Woche nicht gesehen. „Die Depression hielt drei Monate an. Dann war sie vorüber. Wir heirateten. Im Mai 1954, am 20. Mai in Paris."

„Waren Sie denn glücklich an Ihrem Hochzeitstag? Für viele ist dieser Tag angeblich der schönste in ihrem ganzen Leben."

Marguerites Augen leuchteten plötzlich, als hätte man ein Licht angeknipst. „Oh ja. Ich war sehr glücklich an diesem Tag. Und es trifft auch auf mich zu: Es war tatsächlich der glücklichste Tag meines Lebens." Ihr Gesicht war entspannt. „Es war ein schöner Tag, an dem viel gelacht wurde. Meine Eltern hatten eine kleine, aber sehr schöne Hochzeitsfeier für mich ausgerichtet. Ich trug ein elegantes langes Brautkleid aus Satin und sehr viel Tüll. Es waren zwanzig Gäste geladen, größtenteils aus dem engsten Kreis der Familie. Die Trauung fand in der Chapelle de l'Archevêché statt, gleich hinter der Kathedrale Notre-Dame. Der Kardinal von Paris hatte es sich nicht nehmen lassen, seine eigene Kapelle für die Hochzeit der Tochter Léon Bérards zur

Verfügung zu stellen. Nach der Trauung gab es ein kleines Diner im Appartement meiner Eltern."

„Wie schön! Ich hoffe, Sie haben wenigstens auf Ihrer eigenen Hochzeit Ihr Diner genossen." Sarah versuchte sich vorzustellen, wie die zarte Marguerite am Tag ihrer Vermählung an einer reich gedeckten Tafel saß und den Ansprüchen der Gesellschaft entsprechen sollte. Marguerite winkte spöttisch ab. „Es gab bereits als Vorspeise für jeden einen halben Hummer. Ich habe keinen Bissen gegessen. Maurice Reclus saß zu meiner Linken und hatte einen gesegneten Appetit, wofür ich Gott dankte."

„Maurice Reclus? Ein Bruder von Jeans Mutter?"

„Nein, nein, meine Schwiegermutter hatte keine Brüder, nur ihre Schwester Madeleine. Maurice war ihr Cousin. Er war Historiker und hat ein großes Werk über die Geschichte der Dritten Republik geschrieben. Nun, Marcel war ein sehr lustiger Mann. Und vor allem einer mit einem hungrigen Herzen." Marguerite lachte.

„Hat es Ihren Mann nie gestört, dass Sie kaum aßen?"

„Nein, überhaupt nicht. Er hat es akzeptiert. Außerdem war er selbst kein großer Esser. Er aß nur das, was ihm schmeckte. Ich glaube, er wäre eher verhungert als etwas zu essen, was er nicht mochte."

„War Jean ein glücklicher Bräutigam?"

„Ich denke schon. In jedem Fall war er sehr elegant. Das war er eigentlich immer, ein sehr gut aussehender, vornehmer Mann. Was ihn be-son-ders glücklich gemacht hat, war die Tatsache, dass die Witwe von Maréchal de Lattre an unserer Hochzeit teilnahm. Sie war eine sehr feine und sozial engagierte Person. Jean hatte den Maréchal sehr verehrt. Die beiden hatten sich während des Indochinakrieges in Saigon näher kennen- und schätzen gelernt. Sie waren dort gemeinsam auf der Richelieu, einem Kriegsschiff. Jean als Nachrichtenoffizier. Während dieser Zeit hatte er Artikel für die *Revue des Deux Mondes* geschrieben, atmosphärische Berichte über das Leben auf einem Schiff der französischen Marine."

„Es ist für mich schwer vorstellbar, dass ein sensibler Schriftsteller und Poet auf einem Kriegsschiff lebt und sich mit einem General anfreundet", wunderte sich Sarah.

„Es war für Jean ein Abenteuer. Als Funker musste er keine Waffen benutzen. Aber seine Freundschaft zu de Lattre war eng. De Lattre hat viel für die Befreiung Frankreichs getan. Eine ganz besondere Leistung war die Anerkennung der Résistance-Kämpfer durch die französische Armee nach dem Zweiten Weltkrieg. Das hat de Lattre zuwege gebracht! Er hatte großes diplomatisches Geschick und war der Überzeugung, dass die französischen Widerstandskämpfer nach dem Krieg in die offizielle Armee Frankreichs aufgenommen werden sollten, gegen die sie ja während des Krieges gekämpft hatten. Es war eine Frage der Ehre. Und der Anerkennung! Außerdem hatte de Lattre mit seinem Engagement zwei Fliegen mit einer Klappe geschlagen. Die Mitglieder der Résistance stellten dadurch auch ihre Attentate auf die Anhänger der Vichyregierung ein. Die hatte es nach der Befreiung sehr häufig gegeben. Einmal musste Schluss sein mit dem Töten."

„Ist Jean auch noch nach Ihrer Hochzeit zur See gefahren?"

„Nein. Er blieb in Paris und hat dort an einem Gymnasium Französisch unterrichtet."

„Wo haben Sie beide gewohnt, Marguerite? Ich stelle mir Paris in den 50er Jahren sehr romantisch vor."

„Ohh nein, nein, Paris war damals sehr triste, nicht so elegant wie heute. Die Straßen waren grau und rochen muffig. Viele Häuser waren heruntergekommen. Es fehlte das Geld für Modernisierungen. Aber das Appartement meiner Eltern war auch damals sehr gepflegt. Jean zog zu uns in die Rue des Saints-Pères."

Marguerite sprach nicht weiter. Sarah sah sie erstaunt an und wartete. „War es denn so schwierig, zu dieser Zeit eine eigene Wohnung zu finden? Oder waren die Wohnungen zu teuer?", fragte Sarah vorsichtig.

„Nein, Geld hat nie eine große Rolle gespielt. Unsere Eltern hatten

Vermögen, auch nach dem Krieg. Es gab Erbschaften, Land, Besitz."
„Wollten Sie denn nicht in einem eigenen Appartement leben, Marguerite? Sie hatten doch so viele Jahre mit Ihren Eltern verbracht, darunter viele auf engstem Raum im Vatikan. Hatten Sie nicht das Bedürfnis, eine eigene Familie zu gründen?"

„Selbstverständlich hätten wir gern eine eigene Wohnung bezogen", antwortete Marguerite langsam, als würde sie nach den richtigen Worten suchen. „Aber es wurde uns nicht erlaubt."

Sarah verstand nicht. Sie blickte Marguerite fassungslos an. „Aber Sie waren doch beide erwachsene Menschen!"

Marguerite nickte. „Meine Eltern hatten unserer Hochzeit nur unter der Bedingung zugestimmt, dass ich weiterhin in ihrem Appartement wohnen sollte. In meinem Mädchenzimmer. Das war die Kondition."

Ohne Ankündigung stand sie unvermittelt auf und klopfte mit dem Stock einmal auf den Steinboden. „Lassen Sie uns hineingehen, Sarah. Ich werde mich ein wenig hinlegen." Sarah begleitete Marguerite auf ihr Zimmer. Einen Moment hatte sie den Eindruck, als wäre Marguerite ärgerlich. Die aber lächelte sie zum Abschied an und sagte freundlich: „Sie sollten öfter in die Sonne gehen! Das tut Ihnen wirklich gut!"

Als Sarah wieder nach Orion zurückkam, stand Lydia in der Küche und kochte. „Wie geht es unserer Patientin?"

„Es geht ihr eigentlich nicht schlecht. Aber sie will nicht nach Hause." Sarah goss sich ein Glas Wasser ein und seufzte tief. „Sie erzählt sehr viel aus ihrer Vergangenheit."

„Das ist gut", nickte Lydia.

„Wusstest du, dass Marguerite Labbé, geborene Bérard, mit ihrem Mann weiterhin in ihrem Mädchenzimmer bei ihren Eltern lebte?", fragte Sarah.

„Ja, ich weiß. Sie hat mir einmal davon erzählt. Das ist schon für meine Generation unter normalen Umständen kaum vorstellbar. Aber für

junge Mädchen von heute muss so ein Schicksal völlig bizarr sein."
„Allerdings."
„Du kannst froh sein, in einer Zeit aufzuwachsen, in der du dein Leben selbst in die Hand nehmen kannst." Lydia lächelte sie herausfordernd an. „Nun sag schon. Ich möchte wissen, wie es *dir* geht."
Sarah atmete erneut tief ein und aus. „Lucas möchte mich unbedingt sehen. Er will seine Eltern in Saint-Émilion besuchen und dann hierher kommen. Aber das kommt gar nicht in Frage."
„Aha? ... Und warum nicht? Also, ich habe nichts dagegen, falls du das meinst."
„Nein, nein. Ich bin noch nicht so weit. Ich will ihn einfach nicht in Orion haben. Ich merke, wie ich zu mir komme. Das möchte ich nicht gefährden."
„Verstehe", stimmte Lydia ihr zu. „Dann sollte er erst mal da bleiben, wo der Pfeffer wächst. Kümmern wir uns lieber um das Glück anderer Menschen."
„Was? Um wen?"
„Ab morgen müssen wir anfangen, die Hochzeitsfeier für Louise und Justin vorzubereiten. Es kommen immerhin sechzig Gäste!"
„Uiii, genau", sagte Sarah. Unwillkürlich fiel ihr wieder Marguerite ein, die sich mit 27 Jahren gefragt haben musste, ob sie von einer Liebe träumen durfte, die sie eigentlich gar nicht leben konnte. Dann sprangen ihre Gedanken zu Lucas. Er tat ihr fast leid. Aber er würde jetzt sicher verstehen, dass sie es ernst meinte und nicht weiter auf ein Treffen in Orion drängen. Sie machte eine Handbewegung, als ob sie seine Fingerabdrücke in der Luft wegwischen wollte und musste plötzlich über sich selbst lachen. Dieser Wink ähnelte der Geste Marguerites, die unbequeme Gespräche auf die gleiche Weise wegfegte.

# Zehn

Am nächsten Morgen ging es im Château d'Orion geschäftig zu. Lydia machte sich mit ihrer Equipe an die Vorbereitungen des Hochzeitsfestes, das in zwei Tagen stattfinden sollte. Mit Annie, die die Küche ab jetzt zum Sperrgebiet erklärte, hatte sie schon vor Wochen das umfangreiche Menü besprochen. Dominique überließ sie die Blumendekoration, und Paul musste sie zur Installation der Musikanlage nicht lange überreden. Obwohl noch genügend Zeit war, machte sich allmählich Hektik breit, was nicht zuletzt daran lag, dass Lydia immer wieder neue Ideen hatte, von denen sie einen Teil wieder verwarf. „Das ist nun mal so bei Hochzeitsfesten!", rief sie. „Was ist die Steigerung von perfekt?"

„Perfekt, perfekt ...", äffte Eveline nach. „Ich würde nie so heiraten! Bloß kein anstrengender Luxus! Du, Sarah?"

„Also, ich finde, Orion ist ein Traumort zum Heiraten. Es ist doch so richtig schön romantisch, findest du nicht?"

„Schon. Klar! Aber so festlich und konventionell? Würdest du nicht lieber eine Strandhochzeit haben? Manche heiraten ja sogar unter Wasser. Das finde ich viel cooler."

„Gott sei Dank muss ich mir darüber gerade nicht den Kopf zerbrechen", antwortete Sarah.

„Hochzeitsfeiern sind keine Strandpartys", mischte sich Lydia ein. „So! Jetzt die Tische aneinanderreihen! Zu einer langen Tafel!"

Louise und Justin, ein junges Paar aus Pau, hatten sich für den schönsten Tag in ihrem Leben die Grange ausgesucht. Lydia hatte die große Scheune links neben dem Château zu einem stimmungsvollen

Saal für Konzerte und Ausstellungen hergerichtet. Die Sandsteinwände waren heute ein gepflegtes Sichtmauerwerk, die morschen Dielenböden durch neue ersetzt. Von den wuchtigen Holzbalken hingen drei gusseiserne Kerzenleuchter, die dem rustikalen Ambiente eine feierliche Note verliehen, genauso wie der große antike Spiegel. Wenn die Flügel des weinroten Scheunentors offenstanden, hatte man den Eindruck, als hätte sich der Vorhang zu einer Theaterbühne aufgetan.

Paul richtete auf einer hohen Leiter die Balken-Scheinwerfer, die den Dachstuhl am Abend in ein angenehmes Licht tauchen sollten. „Das falsche Kabel hab ich schon mal!", rief er bestens gelaunt. „Jetzt brauch ich nur noch das richtige!" Eveline und Sarah lachten und rückten die Tische in die Mitte des Raumes. Ein Renault Vier fuhr knirschend über den Kies vor das Scheunentor. Aus dem offenen Kofferraum ragten gestapelte Klappstühle. Es war Henri, ein Gemüsebauer und zudem der Bürgermeister von Orion. Er grüßte freundlich, ohne seine Zigarette aus dem Mundwinkel zu nehmen. Bei jedem Großereignis in Orion stellte er die Bestuhlung des Gemeindesaals zur Verfügung, immer persönlich. Paul kletterte von der Leiter und wechselte mit Henri ein paar Worte, bevor dieser wieder davonfuhr, um die nächste Partie zu holen. Sarah und Eveline positionierten die Stühle und begannen, sie mit Polstern und weißen Hussen aufzutakeln.

„Die Braut ist erst zwanzig Jahre alt!", rief Eveline Paul zu. „Stell dir mal vor, du würdest jetzt schon heiraten!" Paul war wieder auf die Leiter geklettert und tat so, als hätte er da oben Eveline nicht gehört. „Paul! Jetzt sag schon! Könntest du dir das vorstellen? Ich meine, mal vorausgesetzt, ein schönes Mädchen würde gnädig darüber hinwegsehen, dass es in der Hitliste deines Herzens erst nach Oldtimern und Computern rangieren würde!"

„Warum nicht?", rief Paul. „Wenn's die Richtige ist! Man kann sich ja wieder scheiden lassen, wenn's fad wird."

„Du bist gut!", staunte Eveline. „Also, wenn ich mal heirate, dann muss ich mir sicher sein. Aber so jung ... na ja ... obwohl ... ehrlich gesagt bin ich ja schon ein romantischer Mensch. Merkt man vielleicht nicht auf den ersten Blick. Aber wo kann man sich schon leisten, romantisch zu sein? Außer vielleicht hier!" Eveline kicherte und tänzelte um die immer länger werdende Tafel.

„Hohoho!", tönte Paul, der sich heute sehr redselig gab. Auf der höchsten Leitersprosse sitzend, breitete er theatralisch die Arme aus: „Eigentlich bin ich ganz anders, nur komme ich so selten dazu."

„Ja, Paul!", rief Lydia begeistert. „Du bist ja ein verborgenes Talent!"

„Ist von Ödön von Horváth!", antwortete Paul mit herablassendem Ton. Eveline blickte ihm verdattert entgegen.

Die Vorbereitungen dauerten bis zum Nachmittag. Sarah hatte im Spital angerufen und Marguerite ausrichten lassen, dass sie heute später kommen würde. Als sie um vier Uhr ihr Zimmer betrat, lag Marguerite im Bett und schien zu schlafen, öffnete aber gleich ihre Augen.

„Bonjour, Marguerite", flüsterte Sarah. „Wir hatten heute so viel im Château zu tun. Am Samstag ist ja Hochzeit. Wir haben heute schon sehr viel geschafft."

Marguerite lächelte und setzte sich vorsichtig auf. „Die Hochzeit, jaja. Lydia hat mir schon davon erzählt. Wie schön! Das Paar lässt sich ja im Standesamt von Pau trauen, nicht wahr? Madeleine wird ein Auge auf sie werfen."

„Ist das jetzt ein gutes Omen oder ein schlechtes?", fragte Sarah grinsend.

„Aber ja! Alles, was neu beginnt, ist gut!" Marguerite lachte leise.

„Wie geht es Ihnen? Haben Sie noch Schmerzen? Sie sehen eigentlich erholt aus!"

„Ich denke, wenn ich weiter solche Fortschritte mache, kann ich in einer Woche wieder zurück nach Orion."

Sarah griff überrascht nach Marguerites Hand. „Wirklich? Das wäre ja wunderbar!"

Marguerite nickte. „Langsam, langsam ... aber es wird."

„Dann sollten wir trainieren!", freute sich Sarah. „Was halten Sie davon, wenn wir wieder in den Hof gehen?"

„Eine sehr gute Idee. Ich bin schon ganz steif vom Liegen. Und ein wenig frische Luft kann nicht schaden." Es dauerte eine Weile, bis die beiden Frauen es in den Hof geschafft hatten. Sie setzten sich auf die schattige Bank und genossen eine Weile die Stille des Spätnachmittags. Zwei Meisen hüpften auf den Steinen und flatterten in eine kleine Lichtinsel, in der ein Mückenschwarm flirrte.

„Schade, dass Sie die Hochzeitsfeier nicht sehen können, Marguerite! Die würde Ihnen sicher gefallen!"

„Ahhh ... nein, es ist ganz gut, wenn ich den Wirbel nicht mitbekomme", winkte Marguerite ab. „Alle Zimmer werden belegt sein und ihr habt sehr viel zu tun. Hier habe ich meine Ruhe."

„Ich habe noch lange darüber nachdenken müssen, was Sie mir über Ihre und Jeans Hochzeit erzählt haben." Sie musterte Marguerite. Die lächelte sie an.

„Ja. Ich auch. Ich weiß gar nicht, wie lange ich darüber nicht mehr gesprochen habe. Mit wem auch? Na ja, die Dinge werden wieder lebendig, wenn man sie erzählt."

„Oh, ich hoffe nicht, dass es Ihnen nach unserem Gespräch schlecht ging, Marguerite. Ehrlich gesagt hatte ich schon ein wenig Angst davor. Jetzt, da Sie gerade dabei sind, sich zu erholen. Ich will nicht, dass die Depressionen wiederkommen."

„Nein, meine Liebe! Machen Sie sich bitte nicht solche Gedanken! Ich muss sagen, dass mir unsere Gespräche sogar recht guttun. Sie animieren mich dazu, meine Geschichte mit den Augen einer jungen Frau von heute zu betrachten. Ich freue mich sogar, dass ich sie Ihnen erzählen darf, Sarah." Sarah lehnte sich erleichtert zurück. „Mein Rückspiegel ist ja nun sehr groß", fuhr Marguerite fort. „Aber so viel kann man darin gar nicht sehen. Wenn ich mir vorstelle, was junge Leute von heute alles erleben! Wohin sie reisen können! Welche Möglichkeiten sich ihnen bieten! Mon Dieu!" Sie schlug die Hände vor ihrem Gesicht zusammen.

„Sagen Sie, Marguerite, gestern erzählten Sie mir, dass Sie nach Ihrer Hochzeit mit Jean ihr Mädchenzimmer bewohnten. In dem Appartement Ihrer Eltern. Heutzutage wäre das unvorstellbar."

„Nun ja. Üblich war das damals keineswegs! Höchstens als Übergangslösung, wenn das Geld zu knapp war, um sich eine eigene Wohnung leisten zu können. Das traf ja auf uns nicht zu ... Es war schrecklich! Einfach katastrophal!" Marguerite schüttelte unwillig den Kopf. „Aber meine Eltern wollten mich nun einmal nicht gehen lassen. Mein Vater war ja schon achtundsiebzig Jahre alt, als Jean und ich heirateten. Meine Mutter Anfang sechzig. Sie hätten ihr Einverständnis zu unserer Hochzeit ohne diese Kondition niemals gegeben."

„Und Jean?"

„Der hat sich gefügt."

„Ohne Diskussion?"

„Ohne Diskussion."

„Kann man eine normale Ehe unter der Aufsicht der Eltern führen?" Sarah wusste nicht, wie sie sich ausdrücken sollte, ohne zu indiskret zu sein. Sie stellte sich ein frischvermähltes Paar vor, das unter den Argusaugen der Eltern lebte und keinen intimen Freiraum hatte.

Marguerite machte ihre typische Handbewegung und stieß einen Seufzer aus. „Was ist schon normal? So war es eben. Maman und Papa konnten die Nabelschnur nicht durchtrennen. Sie glaubten, dass ich ohne sie nicht zurecht kommen würde."

„Aber wieso denn nicht?"

Marguerite schabte ihren rechten Daumennagel an den Fingernägeln entlang. „Es ist schön, geliebt zu werden", sagte Marguerite leise. „Aber diese Art der Fürsorge hatte etwas Erdrückendes. Ich habe mich niemals frei gefühlt. Na-tür-lich nicht!"

Sarah musste psychologisch nicht sonderlich gebildet sein, um zu erahnen, dass Marguerites Anorexie aus ihrer Unfreiheit rührte. Zuerst jene innerhalb der vatikanischen Mauern und später durch Grenzen, die ihre Eltern ihr bis zu ihrem Tod gesetzt hatten. Ihre Magersucht war das einzige Mittel, der Kontrolle etwas entgegenhalten zu können, um ein unabhängiges Selbstwertgefühl zu erlangen. Wenigstens für ihren eigenen Körper hatte sie sich die Freiheit genommen, der totalen Fremdbestimmung zu entgehen und gegen das Ohnmachtsgefühl anzukämpfen, das sich seit ihrer frühesten Jugend in sie hineingefressen hatte. Sarah erinnerte sich an Marguerites Erzählungen, weder von ihrer Mutter noch von ihrem Vater jemals in die Arme geschlossen worden zu sein. Deren Fürsorge hatte einen weiteren Rahmen gesteckt, eine Mauer, die Marguerites Seele und vielleicht sogar ihren Körper vor jeder Berührung bewahrt hatte. Der Versuch, aus diesem Gefängnis durch eine Ehe auszubrechen, scheiterte. Jean hatte sich den Bedingungen der Bérards kampflos untergeordnet.

Marguerite konnte nie zu einer erwachsenen, selbstbewussten Frau heranreifen. Ihre Seele blieb die eines jungen Mädchens, das der erwachsenen Aufsicht gnadenlos ausgesetzt geblieben war. Jean schien die Rolle der Eltern übernommen zu haben.

„Wie haben Sie Ihren Alltag verbracht?", fragte Sarah entgeistert.

„Ich hatte ja nichts gelernt, Sarah. Keinen ordentlichen Schulabschluss, keine Lehre. Ich war ein Niemand. Noch nicht einmal einen Haushalt konnte ich führen! Dazu hatten wir ja immer Personal. Den Rest erledigte meine Mutter."

„Hatten Sie denn gar keine Freundin? Niemanden außerhalb der Familie, mit dem Sie sich treffen konnten?"

„Durch Jean lernte ich Bernadette kennen. Sie war in seinem Alter. Bernadette war die Tochter von Francis Jammes, dem Dichter aus dem Béarn. Sie lebte im 15. Arrondissement. Mit ihr traf ich mich öfter. Wir gingen auch gemeinsam ins Theater oder auch mal in ein

Café. Wir konnten über vieles reden, aber nicht über alles. Sie war eine gute Freundin."

„Darf ich Sie fragen, ob Sie jemals Kinder haben wollten, Marguerite?"

„Oh nein, nein!" Marguerite antwortete rasch und abwehrend. „Nein, Kinder ... dazu ist es nicht gekommen. Das Leben und ich. Das waren zweierlei Dinge ... Es ist schrecklich, dass ich das sagen muss, aber es ist die Wahrheit."

„Wollte Jean keine Kinder haben?"

„Oh doch, das wollte er schon. Allein deshalb, damit Orion weiterlebt. Er mochte Kinder." Sie machte ein ernstes Gesicht und zog ihre Stirn in Falten. Dann lächelte sie erneut und erzählte weiter: „Jean war während des Tages immer unterwegs. Er unterrichtete oder traf sich mit Freunden, bevor er zum Diner nach Hause kam. In der Zeit bin ich oft in ein Heim unserer Gemeinde gegangen. Dort lebten ältere Damen, die Hilfe benötigten. Das war das erste Mal in meinem Leben, dass jemand mich brauchte. Ich machte für sie Besorgungen, brachte ihnen Essen oder las ihnen etwas vor. Sie mochten mich, und ich habe mich dort wohlgefühlt. Mit einer alten Dame aus Rumänien bin ich stundenlang in der Métro gefahren." Marguerite lachte leicht auf. „Sie liebte es, mit der Métro durch Paris zu fahren. Auf diese Weise habe ich die Stadt kennengelernt."

„Und Marie Labbé, Jeans Mutter? Wie dachte denn sie darüber, dass ihr Sohn und Sie bei Ihren Eltern lebten?"

„Meine Schwiegermutter hatte nichts dagegen. Jean war ja auch nicht unglücklich. Er war ohnehin viel unterwegs. Meine Schwiegermutter war eine wunderbare Frau, wissen Sie." Marguerites Ton wurde zärtlich. „Sie war herzlich und liebenswert. Sie hat mich angenommen wie eine eigene Tochter. Ich habe sie sehr geliebt. Marie war eine wirkliche Mutter für mich. Ich habe sie auch so genannt. Die Sommerferien verbrachten wir immer mit ihr in Orion. Umgekehrt hatte Jean ein gutes Verhältnis zu meiner Mutter. Sie hat ihn sehr geschätzt."

„Wie lang haben Sie in Paris gelebt?"
„Meine Mutter starb 1970, fünf Jahre nach meiner Schwiegermutter. Jean und ich sind dann nach Orion gezogen."
„War es für Sie und Jean eine Befreiung, nach Orion zu ziehen?"
„In gewisser Weise schon. In Orion habe ich mich immer zuhause gefühlt, seit meinem ersten Besuch im Sommer 1953. Der Geist meiner Schwiegermutter war dort spürbar geblieben, ihre Liebe zu den Menschen und zu Gott. Jean liebte Orion ebenso. Er verbrachte viel Zeit in der Bibliothek und schrieb seine Gedichte oder Artikel für die Zeitschrift *Les deux Mondes*. Ich habe mir die Zeit damit vertrieben, Literatur in Blindenschrift zu übersetzen. Das hatte ich gelernt. Keine sehr anspruchsvolle Aufgabe, aber dennoch ganz unterhaltsam. Schließlich war ich ja sonst zu nichts zu gebrauchen! ... Jean hat sich um alles gekümmert, um Reparaturen im Haus und vieles mehr. Er bestimmte sogar die Tischdecke, wenn seine Freunde zu Besuch kamen. Jedes Detail! Die Sitzordnung, das Arrangement ... Er hat das ganz selbstverständlich getan."

„Haben Sie sich ihm gegenüber öffnen können, Marguerite? Haben Sie ihm von Ihren Gefühlen und Sorgen erzählen können?"

Marguerites Augen wanderten ziellos umher. Sie überlegte. „Jean hat mich immer unterstützt", sagte sie bestimmt. „Wenn ich traurig war, hat er mich getröstet und abgelenkt. Wir haben über Literatur gesprochen, und er hat mir seine Gedichte vorgelesen. Wir hatten fünfzehn gemeinsame Jahre in Orion, für die ich dankbar sein muss. Nein, für alle Jahre muss ich dankbar sein. Jean hat mich dreißig Jahre ertragen. Und immer unterstützt! "

Bei all den Erzählungen über die Ehe von Jean und Marguerite hatte Sarah nie das Gefühl, dass es um ein Liebespaar ging. Eher um eine Freundschaft. Oder um eine Allianz, die sie sich nicht vorstellen konnte. Um eine Vernunftehe. Aber war es überhaupt eine Ehe? Könnte es nicht auch eine mariage blanc gewesen sein? Eine Ehe, die nie vollzogen wurde, fern jeder Leidenschaft und körperlicher Liebe? Sarah beobachtete Marguerites Gesicht, das gänzlich regungslos blieb. „Nach Jeans Tod haben Sie ganz allein in Orion gelebt?"

„Ja. Ganz allein. Fast zwanzig Jahre lang. Wie eine Larve."

Sarah schüttelte ihren Kopf. „Wer hat sich dann um Sie gekümmert? Wer hat Ihnen das Essen gekocht, wenn Sie selbst nie kochen gelernt haben?"

„Aaach, das war kein Problem. Viel zu essen brauchte ich ja nie." Marguerite lachte. „Jeanne aus dem Ort kam jeden Tag. Sie hat nach mir gesehen und den Haushalt geführt. Aber ich hatte nun mal nicht viel Unterhaltung ... Bis Lydia kam!" Marguerite strahlte Sarah an. „Sie hat das Château wieder zum Leben erweckt. Ihm seine Seele wieder gegeben. Und mir auch. Ich verdanke ihr sehr viel." Marguerites Stimme klang weich.

Sarah umarmte sie. „Ich denke, Lydia ist froh, dass Sie im Château geblieben sind."

Marguerites Wangen hatten die Blässe verloren. Sie hatte einen Ausdruck, der Sarah an den eines erstaunten Kindes erinnerte. „Kommen Sie, Sarah. Ich habe etwas für Sie." Sie stand auf und beide gingen ins Zimmer zurück. Marguerite holte einen Brief aus der Nachttischschublade und überreichte ihn Sarah.

„Ich habe ein wenig gebraucht, bis ich alles aufgeschrieben habe. Aber es ist mir ein Anliegen. Sie haben so viel von mir und meiner Familie erfahren, dass ich sicher gehen möchte, dass Sie von meinem Vater ein richtiges Bild gewinnen. Es ist viel über ihn geschrieben worden. Vieles davon ist nicht richtig."

„Marguerite ... ich ... ich danke Ihnen. Ich weiß jetzt gar nicht, was ich sagen soll ... Ich werde ihn lesen!"

„Aber nicht mehr heute Abend, Liebes. Lesen Sie ihn irgendwann, wenn Sie die Zeit dafür finden."

Sarah umarmte Marguerite noch einmal. „Das mache ich. Versprochen. Morgen werde ich wohl keine Zeit haben, hierher zu kommen. Sie wissen ja ... die Hochzeit ..."

„Aber ich bitte Sie, Sarah! Das ist doch kein Problem! Ich komme gut zurecht." Sie begleitete Sarah zur Tür und lachte: „Ich bin doch kein kleines Mädchen mehr!"

Der Abend in Orion war ruhig. Sarah holte sich aus der Küche etwas zu essen und ein Glas Wein und ging gleich auf ihr Zimmer. Sie hatte keine Lust mehr auf Gesellschaft. Marguerites Brief lag ungeöffnet auf dem Sekretär. „Für Sarah von Marguerite" stand darauf, in ihrer unregelmäßigen, kantigen Schrift. Sarah wollte ihn tatsächlich erst morgen lesen. Jetzt brauchte sie Zeit für sich. Der nächste Tag würde anstrengend werden. Die Hochzeitsvorbereitungen gingen in die Endphase. Sie machte es sich auf ihrem Bett bequem, zog ihren Laptop auf den Bauch und trank einen Schluck Wein. Entgegen ihren Überlegungen hatte Lucas keine Mail geschickt, was sie etwas beunruhigte. Es sah ihm nicht ähnlich, sich zurückzuziehen und seine Pläne aufzugeben. Gott sei Dank hatten weder ihre Mutter noch Antonia sich überreden lassen, Sarahs neue Telefonnummer herauszurücken. Sie war sich nicht sicher, ob seine Stimme sie nicht doch erweichen könnte. Ihre Unsicherheit wurde größer. Vielleicht käme er auf die Idee, sich einfach über ihre Wünsche hinwegzusetzen. Ohne ihre Zusage hierher kommen ... Diese Vorstellung machte Sarah ärgerlich. Nein. Unwahrscheinlich. Das würde er wohl doch nicht wagen!

Man konnte über ihn sagen, was man wollte, aber er hatte Stil. Charakter. Schließlich hatte er ja tatsächlich um ihre Erlaubnis gebeten. Außerdem hatte er sich bei Antonia verständnisvoll gezeigt. Irritierend fand sie wiederum nur, dass Lucas sich Antonia gegenüber so offen und verletzt gezeigt hatte.

„Der Mann leidet gerade unter einer echten Ego-Karambolage, Sarah!" Antonia war bei ihrem letzten Skype-Telefonat mit Sarah deutlich anzumerken gewesen, dass sie ein gewisses Mitleid für Lucas empfand. „Er ist nur noch ein kleines Häuflein Mensch, Schatzi. Nicht, dass man sich um ihn ernsthaft Sorgen machen müsste! Aber du kannst dir gar nicht vorstellen, wie fertig der arme Mann ist." Sarah hatte in der Tat Schwierigkeiten, sich das vorzustellen. So kannte sie Lucas nicht. Er war immer souverän und selbstbewusst. Sarah hatte kurz spöttisch aufgelacht.

„Ja, wirklich, Sarah! Ich mache keine Scherze!" Antonia hatte ihre Freundin fast als ein wenig herzlos empfunden, vielleicht auch deshalb, weil sie sich immer gewünscht hatte, dass sich ein Mann „nur einmal in ihrem Leben!" so nach ihr verzehren würde. „Mit seiner Eisente ist Schluss. Jedenfalls hat er das gesagt. Also, er hat sie natürlich nicht so genannt. Warum und wieso ... keine Ahnung ... Wie auch immer ... du weißt Bescheid."

Wenn Lucas Durand Fakten setzte, folgte für gewöhnlich der nächste strategische Schritt. Mit einem berechneten Entwurf aus einem Schmelztiegel voller Farben. Genau diese Eigenschaft, die Sarah früher immer an ihm bewundert hatte, machte ihr nun Sorgen. Sie stand auf und zog sich aus.

Sie war schmaler geworden, was ihr gut stand. Der Tag in Biarritz hatte ihr etwas Bräune geschenkt. Sie ging unter die Dusche und wog ihren Oberkörper sanft hin und her, wie zu einer langsamen Musik. Das Rauschen des Wassers und die stereotype Bewegung hatten etwas Meditatives. Dann schlang sie ein großes Badetuch um ihren Körper, löschte das Licht und legte sich mit ihrem iPhone aufs Bett. Das Fenster stand offen und es drang eine milde Kühle in den Raum, die ihre noch feuchten Schultern angenehm berührte. In ihr breitete sich eine Ruhe aus, die sich fast ein wenig leichtsinnig anfühlte. Sie streckte sich behaglich und suchte auf ihrem iPhone nach den Songbooks von Ella Fitzgerald.

„Nostalgie ist ein verführerischer Lügner", lästerte Antonia manchmal über Sarahs antiquierten Musikgeschmack. Aber Sarah fühlte sich gar nicht nostalgisch. Im Moment dachte sie nicht an die Vergangenheit und noch weniger daran, was die Zukunft wohl bringen würde. Sie genoss das Gefühl, sich selbst zu treffen, hier und jetzt, mühelos und zufrieden, nichts weiter. Eine Zeit lang verbrachte sie in diesem Zustand. Dann nahm sie wieder ihr Handy und reihte flink wie mit einer Nähmaschine Buchstaben aneinander, bevor sie mit einem winzigen Zögern die Sendetaste berührte. Ihr Herz pochte und sie las den Text, der ohne Prüfung davongesaust war. Sie kniff die Augen zusammen und lächelte. Es dauerte keine zwei Minuten, bis eine SMS folgte. „Sarah! Wie schön! Wieso hast du deine Telefonnummer nicht hinterlassen!!!!! Ja großartig! Wann sehen wir uns?!?!?!" Sarahs Herz pochte jetzt bis zum Hals. Sie drückte ihr Gesicht ins Kissen, das ihren Jauchzer dämpfte. Wieder flitzten die Daumen. Die Antwort ließ nicht lange auf sich warten: „Ja! Wunderbar!!! Nächste Woche ist gut! So schnell wie möglich, ja....:))? Ich habe so oft an dich gedacht... Können wir nicht telefonieren? Jetzt?!?" Sarah antwortete kurz, bevor die nächste SMS einrauschte: „Schade!!! Aber ok... :( ... Sweet dreams!!!" Sarah fiel nichts Keuscheres ein als ein Smiley, das diese Flut von Rufzeichen und Freude nur auf dem Display beendete. Nächste Woche würden sie sich wiedersehen. Diesmal würde es klappen. Dann würde Mark auf sie zukommen und versuchen, sie mit auf eine Welle zu nehmen.

Der nächste Vormittag verging wie der vorherige. Unermüdlich schafften Sarah, Eveline und Paul Geschirr, Kerzen, Glaskaraffen und dekorativen Tischschmuck zur Grange. Lydia führte die Regie und schuf nach und nach eine opulente Tafel für die Hochzeitsgesellschaft. „Ach Lydia", schwelgte Sarah, „sollte ich in diesem Leben jemals heiraten, dann wirst du meine Hochzeit ausrichten, versprich mir das bitte. Sooo schön!"

Lydia lächelte Sarah an und umfasste ihre Taille. „Nichts lieber als das, Liebes. Du siehst übrigens heute zauberhaft aus. Sag mal, ist irgendwas? Sieh mich mal an!"

Sarah strahlte über ihr ganzes Gesicht und lachte ein wenig verlegen. „Nichts Besonderes. Mir geht's nur gut. Ich fühl mich wohl, wenn was los ist."

Lydia nickte zufrieden und ließ es dabei bewenden. Aus dem Nebenraum der Grange ertönte ein unangenehmer Basston, gefolgt von Krächzen und Rauschen. Paul bastelte noch immer an der veralteten Stereoanlage.

Eveline schob den roten Samtvorgang zur Seite, der den Essbereich vom Tanzraum trennte. „Hast du ein paar gute CDs da, Paul? Oder soll ich welche holen? Au ja, wir legen gleich ein Tänzchen hin, ja? Oder kannst du gar nicht tanzen?" Paul verdrehte die Augen und schickte Eveline zum CD-Holen. Sarah half ihm, die Boxenkabel unsichtbar zu verlegen und assistierte mit geschickten Handgriffen.

„Ich danke dir, dass du nicht ununterbrochen plapperst", grinste Paul, „neues Parfum?" Sarah knuffte ihn in die Seite. Eveline kam mit einer Schachtel CDs und legte eine auffordernd neben den Player.

„Und? Geht's schon?", fragte sie ungeduldig.

„Slowly, slowly", grummelte Paul und fingerte weiter an den Anschlüssen.

„Mit deinem Sound kannst du hier aber morgen nichts werden. Dann schlägt's denen die Sicherung raus."

Er schob die CD ein und erwartete mit zusammengekniffenen Augen Evelines Hip-Hop-Bässe. Stattdessen erklang die geschmeidige Stimme von Mayer Hawthornes „A Strange Arrangement". Paul riss die Augen auf und rief: „Hä? Was ist das denn?"

Eveline stand vor ihm mit ebenso ausgebreiteten Armen wie Paul am Vortag auf der Leiter und flötete: „Ein L'amour-Hatscher. Darf ich bitten?" Blitzschnell griff sie seine rechte Hand, legte sie bestimmt auf ihren Rücken und wiegte beide grinsend zum Takt. „Rache ist süß. Da musst du jetzt durch." Paul setzte sein schmerzvollstes Gesicht auf und ergab sich.

Sarah gefiel die unverfrorene Direktheit, die Eveline mit einer Fröhlichkeit verband, dass niemand ihr widerstehen konnte. Sie nahm sich das, was sie wollte, spontan und ohne Angst vor Peinlichkeiten. In Wahrheit war Eveline reifer als sie, dachte Sarah.

Nach dem Mittagessen zog Sarah sich wieder auf ihr Zimmer zurück. Die wichtigsten Vorbereitungen für das Fest waren erledigt. Es war schwül geworden und der Himmel durch Schleierwolken verhangen. Sie legte sich aufs Bett und öffnete Marguerites Brief, der ganze sechs Seiten umfasste, klar gegliedert wie ein Manuskript, das noch einmal säuberlich abgeschrieben worden war. Marguerite hatte den langen Brief an dem Tag begonnen zu schreiben, als Sarah in Biarritz gewesen war.

*Orthez, 14. August 2012*

*Sarah, meine geschätzte Freundin,*
*ich möchte Ihnen noch einmal zum Ausdruck bringen, wie sehr mich Ihr Interesse und Ihr Einfühlungsvermögen berührt. Sie sind eine außergewöhnliche junge Frau. Ihre Besuche richten mich auf. Jetzt nutze ich Ihre Abwesenheit, um einige Gedanken aufzuschreiben. Sie beschäftigen mich immer wieder, und es ist mir ein Anliegen, dass Sie, die Sie nun so vieles über mich und meine Familie erfahren haben, die Dinge richtig einschätzen. Dies betrifft vor allem den guten Ruf meines Vaters, der nach dem Krieg immer wieder verteidigt werden musste.*

*Mein Vater war ein liebenswerter Mann, glauben Sie mir, Sarah. Er war ein überzeugter Demokrat. Und ein gewissenhafter Katholik. Als Botschafter in den Vatikan entsandt zu werden, war für ihn eine große Ehre und Herausforderung, für die er sich unermüdlich einsetzte. Meine Mutter und ich bekamen ihn kaum zu Gesicht. Er verstand sich als Mittler. Aus seiner Sicht – und aus der Sicht der Mehrheit aller Franzosen! – war die Ernennung von Maréchal Phi-*

lippe Pétain zum Staatschef der Vichyregierung die richtige Entscheidung. Auch er hatte ihm seine Stimme gegeben. Pétain hatte die Deutschen bereits als Oberbefehlshaber des Heeres im Ersten Weltkrieg besiegt und erhielt danach die höchsten Auszeichnungen des Landes. Er war der Retter Frankreichs. Ein Held, dem die Franzosen – trotz seiner 84 Jahre! – zutrauten, das Land auch im Zweiten Weltkrieg retten zu können. Mein Vater war der Überzeugung, dass Pétains Abkommen mit den Nazideutschen das geringere Übel für Frankreich bedeutete. Und vor allem einen Waffenstillstand zur Folge hatte! Nach dem Krieg hat mein Vater immer wieder seine große Enttäuschung über diese Entscheidung zum Ausdruck gebracht. Er hatte sich nicht vorstellen können, dass das Vichyregime immer mehr zu einer deutschen Marionettenregierung verfiel. Und darüber hinaus unmenschliche Beschlüsse verabschiedete, mit denen mein Vater bis heute in Verbindung gebracht wird. Es existiert ein Dokument meines Vaters, das in den meisten französischen Geschichtsbüchern wiedergegeben wird. Dies ist ein Antwortschreiben meines Vaters an Maréchal Pétain. Pétain wollte wissen, welche Ansicht der Heilige Stuhl zu den „antijüdischen Maßnahmen" in Frankreich hätte, die im sogenannten „Judenstatut" zusammengefasst waren. Das Judenstatut gab es in Frankreich übrigens schon ein Jahr, bevor es die Nazis überhaupt gefordert hatten. Eine Ungeheuerlichkeit, die in der Öffentlichkeit erst neuerdings diskutiert wird! Mein Vater schrieb am 2. September 1941 an Pétain, Papst Pius XII. habe ihm Folgendes mitteilen lassen: „Ich fürchte Hitler mehr als Stalin". Des weiteren setzte er ihn in Kenntnis, dass es zwar eine gegensätzliche Haltung zwischen den Rassengesetzen und der katholischen Kirchenlehre gäbe, der Vatikan aber nicht grundsätzlich alle Maßnahmen ablehnte, die von bestimmten Ländern gegen die Juden ergriffen worden waren, so zum Beispiel der Ausschluss aller Juden aus öffentlichen Ämtern, medizinischen Einrichtungen, den Schulen und Universitäten und natürlich aus den Medien. Letztendlich hatte der Papst zu verstehen gegeben, dass ihm die Macht der katholischen Kirche über alles gehen würde.

*Es schmerzt mich unendlich, dass mein Vater nach dem Krieg in den Verdacht geriet, ein Antisemit gewesen zu sein. Das war er nicht! Absolut nicht! Im Gegenteil! Nach der Machtergreifung Hitlers setzte er sich dafür ein, aus Deutschland geflohenen jüdischen Künstlern und Schriftstellern einen Aufenthalt in Frankreich zu ermöglichen. Er leitete seinerzeit das französische Komitee für den Schutz verfolgter jüdischer Intellektueller, das er 1933 mitbegründet hatte. Er war selbst ein Intellektueller, Sarah. Aber die Fehlurteile vieler Menschen über ihn beruhen auf Unwissenheit oder zumindest Halbwissen. Einige waren und sind der Meinung, mein Vater wäre mitverantwortlich für die Judenverfolgung, die es auch in Frankreich gegeben hat!.Für die Deportation von 76.000 Juden aus französischen Internierungslagern nach Polen. Das ehemalige Lager Gurs liegt nur eine halbe Stunde von Orion erntfernt, wie Sie wissen ... Sie warfen ihm vor, die Politik der Kollaborateure unterstützt zu haben. Aber das ist nicht wahr. Er war als Botschafter beim Heiligen Stuhl kein aktiver Politiker, Sarah. Er ist im Vatikan politisch nicht in Erscheinung getreten. Aber natürlich – und hier verstehe ich seine Kritiker! – musste sich mein Vater verantwortlich zeigen für das Regime, dem er seine Stimme gegeben hatte und dessen Sprachrohr er im Vatikan gewesen war. Unsere Familie hat seine Entscheidung für dieses Amt als unser größtes Unglück betrachtet. Aber mein Vater war ein Humanist, Sarah, kein Menschenverächter und kein Rassist!*

*Noch vor zehn Jahren bemühten sich einige Historiker und Institutionen, seinen Namen aus der Öffentlichkeit zu verbannen. Sie wollten nach ihm benannte Straßen im Béarn umbenennen, ebenso ein Gymnasium in Saint Palais, das heute noch immer Collège Léon*

*Bérard heißt. Ebenso das Krebsforschungszentrum in Lyon. Als mein Vater 1960 starb, brachten viele Schriftsteller und Philosophen ihm ihre Ehrerbietung entgegen. Sie kannten seinen Geist. François Mauriac, der große Literat und Nobelpreisträger sagte damals: „Wir waren froh, dass er wieder zurückgekommen war. Jetzt schläft er einen ruhigen Schlaf, den ich jenen wünsche, die ich liebe." Und Mauriac war zweifellos ein Antifaschist! Und damals sogar ein aktiver Gegner der Vichyregierung!*

*Alle Welt fragt sich, warum Papst Pius XII. sich nicht klar und deutlich gegen die grauenvolle Politik Hitlers ausgesprochen hat, ja eine öffentliche Stellungnahme verweigerte. Schließlich wusste er genau, was mit den Juden passierte, nicht nur im Deutschen Reich, sondern auch in Frankreich. Es wird nicht mehr lange dauern, bis die Vatikanarchive die ganze Wahrheit preisgeben. Auch jene Wahrheit, die beweist, dass die katholische Kirche das Leben zehntausender Juden gerettet hat. Das hoffe ich zutiefst!*

*Damals hat niemand mit mir über all das gesprochen. Natürlich nicht. Ich war noch keine dreizehn Jahre alt, als wir in den Vatikan zogen ... Aber als der Krieg vorüber war und wir trotzdem nicht nachhause durften, haben meine Eltern mir die Gründe erklären müssen. Schließlich mussten wir bis August 1948 in Rom bleiben. Ich hatte Angst um meinen Vater. Er wäre vor ein Gericht gestellt worden, wie alle, die dem Vichyregime dienten.*
*Das Gericht Gottes wird über alle richten, die Unrecht getan haben.*
*Ich umarme Sie,*
*Ihre erschöpfte Marguerite*

Sarah legte Marguerites Brief zur Seite.

*Die Mutter von Marguerite, Laure de Souhy*

# Elf

Wären keine Handys zu sehen gewesen oder die Nackentatoos der Brautjungfern, so hätte dieses Hochzeitsfest auch vor hundert Jahren stattfinden können. Die Stimmung an diesem Ort hatte etwas Zauberhaftes und Nostalgisches. So eine Hochzeit hätte ich Madeleine gegönnt, kam es Sarah in den Sinn. Nicht unbedingt mit Emmanuel Berl, diesem Heiratsschwindler! Eher mit jemandem, der so romantisch gewesen wäre wie ihr Verehrer Charles Régnier.

... ‚Ich liebe diesen Orion, den Ihre Augen erhellen, deren Glanz mal funkelt oder sich verschleiert. So wie das Hell und Dunkel an den Himmeln davon abhängen, ob ein Stern aufgeht oder erlischt.'

Nette, hatte Régnier sie genannt, so wie es nur enge Vertraute durften. Sarah mochte das Gedicht so sehr, dass sie es immer wieder gelesen hatte und inzwischen auswendig konnte. Madeleine musste eine einfühlsame Frau gewesen sein, der man gern etwas anvertraute. Die den Männern gleichzeitig den Kopf verdrehte. Und vor allem genau wusste, wie man das am besten schafft.

‚Oh Sie, der man so gut und ganz leise sich mitteilte. Denn man spürt gut, wenn man Sie kennengelernt hat, dass auch das verschlossene Herz für Sie ohne Geheimnis ist.'

Sarah seufzte. Und? ... Was hat ihr das genutzt? Madeleine war Single geblieben. Noch nicht einmal mehr einer Hochzeitseinladung war sie gefolgt. Sarah schüttelte den Kopf. Keine Nostalgie war irritierender als die, die nie stattgefunden hatte.

Als gegen ein Uhr die letzten Gäste gegangen waren, längst nachdem sich das Brautpaar auf das schönste Zimmer im Château zurückgezogen hatte, das den Namen Marie Reclus trug, waren Paul, Eveline und Sarah am Ende ihrer Kräfte. Sie legten sich unter die Platane.

„Ich glaube, über mich ist ein Kolchosetraktor gerollt", stöhnte Paul.

„Und ich steh nie wieder auf", winselte Eveline und lehnte ihren Kopf mitleidbedürftig an Pauls Schulter. Teo kam angetrabt und streckte sich dicht neben Sarah ins Gras.

„Ach Teo, du hast mir noch gefehlt ... Um dich kann ich mich nicht auch noch kümmern", flüsterte Sarah und streichelte dem Hund über sein Fell. Durch die Platanenzweige funkelten die Sterne in dieser Nacht besonders hell. Eine bewegungslose Stille machte sich breit. Selbst das Zirpen der Grillen hatte schon aufgehört. Ohne Lydia wären sie zweifellos auf der Wiese eingeschlafen.

„Besser, ihr legt euch in die Gemächer, meine Helden", schlug sie vor. „Ach, wenn ich euch nicht hätte ... das habt ihr ganz großartig gemacht. Ich danke euch sehr!"

„Wo kann ich eigentlich den Orion sehen?", fragte Sarah und suchte den Himmel nach dem Sternbild ab.

„Den Orion kannst du hier nur im Winter sehen", sagte Lydia. „Dann ist er groß und prächtig!"

„Na gut. Dann warte ich eben, bis es Winter wird", murmelte Sarah matt, schloss die Augen und konnte sich in dem Moment nicht vorstellen, diesen Ort jemals wieder zu verlassen.

Für Montag hatte Lydia ihren Mitarbeitern frei gegeben. Die Verabschiedungszeremonie der Hochzeitsgesellschaft hatte sich am Vortag bis in die Nachmittagsstunden gezogen und die Aufräumungsarbeiten waren erst am Abend beendet gewesen.

„Wir fahren wieder nach Biarritz, ja?", sagte Sarah beim Frühstück und hatte es nicht als Vorschlag gemeint. Für sie stand fest, dass sie Mark treffen würde, um 17 Uhr im Bleu Café am Quai der Grande Plage. Allerdings hatte sie weder Eveline noch Paul über ihre Verabredung informiert. Sie war selbstverständlich davon ausgegangen, dass sie ihren freien Tag am Meer verbringen würden, so wie nach dem Seminar. Außerdem hatten sie einige Male über Biarritz gesprochen, wenn auch ohne feste Verabredung.

„Keinen Meter!", wehrte Eveline ab, „Ich bewege mich hier heute maximal bis zum Kühlschrank."

Entgeistert starrte Sarah Eveline an, die völlig energielos ihren Kopf stützte. „Wir legen uns in den warmen Sand und lassen uns von der Sonne den Bauch streicheln", lockte Sarah und suchte aufmunternd Pauls Blick.

„Ich fahre heute in die Werkstatt", knurrte Paul. „Irgendwas ist mit dem Keilriemen."

„Och nein!", rief Sarah mit so inbrünstiger Enttäuschung, dass Lydia sie erstaunt ansah.

„Ihr könnt ja auch morgen nach Biarritz fahren", schlug sie vor, „das einzige, was nicht wegläuft, ist die Arbeit."

Sarah wusste, dass Mark am nächsten Tag mit den Prosurfern wieder für drei Tage an die spanische Küste fahren würde. Seitdem sie begonnen hatten, sich kurze Nachrichten zu senden, steigerte sich Sarahs Vorfreude täglich. Und das nahm sie auch für Mark an. Seine Texte ließen keinen Zweifel entstehen. Er schrieb so ungezwungen, wie er im Flugzeug geplaudert hatte. Vielleicht sogar noch lockerer, so, als würden sie sich schon lange kennen. Möglicherweise, dachte Sarah, bildete sie sich das aber auch nur ein. Seit ihrem gemeinsamen Flug vor mehr als drei Wochen hatte sich viel verändert. Sie hatte Lust auf Abwechslung und Neues. Ihr erster Gedanke in der Früh war die kribbelige Vorstellung, ihn schon in wenigen Stunden zu treffen. Nun geriet ihr kleiner Traum ins Taumeln.

Bevor Sarah ihre Gedanken ordnen konnte, fragte Lydia belustigt: „Was treibt dich denn ausgerechnet heute nach Biarritz, was nicht auch morgen Zeit hätte?" Sie goss Sarah Kaffee ein.

„Vielleicht will sie ja doch surfen lernen", kicherte Eveline, die sich an ihren letzten Biarritzbesuch erinnerte. Sarah merkte, wie ihr das

Blut in die Wangen schoss. Eveline konnte natürlich nichts von Sarahs Verabredung wissen, und trotzdem fühlte sie sich ertappt.

„Du willst Surfen lernen?" Lydia musterte Sarah ungläubig, witterte aber, dass Evelines Anspielung in die richtige Richtung führte.

Sarah wurde die Unterhaltung zu albern. „Aaach ... nein. Ich will nicht Surfen lernen. Aber ich habe eine Verabredung am späten Nachmittag, und ich dachte ..."

„Ahhhh!", Eveline und Paul sangen gleichzeitig ihren Kommentar und zeigten sich plötzlich erstaunlich munter.

Sarah musste unwillkürlich lachen. „Also, kommt ihr nun mit?"

„Wer ist es denn überhaupt?" Eveline pustete mit vorgeschobener Unterlippe ihren Pony nach oben und wartete gespannt auf Sarahs Antwort. Lydia stellte den Brotkorb wieder zurück auf den Tisch und wartete ebenfalls,

„Ein Surfer ... stimmt schon ... ich habe ihn im Flugzeug hierher kennengelernt. Ein netter Typ. Er heißt Mark ... Nun schau nicht so, Eveline! Da ist gar nichts ..."

„Ein Suuuurfer ...", Eveline dehnte das Wort so lang, bis all ihre Phantasien von jung und schön über knackig braungebrannt bis smart darin Platz gefunden hatten und stöhnte nach kurzem Nachdenken: „Nein, das ist alles viel zu viel für einen armen kleinen Ritter wie mich heute ... Ich hau mich aufs Ohr."

Sarah war ratlos.

„Von Orthez aus fährt ein Zug nach Biarritz", sagte Lydia, „Du bist in eineinhalb Stunden dort. Ich fahre dich zum Bahnhof. Was meinst du?" Sarah sprang auf und umarmte Lydia.

„Da ist gar nichts ...", imitierte Eveline Sarahs Tonfall, „... nun schau nicht so, Eveline ..." Sie kicherte und warf ihr einen angedeuteten Kuss entgegen.

„Dann fahr mich doch einfach zuerst zu Marguerite und ich nehme anschließend ein Taxi zum Bahnhof", sagte Sarah dankbar.

Lydia ging mit Sarah ins Krankenhaus. Marguerite freute sich so sehr, dass Lydia wieder Zeit für sie gefunden hatte, dass ihre Stimme sich gar nicht mehr senken wollte. Die drei setzten sich in den Garten. Marguerite wollte alles über die Hochzeit erfahren, und Sarah musste im Detail beschreiben, wie das Hochzeitskleid aussah. Es ist erstaunlich, dachte Sarah, wie sehr Hochzeiten die Menschen interessieren und vor allem berühren. Und ihnen keine Mühe zu groß wäre, um daraus den ‚schönsten Tag ihres Lebens' zu machen, der er ja auch für Marguerite gewesen war. Egal, was ihm folgte, die Hochzeit an sich gehörte wohl zu den größten Sehnsüchten der Menschheit. Sarah verabschiedete sich früher als sonst und beruhigte ihren Anflug schlechten Gewissens mit Marguerites Versprechen, am Wochenende tatsächlich nach Orion zurückzukehren.

Der Regionalzug der SNCF war nicht klimatisiert. Die stumpfe Hitze im Großraumwagen ließ die wenigen Passagiere dösen. Sarah hatte sich ans Fenster gesetzt und beobachtete die vorbeiziehenden Mais- und Weinfelder. Fast war es ihr ein wenig unangenehm, ihre Fahrt nach Biarritz so verteidigt zu haben. Als ginge es dabei um etwas besonders Wichtiges. Dabei war es nichts weiter als eine Verabredung. Ein Rendezvous, um auf andere Gedanken zu kommen. Ohne konkrete Absichten. Einfach nur so. Auf ihrem Schoß lag ein Buch, auf das Lydia sie mit der Bemerkung neugierig gemacht hatte: „Er war zu groß für den Nobelpreis." Gemeint war Paul Valéry, der französische Philosoph und Dichter, der von Musil beneidet und von T. S. Eliot vergöttert wurde. Und, das interessierte Lydia ganz besonders, Valéry verband eine enge, aber kontroverse Freundschaft mit André Gide. 1945 hatte Charles de Gaulle ihm mit einem Staatsbegräbnis die letzte Ehre zuteil werden lassen. „Ich grase meine Gehirnwiese ab" war der Titel des Buches, auf das Sarah sich nun kaum konzentrieren konnte. Sie versuchte, wenigstens einige von Lydia markierte Stellen zu lesen: „Man hat eine merkwürdige Neigung, das Gegenwärtige als nahezu inexistent zu betrachten im Vergleich zu dem, was noch nicht ist. Welche ungeheure Schwierigkeit, zu sein, was man ist, da zu sein, wo man ist."

„Das ist wohl wahr", dachte Sarah, „aber im Moment halte ich mich eigentlich ganz wacker. Ich denke nicht an Lucas, weder an Vergangenes und noch weniger an das Kommende." Sie grinste. „Gerade existiert bei mir nur das Gegenwärtige", dachte sie. „Das Gegenwärtige ohne Plan. Eigentlich weiß ich noch nicht einmal genau, was ich da mache." Sie zuckte die Schultern. Dann blätterte sie weiter in dem Buch von Lydias Lieblingsintellektuellem und las die nächste markierte Stelle. Hier philosophierte Valéry über die Liebe und über die Literatur. Beides wollte er am liebsten „guillotinieren", weil er glaubte, dabei seiner Gefühle nicht Herr werden zu können. Im Gegensatz zum Geist befand er Gefühle als geradezu „vulgär": „Ihretwegen werden wir von Männern, von Frauen, von Umständen beherrscht." „Wohl wahr", dachte Sarah und las Lydias Notiz am Rand: „Valéry hier 21 Jahre alt!!!" „Hmmm ...", dachte Sarah, „so jung und schon so frustriert." Paul Valéry schrieb über seine Hauptfeinde, nämlich das Herz und der Körper. Sie vor allem wären für alle Gefühlskriege verantwortlich. „Tja ...", frotzelte Sarah, „hier ist der Körper willig und der Geist zu schwach."

Sie klappte das Buch zu und kramte in der Badetasche nach ihrem iPhone, um Musik zu hören. Zwei Nachrichten leuchteten ihr entgegen. Beide waren von „Soulsurfer", ein verpasster Anruf und eine Nachricht. Sarah fuhr der Schreck in die Magengrube. Er wird doch jetzt nicht kurzfristig absagen! Wieso hatte sie nur vergessen, nach dem Spitalsbesuch wieder auf laut zu stellen? Wie konnte sie nur so dumm sein? Sie hielt die Luft an und öffnete die Mitteilung „Freue mich auf dich, Sarah! Komme evtl.10' später! Aber ich eile..:))!!!! Mark". Sie atmete so laut aus, dass sich die junge Frau ein paar Sitze weiter stirnrunzelnd zu ihr umsah. Sarah genierte sich. Weniger darüber, dass sie Aufsehen erregt hatte, als vielmehr, wie uncool sie war. Was sollte das eigentlich? Sie hatte ein Date. „Ok! Chill!", dachte sie. Und dann daran, dass Monsieur Valéry wohl doch nicht so ganz Unrecht hatte. Mit dem Herz und dem Körper, mit der Unbeherrschbarkeit und den Gefühlskriegen. Oh mein Gott!!

Mit dem Bus A1 fuhr Sarah bis zum Rathaus von Biarritz, das nur wenige Minuten von der Grande Plage entfernt lag. Sie schlenderte durch die kleinen Gassen, in denen sich eine Boutique an die andere reihte. Sie kaufte ein Paar rosa Espandrilles und kokettierte kurz mit Dessous, die in einer Auslage dekoriert waren. Schließlich entschied sie sich für ein sandfarbenes Baumwollkleid, dessen himbeerfarbene Spaghettiträger auf ihren braunen Schultern leuchteten. Sarah behielt das Kleid gleich an, so wohl fühlte sie sich darin. Sie betrachtete sich in den Schaufenstern der Gassen und wunderte sich über ihr Spiegelbild, dem sie in den vergangenen Wochen nicht viel Beachtung geschenkt hatte. Was sie sah, gefiel ihr. Sie kaufte eine Flasche Mineralwasser und ein Käsebaguette und ging zum Strand. Es war Sonntag, und an der Plage drängten sich noch mehr Menschen als sonst. Sie fand einen Platz direkt an der Quaimauer, die Arkaden der Strandpromenade im Rücken und auch das Bleu Café. Drei Stunden hatte sie noch Zeit, bis sie dort Mark treffen sollte. Sie cremte sich sorgsam mit Sonnenmilch ein und schwamm hinüber zum Plateau, zu dem sie auch mit Eveline und Paul um die Wette gekrault war. Die Insel und die kühlende Brise schaukelten sie in eine entspannte Stimmung. Dann ließ sie sich langsam ans Ufer zurücktreiben und legte sich zufrieden auf ihr Handtuch. Sie wurde immer ruhiger und schläfriger und fiel in einen leichten Schlaf.

Als ein kleiner Junge vorbeirannte und ihren Fuß streifte, schreckte sie auf und sah benommen auf ihr Handy. Es war halb fünf vorbei. Erleichtert ließ sie sich wieder auf ihr Handtuch fallen. Sie hatte noch Zeit. Ihr war heiß, und sie lief noch einmal zum Wasser, um sich in den Wellen abzukühlen. Ihre Haut glühte noch immer, aber es machte ihr nichts aus. Sie zog sich an und ging die Stufen zum Bleu Café hinauf. Auf der Toilette bürstete sie sich die Haare, tuschte die Wimpern und nickte sich im Spiegelbild zufrieden zu. Auf der Terrasse ließ sie den Blick über das Cafétreiben schweifen. Mark war nirgends zu entdecken, sie war auch einige Minuten zu früh, wie immer. Ein junges Paar bot ihr an, sich an ihren Tisch zu setzen. Sie würden ohnehin bald gehen.

Sarah bestellte einen Aperol und beobachtete die flanierenden Touristen auf der Promenade. Ihre ungewöhnliche Gelassenheit amüsierte sie selbst. Sie fühlte sich frei und genoss es, allein zu sein. Sie hatte die Terrasse und ihr Handy voll im Blick und scannte jeden Besucher mit geduldiger Vorfreude. Es verging fast eine Viertelstunde, bis Mark wie aus heiterem Himmel auftauchte.

Er stand so überraschend an ihrem Tisch, dass sie sich wunderte, wo er hergekommen sein mochte. Er strahlte Sarah an, umfasste ihre Schultern und küsste sie auf beide Wangen. „Sarah! Wie toll! Hallo!" All das ging so schnell, dass es Sarah blitzartig heiß wurde und ihr Herz schneller zu schlagen begann. Ihre Schultern schmerzten, und ein „Ahhh ... vorsichtig!" war alles, was sie herausbrachte. Mark löste seinen Griff und sah sie erstaunt an. „Alles ok?", fragte er verwirrt.

„Jaja, alles ok. Tut mir leid ... kein Problem ... ich habe wohl nur einen Sonnenbrand ..." Sarahs Gelassenheit war mit einem Schlag verflogen.

„Ohhh ... ein Sonnenbrand! Entschuldige ...", sagte Mark mit großem Bedauern und setzte sich. Sie sahen sich beide an und sagten eine Zeit lang nichts. „Wie geht es dir?" Die Frage kam gleichzeitig und beide lachten. „Du hast dich verändert", sagte er, und Sarah wusste durch seine englische Intonation nicht, wie er das genau meinte. „You've changed" klang so knapp.

„Ach ja? ... Du gar nicht."

„Ich bleib mir ja auch treu", grinste Mark. Er begrüßte eine blonde Kellnerin, die ihn von hinten umarmte und auf Englisch fragte: „Ein Bier? Wie immer?"

„Wenn du so nett wärest, Lisa!" Er hatte hier offensichtlich ein Heimspiel. Dann wandte er sich wieder an Sarah. „Ja, du hast dich verändert! ... Du siehst gut aus!"

Sarah musste jetzt laut lachen. „Da bin ich ja froh, dass du mich überhaupt wiedererkannt hast!"

„Ich meine, deine Augen strahlen! Du redest mit mir ..."

„Als ob ich im Flugzeug nicht mit dir geredet hätte", unterbrach ihn Sarah.

„Widerwillig. Ja, durchaus widerwillig. Gerade noch so, dass ich dich unbedingt wiedersehen wollte." Er nahm einen großen Zug aus seinem Bierglas und seufzte genüsslich. „Ich war wirklich traurig, dass du deine Telefonnummer nicht im Surfcamp hinterlassen hast. Ehrlich. Warum eigentlich nicht?"

„Ich dachte, ihr Surfer habt Geduld", grinste Sarah. „Hast du mir das nicht ausführlich erklärt?"

„Hmmm ... ja! Schon. Aber verpassen darf man auch nichts, weißt du." Er lächelte vielsagend.

„Beinahe hätte ich es heute nicht geschafft hierherzukommen", kokettierte Sarah. Sie erzählte vom Château, von der Hochzeit und ihrer Fahrt nach Biarritz, von Lydia, Eveline, Paul und Teo. Und auch von Marguerite. Mark hörte ihr aufmerksam zu. Sarah redete ununterbrochen, bis sie merkte, dass sie Monologe führte und hielt dann erschrocken inne. „Ich rede die ganze Zeit, entschuldige, Mark ..."

„Der Abend gehört dir, Sarah. Ich höre dir gern zu. Aber wir sollten vielleicht etwas essen gehen. Was meinst du?"

Sarah spürte auch einen gewaltigen Appetit. Sie hatte heute nicht viel gegessen. „Ja! Am besten sofort. Ich sterbe vor Hunger. Außerdem muss ich um neun Uhr am Bahnhof sein. Dann fährt der letzte Zug nach Orthez, und ich werde abgeholt."

„Oh nein! Um neun Uhr schon?" Mark wollte seine Enttäuschung nicht verbergen. „Dann fängt das Leben in Biarritz doch erst richtig an! Kannst du nicht hier übernachten?"

„Das geht nicht, Mark. Ich muss morgen früh arbeiten ... und ..."

„Ja, ich auch. Wir starten morgen früh schon um sieben ... Aber du musst mir versprechen, bald wiederzukommen. Sonst lass ich dich hier nicht weg." Er grinste sie herausfordernd an.

Sarah nickte und hätte ihn plötzlich am liebsten umarmt. Sie schlenderten am Quai entlang zu einer Pizzeria, die nicht weit vom Meer und nah an der Busstation lag. Der Strand hatte sich deutlich geleert, und das orangerote Licht der tiefen Sonne verbreitete eine melancholische Stimmung von zu frühem Abschied. Sarah sprach jetzt nicht viel und ließ Mark von seiner Faszination am Surfen erzählen.

„Und weißt du, was mich noch so begeistert? Mal abgesehen von diesem geilen Gefühl, eine Welle zu beherrschen?"

„Was?"

„Dass Surfen ohne gesellschaftliche Regeln auskommt. Du bist da draußen ganz allein und entscheidest ohne Beeinflussung durch andere, was zu tun ist. Du musst und kannst dich nur durch dich selbst zum Ziel bewegen. Das ist doch ein großer Luxus, findest du nicht?"

Sarah nickte und sagte leise: „Das ist wohl wahr. So etwas habe ich noch nie erlebt."

„Die einzigen Regeln, die du befolgen musst, sind die der Natur. Dir wird da draußen glasklar, dass du ein Teil von ihr bist. Du bestehst sogar selbst zu neunzig Prozent aus Wasser! Und damit bist du genauso den Anziehungskräften des Mondes ausgesetzt wie die Gezeiten der Ozeane."

„Ach Mark ... das ist eine wunderbare Vorstellung. Aber für mich ist das, glaube ich, nichts. Ich hätte viel zu viel Angst."

„Vor der Freiheit der Entscheidungen oder vor der Natur?"

Sarah zuckte die Schultern. „Wahrscheinlich vor beidem", sagte sie und lachte.

„Ich bring's dir bei", sagte Mark überzeugend. Er fasste ihre Hand, nachdem er sich einige Male gerade noch zurück gehalten hatte, ihr über die Schultern zu streichen, die inzwischen krebsrot glühten. Er zog sie an der Hand zu sich und küsste sie sanft auf den Mund. Dann lächelte er sie an, und Sarah küsste ihn zurück, mit geschlossenen Augen und dem Gefühl, dass die Welt gerade still stand. Und dass sie beide völlig allein auf der Welt waren.

Als Sarah irgendwann auf die Uhr sah, erschrak sie. Es war fast neun Uhr. „Ich muss sofort los, Mark. Ich verpasse sonst den Zug!"
Mark ließ Geld auf dem Tisch liegen und sie rannten zur Busstation. Sie kamen zu spät. Der Bus war bereits abgefahren und der Zug nicht mehr zu erreichen. „Und was jetzt? Das darf doch nicht wahr sein ..." Sarah war wirklich verzweifelt. Nicht nur, dass sie keine Ahnung hatte, wo sie die Nacht über bleiben sollte. Es war ihr außerdem peinlich. Als hätte sie es darauf angelegt.

„Du kannst bei uns in der Surfschule übernachten."
„Kommt gar nicht in Frage!", rief sie bestimmt.
„Nicht bei mir ...", feixte Mark. „Das geht da sowieso nicht ..." Er lächelte Sarah bedauernd an. „Wir schlafen dort zu viert in einem Raum. Aber bei den Mädels kannst du schlafen."
Sarah stöhnte genervt. „Es wird mir wohl nichts anderes übrig bleiben. Oder in einem Hotel ...?"
„Schwierig. Biarritz ist im August ausgebucht. Jetzt schau nicht so entsetzt! Es gibt schlimmere Schicksale!" Mark lachte, legte seine Hände um ihre Taille und küsste sie vorsichtig.

Sarah seufzte und holte ihr Handy aus der Tasche. „Ich muss im Château anrufen und Bescheid sagen." Lydia war am Apparat, als Sarah ihr die Umstände erklärte und ihr sagte, dass sie sie nicht von Orthez abholen müsste.

„Gut, Sarah. Ist auch sonst alles in Ordnung?"
„Ja, sehr in Ordnung."
„Aha ... Du klingst so aufgeregt."
„Nein, nein ... Es ist alles ok. Ich komme mir nur so blöd vor."
„Na gut ... Sarah, hör zu. Du hast Besuch bekommen. Lucas ist vor

zwei Stunden hier eingefallen. Er sprach von einer Überraschung."
„Was!!?? Das glaube ich nicht! Oh mein Gott!! Das kann doch wohl nicht wahr sein!" Sarah war außer sich. Sie war schlagartig ernüchtert und ging hin und her wie ein nervöser Tiger im Käfig.

„Sarah, was hältst du davon, wenn Lucas dich abholt?"
„Gar nichts, Lydia! Gar nichts! Bloß nicht!", rief sie verzweifelt. Sarah schossen vor lauter Wut die Tränen in die Augen. Sie stürzte aus einem Überhimmel in ein nicht zu beherrschendes Ohnmachtsgefühl. Sie zitterte innerlich, so empört war sie über Lucas' Dreistigkeit. Sich einfach über sie hinwegzusetzen! Und sie in diesen Zustand zu bringen! Und dann noch jetzt! Ausgerechnet jetzt!

„Sarah! Beruhige dich! Ist wirklich alles ok?", hörte sie Lydia fragen.
„Ich kann dich auch abholen! Das ist kein Problem ... Oder Paul ..."

„Ach Lydia ... entschuldige! ..." Sarah beruhigte sich allmählich und fand die Situation nur noch ärgerlich. „Nein, natürlich fährst du jetzt nicht mehr hierher. Ich übernachte in Biarritz und rufe dich in der Früh an und sage dir, wann mein Zug ankommt."

„Gut, Sarah. So machen wir es."
„Gute Nacht, Lydia! ... Und danke!"
„Sarah ... warte mal ... Sarah!"
„Ja?"
„Was sage ich Lucas?"
„Dass er mir den Buckel runterrutschen kann!"

Mark beobachtete sie, ohne etwas zu sagen. Nachdem Sarah still blieb und noch immer einen aufgelösten Eindruck auf ihn machte, fragte er sachlich: „Du bist aber schon volljährig, oder?" Sarah sah ihn verdattert an. „Ich meine, du kannst schon selbst entscheiden, was du machst, oder musst du pünktlich um zehn zuhause sein?" Er grinste aufmunternd, nahm ihre Tasche und führte sie zurück zur Promenade.

„Kennst du hier eine gute Bar?", fragte sie trotzig. „Ich erklär' dir das jetzt."

Sie redeten bis Mitternacht. Sarah trank viel Rosé und blieb dabei erstaunlich nüchtern. Sie war völlig bei sich. Sie erzählte Mark in groben Zügen ihre Geschichte mit Lucas, von ihrer Flucht nach Orion und der ungeheuerlichen Situation, in die Lucas sie gerade gebracht hatte. Sie ließ nicht aus, Mark zu erklären, wie sie sich auf ihrem gemeinsamen Flug nach Biarritz gefühlt hatte, noch nicht einmal, dass sie ihn anfangs eigentlich ziemlich nervig fand.

Er stellte kaum Zwischenfragen, dafür die wesentliche: „Liebst du ihn noch?"

„Ich glaube nicht", antwortete Sarah ernst.

„Ich denke, das musst du erst noch herausfinden", sagte er leise und küsste Sarah zärtlich auf ihre rote Schulter.

„Autsch", flüsterte sie, „vielleicht. Ja, vielleicht sollte ich morgen versuchen, das herauszubekommen."

Mark nickte und küsste sie erneut auf ihre Schulter. „Das brennt wirklich", lächelte Sarah und bewegte sich keinen Zentimeter.

Sie verbrachte die Nacht im oberen Stockbett eines Lehrerinnenschlafraumes der Surfschule. Die Mädels schliefen schon, als Sarah ins Bett schlich. Sie war viel zu aufgekratzt, um selbst einschlafen zu können, und ließ den ganzen Abend noch einmal Revue passieren. Sie verdrängte den Gedanken an den nächsten Tag, an Lucas und an das, was sie im Château erwarten könnte. Sie klammerte sich an die Sinnlichkeit, die Mark in ihr wachgerufen hatte. Sie genoss die Erregung, die sie besonders dann empfand, wenn sie sich seine Blicke in Erinnerung rief. „Oh mein Gott!", dachte sie. Dann fiel ihr auf, dass sie heute schon sehr oft Gott angerufen hatte. Eine Floskel? „Glauben Sie an Gott, Sarah?", hatte Marguerite sie einmal gefragt. „Nein", hatte sie geantwortet, „nur wenn ich Angst habe."

Sie war darauf vorbereitet, dass Lucas sie vom Bahnhof in Orthez abholen würde. Lydia hatte es ihr in der Früh vorsichtig beigebracht. Sarah hatte nicht eine Minute geschlafen und nahm den Zug um 8.15 Uhr. Mark hatte sie nicht mehr gesehen. Das war ihr auch lieber so.

Sie fühlte sich abgekämpft und gleichzeitig wie eine aufgezogene Spieluhr. Die Rückfahrt ging Sarah zu schnell. Am liebsten wäre sie stundenlang durch die beruhigende Landschaft des Départements gezuckelt. Mark hatte ihr noch vor seiner Abfahrt um sieben Uhr eine SMS geschrieben. Diesmal ohne Kürzel, Ausrufezeichen und Icons. „Maybe is the kind of word that save things" Ein Song von Wendy Mcneill. ICH bin mir sicher, dass ich unsterblich in dich verliebt bin. Ein Satz von Mark Hensley. Wann darf ich dich anrufen? Komm gut nach Orion!"

„Ohh ... Hensley heißt er mit Nachnamen", dachte Sarah, plötzlich schockiert darüber, dass sie eigentlich herzlich wenig über Mark wusste, bis jetzt noch nicht einmal seinen Nachnamen. Gerade, dass er in London wohnte und in Biarritz während der Sommermonate als Surflehrer arbeitete. Und was sonst? Und dass er nur noch bis Ende August in Frankreich sein würde, genauso wie sie. Und dass dies nur noch zwei Wochen ... nur noch zwei Wochen ... „Ich rufe dich morgen Abend an. Kisses .. ?" hatte Sarah rasch zurückgeschrieben und sich dabei vorgestellt, dass Mark nur wenige Meter von ihr entfernt gerade aufbrach, jetzt, bei Sonnenaufgang. Im Zug nahm sie wieder ihr Handy und las erneut Marks Nachricht. Sie las die Zeilen wieder und wieder und fand ihre Antwort beschämend schlicht. Jetzt schrieb sie: „Ich habe deine Stimme in meinem Ohr und dein Lächeln in meinem Herzen. Ich bin glücklich!! Bis morgen!" Es drängte sie, mit Toni zu sprechen. Sie musste jetzt mit jemandem reden, der sie irgendwie wieder zusammensetzte. Sie versuchte drei Mal Antonia zu erreichen, aber die hob nicht ab. Kein Wunder, so früh am Morgen.

Als der Zug um 9.45 Uhr an dem kleinen Bahnhof von Orthez einfuhr, fing Sarahs Herz an zu pochen. Am liebsten wäre sie davon gelaufen. Sie hatte Lucas nun seit fünf Wochen nicht mehr gesehen, noch nicht einmal mehr mit ihm telefoniert. Die letzten Bilder von ihm, als er die gemeinsame Wohnung verlassen hatte, waren ein wenig verblasst. Dagegen erinnerte sie sich sehr genau an dieses bleierne Gefühl, das sich anschließend in ihr breitgemacht und kaum noch Platz für etwas übriggelassen hatte, das sie nicht mit Lucas verband. Sie befürchtete, dass sich dieses Gefühl wieder ausdehnen könnte, sobald sie Lucas gegenüberstehen würde. Trotz ihres Zorns über seinen egoistischen Überfall heute. Und sogar trotz ihrer Verliebtheit in Mark. Lucas hatte immer eine starke Wirkung auf sie ausüben können, ohne dass er dies bisher in irgendeiner Weise hätte ausnützen müssen. Er war einfach ein charismatischer Mensch. Es wäre einfach so gut gewesen, noch mehr Zeit gewinnen zu können und vor allem noch mehr Selbstbewusstsein, um einer Situation wie dieser nicht mehr ausweichen zu wollen.

Sarah war die einzige, die aus dem Waggon stieg. Am Bahnsteig waren nur wenige Menschen, und Sarah erblickte Lucas sofort. Umgekehrt war das ebenso. Beide gingen langsam aufeinander zu und blieben dann stumm voreinander stehen. Der Zug setzte sich wieder in Bewegung und ließ den Bahnsteig ruhig und verlassen zurück.
„Bonjour, Sarah", sagte Lucas leise und betrachtete sie aufmerksam. „Bonjour, Lucas. Danke, dass du mich abholst." Sarah gab sich cool und beiläufig. In Wahrheit irritierte sie die Tatsache, dass ihr Lucas' Anblick auf eine gewisse Weise guttat. Es war ein vertrauter Anblick. Sie kannte ihn so gut, seine gepflegte Erscheinung, die nichts dem Zufall überließ. Seine Bewegungen, die jetzt verrieten, dass er sich ebenso wenig wohlfühlte wie sie.
Lucas wollte Sarah die Tasche abnehmen, aber sie wehrte mit einem kurzen „Geht schon" ab. Direkt vor dem Bahnhofseingang stand Lucas' Leihwagen. „Ich hol mir nur rasch ein Mineralwasser", rief Sarah Lucas zu, der sich gerade ans Steuer setzen wollte.
„Ist alles schon da", antwortete er und öffnete die Beifahrertür, damit Sarah Platz nehmen konnte.
„Ich bin müde, Lucas. Lass uns nach Orion fahren." Auf der kurzen Fahrt redeten beide kein Wort. Lucas sah Sarah immer wieder von

der Seite an. Als er versuchte, seine Hand auf ihren Oberschenkel zu legen, wie er das früher immer getan hatte, wehrte Sarah ab. In Orion angekommen, gingen beide in die Küche. Sarah setzte Wasser für einen Kaffee auf und ging kurz ins Büro, um Lydia zu sagen, dass sie zurück wäre.

„Alles gut?", fragte Lydia ohne viele Worte zu machen. Sarah traute ihr zu, mit einem Blick alles zu erfassen, was in ihrem Kopf und in ihrem Herzen vorging.

„Ja. Geht so. Hast du heute viel für mich zu tun?"

„Kümmre dich jetzt um Lucas und um das, was dir wichtig ist", sagte Lydia ruhig. „Sagt mir bitte nur rechtzeitig, ob ihr heute mit uns zu Abend esst oder nicht." Sarah nickte und gab Lydia einen flüchtigen Kuss auf die Wange. „Er ist übrigens ein äußerst charmanter junger Mann, Sarah. Wir haben uns gestern Abend sehr gut unterhalten." Sarah nickte und verzog ein wenig ihren Mund. „Über nichts Persönliches ... keine Sorge. Aber ich habe den Eindruck, dass er große Sehnsucht nach dir hatte. Egal, worüber wir sprachen – es hat nicht lang gedauert und es war wieder von dir die Rede ... Ich habe ihm das Zimmer neben deinem gegeben. Wenn's dir recht ist."

„Ich danke dir für deine Mühe, Lydia ...", murmelte Sarah etwas verlegen. Dann verschwand sie wieder in die Küche. Sie richtete ein Tablett mit Kaffee, Milch, Baguette, Marmelade und Butter und setzte sich mit Lucas an den Tisch unter der Platane. Sarah war weder esoterisch veranlagt noch hatte sie spirituelle Erfahrungen. Aber der Platz unter der Platane mit dem weiten, sanften Blick über die Wiesen zur Pyrenäenkette hatte etwas Beschützendes, ja geradezu Magisches für sie. Immer wenn sie sich hier aufhielt, breitete sich eine tiefe Ruhe in ihr aus, als wäre dieser Ort ein Garant für Unversehrtheit. Diese Ruhe hoffte sie auch jetzt wieder zu finden. „Ich muss unbedingt was essen. Mir ist schon ganz schwindelig", erklärte sie, nur um etwas zu sagen. „Ich hab noch nichts gefrühstückt. Du?"

Lucas nickte. „Tut das sehr weh?", fragte er.

„Was?"
„Dein Sonnenbrand. So rot warst du noch nie. Sieht sehr schmerzhaft aus."
„Um den muss man sich keine Sorgen machen", antwortete Sarah ironisch. Sie hatte sich vorgenommen, so gelassen wie möglich zu sein, stark zu wirken. Sie versuchte zu frühstücken, aber es schmeckte ihr nichts. Sie trank schnell eine Tasse Kaffee. Dann hielt sie es nicht mehr aus. „Wieso bist du hierher gekommen, Lucas?", platzte es aus ihr heraus.
„Um dich zu sehen. Warum sollte ich sonst hierher kommen?"
„Du weißt genau, was ich meine. Ich hatte dich darum gebeten, mich hier eine Weile in Ruhe zu lassen, damit ich mit mir selbst klarkomme. Wieso, bitte, wieso kannst du das nicht akzeptieren? Wieso musst du ständig deinen Kopf durchsetzen? Wieso setzt du dich über meine Interessen hinweg? Du nimmst dir, was du willst! Du bist ein Egoist!" Aus Sarah brachen alle Sätze auf einmal heraus, die sie sich in den letzten Stunden zurechtgelegt hatte.
„Ich hätte nicht einfach herkommen dürfen. Ich sehe das jetzt ein. Bitte, sei nicht mehr böse." Er sprach überlegt und setzte sich auf Sarahs Seite. „Ich hatte einfach Sehnsucht nach dir. Kannst du das nicht verstehen? Man kann die Dinge nicht zurückdrehen, aber man könnte versuchen, sie besser zu machen. Meinst du nicht?"
„Vielleicht", sagte Sarah leise. „Vielleicht ... Aber das ist nicht so leicht, wie es sich anhört."
„Was ist schon leicht. Die Frage ist doch, ob du das willst. Wenn wir das beide wollen, kann uns nichts und niemand davon abhalten."
„Dass ausgerechnet du das nach all dem sagst, finde ich wirklich bemerkenswert", lachte Sarah spöttisch.
„Die Sache mit Laura ..."
„Ich weiß. Toni hat's mir gesagt."
„Ok. Trotzdem. Möchtest du es nicht von mir persönlich hören?"
„Wozu? Es geht nicht um sie, oder? Ich habe mich die ganze Zeit

gefragt, warum ich so gar nichts bemerkt hatte. Ich hatte immer das Gefühl, zwischen uns ist alles in Ordnung."

„Solche Dinge passieren einfach, Sarah. Die plant man nicht."

„Ach wirklich?" Es gefiel ihr selbst nicht, wie sarkastisch sie wurde. In Wahrheit verhielt Lucas sich wunderbar und sehr vernünftig. Das machte ihn im Moment fast unangreifbar. „Entschuldige, Lucas", sagte sie versöhnlich. „Es wäre nur tatsächlich besser gewesen, du hättest gewartet. Ich bin ziemlich k.o. und nicht gerade in der besten Verfassung, so souverän mit dir zu reden, wie du das von mir erwartest."

„Schon gut. Wieso bist du so erschöpft?"

„Wir hatten in den letzten Tagen viel zu tun hier ..."

„Und wieso warst du in Biarritz? Lydia war gestern Abend ganz beunruhigt, weil du den Zug verpasst hast. Was war denn los?"

„Ich hab einfach den Zug verpasst. Nichts weiter. Es war kein großes Problem." Sie strich sich unsicher durchs Haar und bemerkte, dass sie noch immer Sand darin hatte. Unwillkürlich musste sie lächeln. Dann stand sie auf. „Lass uns ein paar Schritte gehen. Bitte." Sie liefen an der Grange vorbei. „Pass auf, Lucas. Wenn es denn jetzt sein muss, dann hab ich dir auch etwas zu sagen." Lucas sah sie erstaunt an. Sarah druckste ein wenig herum und Lucas wurde zunehmend unruhig. Er blieb stehen und stellte sich vor sie.

„Was meinst du?"

„Ich habe mich verliebt ... Ja ... Nein, nein. Es ist gar nichts passiert. Wirklich nicht. Aber das ist gerade auch gar nicht so wichtig ... Ich ..."

Lucas starrte sie fassungslos an. Damit hatte er nicht gerechnet. „In wen?", fragte er ungläubig.

„In einen Engländer. Er heißt Mark. Ich habe ihn kennengelernt, als ich hierher geflogen bin."

„Als du hierher geflogen bist?", rief Lucas. „Wie lang ist das her? Vier Wochen? Fünf Wochen? Und ich habe die ganze Zeit ein schlechtes Gewissen, weil ich denke, es geht dir schlecht!" Er konnte es nicht fassen. Sie blieben beide eine Weile stumm und blickten in die Ferne.

„Ich habe mich von Laura getrennt. Das wusstest du, Sarah! Toni hat es dir gesagt!" Er klang vorwurfsvoll. Dann wandte er sich von ihr ab. Für Sarah klangen seine Worte wie Gegenrechnungen, die sie nicht begleichen wollte.

„Was immer sein wird ... ich kann das jetzt nicht beantworten. Ich versuche dir nur klarzumachen, in welcher Situation ICH mich gerade befinde. Und warum ICH gerade so drauf bin, wie ich es bin! Das hat eine Geschichte. Natürlich! Aber vielleicht ist es eben jetzt einmal gut, dass jeder für sich selbst einen Weg sucht."

„Du hättest es mir schreiben können", sagte Lucas und merkte, wie unsinnig und hilflos er reagierte.

„Ich bin dir keine Rechenschaft schuldig, Lucas. Oder siehst du das anders? ... Sieh mal: Ich weiß nicht, was ich machen werde. Aber es wird meine EIGENE Entscheidung sein. Und für die ist es jetzt noch zu früh. In jedem Fall zu früh." Sie umarmte ihn und spürte, wie weich er in ihren Armen wurde. Rasch löste sie diese Nähe wieder auf. Sie gingen zurück zur Platane. Als Sarah sich setzte, blieb Lucas stehen.

„Ich werde jetzt besser fahren", sagte er mit gepresster Stimme. Sarah nickte. Ihr liefen ununterbrochen die Tränen über die Wangen. Sie wollte ihn nicht hindern zu gehen, aber seine Enttäuschung schmerzte sie. Auf einmal tat er ihr leid.

Als Sarah ihn eine halbe Stunde später zum Wagen begleitete und er seine Reisetasche auf dem Rücksitz verstaut hatte, standen sich beide wieder gegenüber wie zuvor auf dem Bahnsteig in Orthez. Unsicher, sprachlos und doch so viele Sätze auf der Zunge. Lucas' Blicke streiften an ihrem Körper entlang, als wollte er irgendwo eine Stelle finden, an der er seine Liebe zu ihr festbinden könnte.

# Zwölf

Die folgenden Tage verbrachte Sarah wie ferngesteuert. Sie erledigte Vorbereitungen für den nächsten Philosophie-Kurs in zwei Wochen. Die Routinegriffe taten ihr gut. Mit der Zeit machte sich in ihr das Bewusstsein breit, alles richtig gemacht zuhaben. Während ihr der Weg nach Orion anfangs wie ein Fluchtpfad vorgekommen war, den sie hoffte bald wieder zurückgehen zu können, fühlte er sich jetzt so an wie eine Etappe zu einem neuen Ziel. Die Distanz zwischen ihr und Lucas war größer geworden als sie es für möglich gehalten hätte. Trotz allem war sie immer von einer tiefen Verbundenheit mit ihm ausgegangen. Als wäre er der Basston eines Musikstücks, dessen Melodie ihr zwischendrin abhanden gekommen war. Jetzt, da sie Lucas wiedergetroffen hatte, wurde ihr klar, dass sie einen Teil dieser Verbundenheit bereits von ihrer Seite her aufgelöst hatte. Das hätte sie sich nicht zugetraut. Aber es fühlte sich gut an. Mit Mark hatte sie telefoniert und jeden Abend eine SMS von ihm erhalten. Sie sehnte sich nach ihm. Gleichzeitig versuchte sie, ihn nicht als Ersatz für Lucas zu sehen.

Die Augusthitze hatte zugelegt. Am Donnerstag war die Luft schlaftrunken, und der Himmel verschleierte sich zunehmend. Eveline und Paul halfen Dominique im Garten und ernteten Zucchini, Gurken, Rote Beete und Quitten, die sie nach Lydias Anweisungen zu Chutneys einweckten. Der lange Holztisch auf der beschatteten Terrasse vor der Küche quoll über von Gläsern und Gummiringen, Emailleschüsseln und Gemüseresten. Sie schnitten Lorbeerblätter, Estragon und andere Gewürze im Kräutergarten, der Lydias ganzer Stolz war. Lydia hegte ein besonderes Faible für außergewöhnliche Basilikumsorten. Neben dem üblichen Neapolitanischen Basilikum duftete würziges Zitronenbasilikum, gleich danach wuchs das Allheil versprechende Indische Tulsi und das rotblättrige Dark Opal.

Eveline bestand darauf, bei dieser Arbeit fotografiert zu werden, weil sie ihr sonst niemand zutrauen würde. „Meine Oma wird staunen!", rief sie stolz. Geschickt schälte sie die vorgekochten Rote Beete und schnitt sie in Würfel. Ihre roten Finger hinterließen Spuren in ihrem Gesicht und auf den knappen Shorts.

„Das glaube ich auch, dass die staunen wird", grinste Paul und trug gefüllte Gläser auf einem Tablett in die Küche.

„Klar! Meine Mutter hat so einen Job längst nicht mehr gemacht!", rief Eveline hinterher. „Bei uns gab's nur Gläser aus dem Supermarkt. Macht aber echt Spaß hier!"

„Du kannst ihr ja ein paar Kostproben mitbringen", schlug Lydia vor.

„Oh, super. Ja! Ich liebe meine Oma, weißt du. Die ist cool. Einmal hab ich sie besucht, als eine Pflegerin sich um sie kümmerte. Weißt du, sie ist schon 87 Jahre alt und kann nicht mehr so gut lesen. Die Pflegerin war ein bisschen älter als ich und wunderte sich, dass sie meiner Oma die Hardcore-Nachrichten aus der Zeitung vorlesen sollte. ‚Frau Rainhard', hat das Mädel gesagt, ‚dass Sie sich immer noch so für Politik interessieren!' Und weißt du, was meine Oma da gesagt hat? ‚Aber Steffi! Ich werde doch schließlich auch noch regiert!' Klasse, was?"

Lydia lachte bewundernd und verscheuchte die Fliegen, die von dem aromatischen Gemüseduft angezogen wurden. „Morgen holen wir Marguerite aus dem Krankenhaus. Gott sei Dank hat sie noch so gute Augen, dass sie die Zeitung selbst lesen kann. Und sie behält auch noch alles, was sie gelesen hat. Besser als manch junger Mensch. Sie erinnert sich an jedes Datum und jeden Namen. Sie ist wie ein wandelndes Geschichtsbuch. Bewundernswert! ... Ahhh, Sarah! Komm, setz dich zu uns."

Sarah lehnte sich seufzend mit einer Kaffeetasse an die schattige Hausmauer. „Fertig!", sagte sie matt. „Die Zimmer im ersten Stock sind jetzt auch in Ordnung. Mit Thérèse hab ich Marguerites Zimmer frisch gemacht. Sieht schön aus!"
„Sie wird sich freuen", sagte Lydia. „Kommst du morgen mit ins Krankenhaus, Sarah? Ich hole sie um elf Uhr ab."
„Ja, sehr gern, Lydia." Sarah hatte ein etwas schlechtes Gewissen. Fast die ganze Woche hatte sie Marguerites Besuche Lydia überlassen. Sie war zu sehr mit sich beschäftigt gewesen, um sich auf Marguerite einzulassen. Und doch war sie immer wieder in ihren Gedanken anwesend. Sie bestärkte sie geradezu, sich mit sich selbst auseinanderzusetzen. Als würde Marguerites Schicksal ihr entgegenrufen, dass man sich um seine Seele gefälligst zu kümmern hätte, wenn man das Geschenk der Freiheit hätte. Und zwar die innere wie die äußere Freiheit. Jeden Tag hatte sie Lydia eine Kleinigkeit mitgegeben, um ihr zu zeigen, dass sie ihr wichtig sei. Und jedes Mal hatte sie ihr ein paar Zeilen dazu geschrieben, mit der alten Füllfeder von dem Sekretär aus ihrem Zimmer. Dass sie sich so sehr über ihre Genesung freute. Dass ihre Erzählungen sie beschäftigten. Und dass sie mit ihr darüber reden wollte, weil sie noch so viele Fragen hätte.

Lydia hatte ihr jeden Tag berichtet, welche Fortschritte Marguerite machte: „Du bist wie Medizin für sie, Sarah. Und dazu noch eine süße Medizin! Ich kann dir gar nicht sagen, wie dankbar ich dafür bin. Ich bin es ja gewohnt, dass Marguerite immer wieder in Depressionen verfällt. So schlimm wie dieses Mal war es aber noch nie. Und ich hoffe so sehr, dass die Abstände zwischen diesen Zuständen nicht kürzer werden." Lydia kümmerte sich um die Menschen, die um sie herum waren, mit Hingabe, aber auch mit einer schützenden Distanz. Sarah beeindruckte diese Haltung. Außerdem schätzte sie Lydias analytischen Verstand, der half, aber nicht missionierte. Nie fühlte Sarah sich zu irgendetwas gedrängt.

Nachdem Lucas abgereist war, hatte sie mit Lydia am Abend unter der Platane gesessen und eine ganze Flasche Rosé geleert. Mit Lydia konnte sie reden wie mit einer Freundin, obwohl sie ja eigentlich die Freundin ihrer Mutter war, mit der sie sich solche Gespräche nicht gut vorstellen konnte. Lydia hatte aufmerksam dagesessen und zugehört, dabei Teo neben sich gestreichelt und kräftig nachgegossen, wenn die Gläser sich leerten. „Wenn einem ein Hund davon gerannt ist, dann weiß man meist, wo man ihn wieder einfangen kann", hatte sie gesagt und Teo dabei einen ordentlichen Klaps in die Flanke verpasst. „Wenn man aber sein Herz verloren hat, dann weiß man erst einmal gar nicht, wo man es suchen soll. Dann geht man am besten auf Reisen."

„Mein Gott, ist das schwül heute", stöhnte Sarah. Eveline hatte genug vom Gemüseschneiden, setzte sich neben sie auf die Bank und legte ihren Arm um Sarahs Schulter.

„Schöne Frauen haben es schwer", sagte sie mitfühlend. Gleichzeitig hörte man in ihrer Stimme eine etwas neidische Unterströmung. Sie hatte mit Lucas an dem Abend, an dem Sarah in Biarritz bleiben musste, ein wenig geredet und fand ihn sehr attraktiv. „Sag, was geht dir durch den Kopf, he?" Sarah lehnte ihren Kopf an den von Eveline und brummte schläfrig. Sie fühlte sich gerade so geborgen in dieser geschäftigen Häuslichkeit, in der sie mit Lydia, Eveline und Paul zusammengewachsen war.

„Ich sollte mal wieder meine Mutter anrufen", antwortete Sarah und enttäuschte damit sichtlich Evelines Neugier auf dramatische Liebesgeschichten. „Wenn ich die überhaupt erreiche. Aber ich glaube schon. Sie liebt es nämlich, im August in der Stadt zu bleiben, wenn alle Römer ans Meer fliehen. Aus diesem Backofen!"

„Und deiner Mutter macht die Hitze nichts aus?", fragte Eveline und stöhnte: „Mein Gott, hier wird's auch immer unerträglicher."

„Ihr Labor ist klimatisiert. Das ganze Jahr über herrscht da eine beständig gleiche Temperatur und Luftfeuchtigkeit. Wegen der wert-

vollen archäologischen Funde, die sie dort untersuchen und präparieren."
„Es geht ihr gut. Mach dir keine Sorgen", warf Lydia ein.
„Du hast mit Mama gesprochen?" Sarah setzte sich erstaunt auf. „Wieso hast du mir nichts davon gesagt?"
„Och, wir waren der Meinung, du hast genug zu tun. Sie weiß, dass du gut versorgt bist." Lydia lächelte Sarah vielsagend zu. Sarah schüttelte verwundert den Kopf und lehnte sich dann wieder mit geschlossenen Augen an die Hauswand.
„Vielleicht besuche ich sie im September. Mal sehen", murmelte sie versonnen. Dann beugte sie sich mit einem Satz wieder nach vorn und war hellwach. „Was hieltest du denn davon, wenn ich Marguerite mit nach Rom nehmen würde, Lydia? Meinst du, das wäre gut für sie?"
„Bloß nicht!", stieß Lydia heftig aus, ganz entgegen ihrer üblichen Gelassenheit. „Das ist keine gute Idee, Sarah! Erstens wäre die Reise viel zu anstrengend für sie. Und außerdem möchte ich mir gar nicht vorstellen, in welchen Zustand sie gerät, wenn sie mit den Orten ihrer peinigenden Vergangenheit konfrontiert wird! Also, das ist für niemanden hilfreich. Weder für sie noch für dich!" Lydia war richtig aufgeregt.
„Na gut." Sarah fand ihre Idee jetzt auch sinnlos.
„Aber es war lieb gemeint", sagte Lydia versöhnlich und setzte sich ebenfalls auf die Bank. Die drei lehnten eng nebeneinander an der Hauswand, als könnten sie die drückende Schwüle nur gemeinsam durchstehen.

Am Nachmittag brach das Gewitter nieder. Der Himmel leuchtete violett, durchschnitten von Blitzen, und die Äste der Platane schwangen in den kräftigen Sturmböen wie die ausladenden Flügel eines aufgescheuchten Riesenvogels. Die Lautstärke des prasselnden Regens wurde nur durch den grollenden und knallenden Donner übertönt, der sich, heranrollend wie eine Lawine, genau über Orion entlud und von den Pyrenäen abgeschwächt widerhallte. Sarah hatte sich in die Grange zurückgezogen und beobachtete das Naturschauspiel im Schneidersitz am Rande des geöffneten Scheunentores. Sie liebte Gewitter, sogar solche wie dieses, das sich so anfühlte, als würde die Welt in Stücke zerschmettert. Ganz besonders genoss sie den einzigartigen Duft, den der aufgeheizte Boden freigab in dem Moment, in dem die ersten Regentropfen langsam begannen, ihn zu berühren und mit ihm zu verschmelzen. Es war ein sinnlicher Geruch, der mit nichts anderem zu vergleichen war und sie seit ihrer Kindheit in seinen Bann ziehen konnte, ein Geruch, in den sie ihre Phantasie tauchte. Für diesen betörenden Duft gab es sogar ein Wort. Petrichor. Es war, als würde der Regen durch ihr Herz fallen und sie mit Glück tränken.

Nächste Woche würde sie Mark wieder treffen. Auch wenn sie jeden Tag Kontakt hatten, so gingen sie sehr behutsam miteinander um. Vielleicht sogar etwas distanzierter als bei ihrem Abschied. Sie hatte den Eindruck, dass Mark sie bewusst gewähren ließ, um ihr Zeit zu lassen. „Liebst du ihn noch?", hatte er sie in Biarritz gefragt, als Sarah ihm von Lucas erzählt hatte. Sie erinnerte sich an seine ruhige Stimme, als er das sagte. „Das wirst du wohl noch herausfinden müssen." Dieser Satz hatte so geklungen, als hätte er ihn auch an sich gerichtet. Verständnisvoll. Ohne Druck. Aber ohne loszulassen.

Marguerite wurde auf Château d'Orion mit großem Hallo empfangen. Die Luft nach dem gestrigen Gewitter war rein und der Himmel strahlte in frischgewaschenem Blau. Lydia und Sarah hatten sie am späten Vormittag aus dem Krankenhaus in Orthez abgeholt. Der Doktor hatte den beiden Frauen jegliche Auskunft verweigert. Sie wären schließlich keine Verwandten und somit nicht berechtigt, Marguerites' Status Quo aus ärztlicher Sicht zu erfahren. Lydia ärgerte sich über die sinnlose formale Vorschrift, zumal Marguerite keine Verwandten mehr hatte, die sich um sie hätten kümmern können. Da Marguerite aber mit fertig gepackten Koffern und rot geschminktem

Mund an ihrem kleinen Tisch im Krankenzimmer saß, als die beiden es betraten, beruhigte sie sich. Marguerite stand sofort auf, als Lydia und Sarah auf sie zugingen. Sarah sah, wie sich in ihren Augen Freude ausbreitete, begleitet von etwas Ungeduld und Nervosität. Gestützt auf ihren Stock, streckte sie den beiden Frauen ihre linke Hand entgegen und begrüßte sie mit einem herzlichen Singsang in ihrer Kopfstimme. Sie schien noch schmaler geworden zu sein. Ihr Rock zog Falten und ihre Schulterknochen zeichneten sich deutlich unter der weißen Seidenbluse ab. Gleichzeitig wirkte sie dynamisch und tatendurstig. Sie wies mit dem Stock sofort auf ihr Gepäck und forderte Lydia und Sarah auf, nun ohne weitere Verzögerung nach Hause zu fahren.

Lydia hupte zwei Mal, als sie vor dem Château vorfuhren. Eveline und Paul und auch Annie und Dominique kamen, um Marguerite zu begrüßen. Marguerite stieg langsam aus dem Auto, ging ein paar Schritte, um sich am Stamm der Platane festzuhalten und sah hinüber zu den Bergen. Sogar Teo trottete gemächlich zu ihr und Marguerite tätschelte ihn erfreut. Jeder war gerührt über ihre Heimkehr. Marguerite strahlte, ohne etwas sagen zu können, und ging völlig in dem Augenblick auf, als wäre sie von einer langen Weltreise zurückgekehrt. Dabei hatte sie außer Paris, Rom und dem Béarn kein Fleckchen auf dieser Welt gesehen. Und trotzdem, dachte Sarah bei sich, trotzdem wirkte sie so welterfahren wie eine Diplomatin. Sarah brachte ihr das Mittagessen pünktlich um 12.30 Uhr aufs Zimmer, so wie vor Marguerites Krankenhausaufenthalt, und verabredete sich mit ihr für den morgigen Nachmittag.

Die alte Dame war müde von der Aufregung des Vormittags. Sarah versprach, immer wieder nach ihr zu sehen. „Mir geht es gut, Sarah. Ich werde ein wenig ruhen. Im eigenen Bett schläft es sich doch am besten", sagte sie und drückte selig Sarahs Hand, bevor sie sich niedersetzte. „Großer Gott!", murmelte sie fast belustigt und blickte auf ihre Teller, die Annie zu üppig befüllt hatte in der Überzeugung, dass das unsägliche Spitalsessen an Marguerites Fragilität mindestens so schuld wäre wie ihre Jugendzeit.

Am Samstagnachmittag lag eine gewisse Lethargie über dem Château, die sich immer dann breitmachte, wenn Ruhe nach einem Wirbel einkehrte oder vor neuen Aufgaben nötig war. Eveline und Paul nutzten die Zeit vor dem nächsten Seminaransturm und waren zum Schwimmen an den Gave d'Oloron nach Sauveterre gefahren. Lydia hatte sich auf ihr Zimmer zurückgezogen. Die einzigen Geräusche in den Gemäuern waren der siedende Wasserkocher und ein leises Geschirrklappern in der Küche. Sarah bereitete Tee und stellte zwei Teller mit Apfeltarte auf ein Tablett. Gerade als sie die erste Stufe im Treppenhaus betrat, hörte sie Schritte und das typische rhythmische Klopfen von Marguerites Gehstock auf dem Dielenboden der ersten Etage. Verwundert schaute sie nach oben.

„Ich komme runter, Sarah!", rief Marguerite. „Wir setzen uns in den Salon." Marguerites Stimme klang bestimmt. Sarah stellte das Tablett auf den runden Tisch unterhalb der Treppe und lief die Stufen hinauf, um Marguerite behilflich zu sein. „Das geht schon. Danke!" Marguerite stieg langsam, aber mit sicheren Schritten die Stufen hinab und marschierte aufrechten Ganges in den Salon. Dort setzte sie sich auf das samtbezogene grüne Sofa zwischen die großen Fenster und lächelte Sarah triumphierend an.

„Das ist aber eine gute Idee!", sagte Sarah verblüfft, beeilte sich, das Tablett zu holen und stellte es auf den niedrigen Couchtisch. Zu ihrer weiteren Überraschung nahm Marguerite sich kurzerhand einen Teller mit Apfeltarte und stellte ihn auf ihre Knie, die sie zuvor mit einer Serviette bedeckt hatte.

Sie kostete ein Stückchen. „Hmmm. Köstlich. Den hat Lydia gebacken. Das schmeckt man." Sarah nickte, goss Tee in die alten Porzellantassen und setzte sich auf den ausladenden Fauteuil. Dann zog Marguerite ein abgegriffenes schwarzes Büchlein mit vergoldeten

Blattkanten aus der Tasche ihrer Strickjacke, die sie sich lose über die Schultern gezogen hatte, und legte es neben sich auf das Polster. „Das hab ich Ihnen mitgebracht, Sarah. Ich glaube kaum, dass die Lektüre etwas für junge Leute von heute ist, aber es ist ein seltenes Originalexemplar. Von einem französischen Bischof geschrieben. Es ist schon fast dreihundert Jahre alt."

Sarah nahm das Büchlein, das kaum größer war als ihre Hand und aussah wie ein Gebetbuch. Vorsichtig blätterte sie in den hauchdünnen Seiten, die mit kleinen Buchstaben und so eng bedruckt waren, dass sie schwer zu lesen waren und klappte es resignierend wieder zu. „Oh, ich weiß nicht, ob ich zu der Zielgruppe gehöre", sagte sie flapsig und schaute Marguerite fragend an.

Marguerite lachte laut auf. „Das hab ich mir gedacht, dass Sie mich für verrückt halten würden!" Sie schien sich tatsächlich zu amüsieren. „Nein, nein", sagte sie mit tiefer Stimme. „Ich habe Ihnen das Büchlein nur mitgebracht, weil Sie mich ja einmal gefragt haben, worüber sich mein Vater und Papst Pius XII. am liebsten unterhalten haben. Das Buch gehörte zu den Heiligtümern meines Vaters, die ich behalten habe. Natürlich sollen Sie das nicht lesen." Sarah atmete erleichtert auf. „Es ist von Jacques Bénigne Bossuet. Er war ein großer Geschichtsphilosoph und in Frankreich vor allem berühmt für seine Kanzelreden, die rhetorisch ganz außergewöhnlich waren. Mein Vater bewunderte seine Sprache und las sogar manchmal zuhause aus Bossuets Schriften vor. Das war damals nichts Ungewöhnliches, Sarah. Es gab ja noch kein Fernsehen."

„Aha", Sarah versuchte Marguerite zu folgen. „Aber Ihr Vater wird ja wohl kaum dem Papst Kanzelreden vorgelesen haben, oder?"

Marguerite schmunzelte. „Nein, das nicht. Aber sie haben über die Texte gesprochen und über die Spracheleganz Bossuets."

„Haben Sie auch Bossuet gelesen?", fragte Sarah ungläubig. „Ich meine, liest ein Mädchen in der Pubertät die Schriften eines Bischofs? Kanzelreden?"

Marguerite schien sich tatsächlich über Sarahs große Verwunderung zu amüsieren. „Nein, nein", lachte sie leise, „das habe ich nicht. Aber es gibt ein sehr schönes Zitat, das ich nie vergessen habe." Sie setzte sich auf und dirigierte mit der rechten Hand ihre Worte: „Menschliches Glück ist aus so vielen Teilen zusammengesetzt, die einem täglich fehlen."

Sarah lächelte. „Ja, da ist was dran. Das Puzzle wird wohl nie ganz fertig ... Aber es ist ja schon mal ganz gut, wenn ein paar Teile zusammenpassen, oder? – Sagen Sie, Marguerite, haben Sie den Papst oft gesehen?"

„Schon. Alle zwei Wochen etwa. Meine Mutter und ich durften meinen Vater zu privaten Audienzen begleiten. Ich weiß noch genau, wie ich vor dem Papst auf die Knie fallen musste. Das war ganz genau geregelt und ich habe es anfangs üben müssen. Zuerst musste ich mich verbeugen, wenn ich die Bibliothek betrat. Dann durfte ich mich erheben und auf ihn zugehen. Auf halber Strecke musste ich mich auf die Knie fallen lassen und wieder erheben. Dann durfte ich mich ihm bis auf einen Meter nähern, musste erneut auf die Knie fallen und den Siegelring an seiner ausgestreckten rechten Hand küssen."

Sarah fand die Vorstellung fürchterlich und nahm sich zusammen, um nicht die Augen zu verdrehen. „Was haben Sie mit ihm gesprochen?"

„Gar nichts. Wir Frauen saßen nur stumm dabei, während mein Vater mit dem Heiligen Vater eine Unterhaltung über Literatur führte. Ich hätte mich auch gar nicht getraut, etwas zu äußern. Ich war ja viel zu schüchtern. Papst Pius war das aber auch. Er war ein sehr schüchterner, leiser Mensch. Die braunen Augen wirkten hinter seiner Brille noch größer. Fast traurig. Ich hab ihn nie lachen sehen."

„Na ja, die Zeiten waren ja damals auch wohl nicht sehr zum Lachen", warf Sarah ein.

„Das stimmt schon. Natürlich. Aber wissen Sie, Sarah, für die Angehörigen der Diplomaten war vom Krieg innerhalb der Vatikanmauern kaum etwas zu spüren. Die ganze Welt war im Krieg, und bei uns merkte man nichts davon. Die größte Sorge, die wir hatten, war die unendliche Langeweile, die wir tagtäglich, Monat für Monat und Jahr für Jahr überstehen mussten. Über die Grausamkeiten des Krieges haben wir erst viel später Genaueres erfahren. Und auch diese Bilddokumentationen gesehen – über die Gefangenenlager in Gurs und Paris, über die gefallenen Soldaten ..." Sie beugte das Gesicht in ihre Hände. „Sogar als der Krieg zu Ende war, gab es im Vatikan keinen großen Jubel."

„Das versteh ich nicht. Wieso nicht?"

„Im Nachhinein ist das wirklich schwer nachvollziehbar. Vor allem dann, wenn man die Filme über diesen unglaublichen Jubel nach der Befreiung Frankreichs gesehen hat, die alle Franzosen heute kennen. Den großen Siegesaufmarsch auf den Champs-Élysées. Und diese vielen singenden und applaudierenden Menschenscharen! Mit Charles de Gaulle an der Spitze! – Nein! Aus heutiger Sicht ist es wirklich unverständlich! Aber von dieser Euphorie, dass dieser entsetzliche Krieg nun wenigstens hier in Europa endlich vorbei war! von diesem Jubel haben wir im Vatikan nichts mitbekommen. Die Stimmung war genauso lethargisch wie zuvor!" Marguerite zog ihre Mundwinkel mit dem Ausdruck von Unverständnis nach unten. „Ich erinnere mich nur daran, dass es in Rom im Mai 1945 unerträglich heiß war. Die Kinder der Diplomaten plantschten in den kleinen Brunnen der Vatikanischen Gärten, um sich irgendwie Abkühlung zu verschaffen."

„Sie nicht?"

„Oh, nein. Ich war ja schon fast achtzehn Jahre alt. Ich glaube, ich bin auch nie ein Kind gewesen. Ich war immer nur mit Erwachsenen zusammen."

„Gab es noch etwas anderes, worüber Ihr Vater mit dem Papst gesprochen hat, wenn Sie dabei waren?"

„An die Gespräche in den Anfangsjahren kann ich mich überhaupt nicht mehr erinnern. Ich sehe mich nur stocksteif auf einem Sessel sitzen, neben mir meine Mutter, und darauf warten, dass wir wieder gehen durften. Obwohl mir die Ehre dieser Besuche bewusst war. Aber die Zeit nach dem Krieg habe ich besser im Gedächtnis."

„Da waren Sie ja auch schon erwachsener und haben sicher mehr verstanden."

„Das würde ich so nicht behaupten. Es war für mich zu kompliziert. Sie haben sehr oft über Zukunftsvisionen gesprochen und über die Aufgabe der Kirche nach dem Krieg ..."

„Und über die Aufgaben, die sie während des Krieges versäumt hatte, haben sie nicht gesprochen? Hatten nicht viele vom Papst erwartet, die Faschisten öffentlich zu verurteilen?", fragte Sarah entrüstet.

Marguerite sah sie etwas irritiert an. „Sie meinen, politisch Stellung zu nehmen, was die Judenverfolgung anging?"

Sarah nickte heftig. „Ja! Natürlich! Eine Verurteilung des Holocausts durch den Papst!"

Marguerite hob beide Hände und ließ sie wieder in ihren Schoß fallen. „Sicher haben sie über dieses Thema gesprochen. Aber bei Gesprächen dieser Brisanz waren meine Mutter und ich nicht anwesend. Selbstverständlich nicht. Und mein Vater hat auch nie etwas darüber erzählt. Jedenfalls nicht in meinem Beisein." Marguerite dachte nach. „Wissen Sie, Sarah ... Sie müssen sich vorstellen, dass Papst Pius XII. bis zu seinem Tod 1958 sehr verehrt worden war und sich damals niemand vorstellen konnte, dass er später sogar als Antisemit geschmäht werden würde. Oder zumindest als der Papst, der zum Holocaust schwieg. Als er starb, kamen aus der ganzen Welt ausschließlich ehrende Beleidbekundungen. Sogar von der damaligen israelischen Außenministerin Golda Meir! Sie dankte ihm damals im Namen aller jüdischer Würdenträger dafür, dass die katholische Kirche tausende Juden vor den Konzentrationslagern gerettet hatte. Sie nannte ihn einen ‚großen Diener des Friedens'! Sie ehrte ihn als den Papst, der während dieses erschütternden Krieges die ‚denkbar höchsten Ideale von Friede und Mitgefühl hochgehalten' habe." Marguerite

*Papst Pius XII. 1941*

nickte und dachte nach. „Mein Vater war ein sehr großer Verehrer Seiner Heiligkeit. Daran hat sich bis zuletzt nichts geändert. Mein Vater verstarb 1960. Erst drei Jahre später wurde das Theaterstück jenes deutschen Dramatikers aufgeführt, Rolf Hochhuth. Auch in Paris, im Théâtre de l'Athénée, ganz in der Nähe der Oper. Es war skandalös! Das Stück hieß ‚Le Vicaire' ... wie hieß es noch gleich in Deutschland?"

„Das Hochhuth-Stück hieß bei uns ‚Der Stellvertreter'", erinnerte sich Sarah. „Ich habe es nie gesehen. Aber es wird immer wieder erwähnt, wenn es um die katholische Kirche und den Zweiten Weltkrieg geht."

„Ja, genau", nickte Marguerite. „Dieses entsetzliche Stück verliert seine Wirkung bis heute nicht! Eine einzige und große Anklage, die den Papst als einen Verbrecher darstellte. Als den Papst Hitlers! Mein Gott! ... Ich bin sehr froh, dass mein Vater dieses Desaster nicht mehr miterleben musste! Dabei war in Paris nach der Uraufführung der Teufel los! Während der ganzen Spielzeit! Die Leute waren empört. Sie schrieen ‚Es lebe der Papst!' und warfen mit Stinkbomben und Eiern. Die Presse vernichtete das Stück einhellig. In ganz Paris wurden Flugblätter verteilt gegen diesen ‚Hochhutz', wie man ihn nannte. Die Zuschauer haben im Theater so randaliert, dass im Parkett immer viele Polizisten sitzen mussten, um die Schauspieler zu beschützen. Ich werde das nie vergessen."

„Waren Sie dabei?", wollte Sarah wissen

„Oh nein, nein, das hätte ich nicht ertragen. Und trotz dieses großen Protestes begann sich das Urteil über Papst Pius XII. zu ändern. Nach und nach auf der ganzen Welt."

Marguerite trank einen Schluck Tee und blieb eine Weile still. Dann sagte sie: „Aber das Urteil wird sich wieder ändern. Ich hoffe es! Und Monseigneur Gustave ist davon überzeugt! Er sagt, es wird zu einer Ehrenrettung von Papst Pius kommen. Dann, wenn der Vatikan das Archiv öffnet und die Dokumente aus der Zeit öffentlich zugänglich sein werden. Das wird in den nächsten Jahren geschehen. Und wenn ich Glück habe, werde ich das auch noch erleben."

„Und welche Aufgaben hat die Kirche nach dem Krieg nun gemeint lösen zu müssen?" Sarah konnte einen vorwurfsvollen Unterton nicht verhindern. Sie dachte an die kritische Haltung ihres eigenen Vaters zur Kirche.

„Nach dem Krieg sind die Menschen in die Kirchen geströmt, Sarah. Sie haben Trost gesucht. Wir alle fanden Trost im Glauben an Gott und baten um seinen Schutz. Wer sollte uns sonst schützen? Die Politik konnte es offensichtlich nicht ... sie hat uns in die Katastrophe geführt ..."

„Aber während des Krieges hat die Kirche die Menschen ja auch nicht schützen können! Oder wollen!", widersprach Sarah.

„Viele Pfarren und Klöster haben das sehr wohl getan. Aber natürlich bei weitem nicht alle. Das stimmt. Das alles habe ich erst viele Jahre später begriffen, Sarah."

„Hat Ihr Vater denn später in Frankreich darüber gesprochen, welche Zukunftsvisionen der Papst und die Kirche nach Beendigung des Krieges hatten? Ihre Familie lebte ja noch drei Jahre in Rom."

Marguerite wog den Kopf hin und her. „Ja. Er hat öfter davon geredet. Es ging um eine neue christliche Weltordnung. Die richtete sich in erster Linie gegen die Kommunisten auf der Welt, die ja atheistisch sind. Die Protestanten waren für die Würdenträger im Vatikan übrigens auch nahezu Atheisten ... Es ging ihnen darum, den Katholizismus zu stärken und zu verbreiten. Auf der ganzen Welt!"

„Gibt es eigentlich jüdische Missionare?"

„Pardon? Wie meinen Sie das?" Marguerite machte ein erstauntes Gesicht.

„Na ja, die katholische Kirche hat auf allen Kontinenten ihre Missionare. In den Entwicklungsländern wächst die Anzahl der Katholiken ständig. Versuchen die Juden auch, Anhänger für ihren Glauben zu gewinnen?"

„Darüber habe ich mir noch nie Gedanken gemacht ... Sarah ... nein... das tun sie nicht. Wenn ich es mir überlege, gehört das Judentum wohl zu den wenigen Religionen, die nicht missionieren." Die beiden Frauen blieben eine Weile still.

„Gab es denn irgendetwas im Vatikan, das Sie getröstet hat?", fragte Sarah in einem Ton, als wollte sie selbst getröstet werden.

„Oh ja. Das gab es schon. Das waren die Heiligen Messen, Sarah. Und die Gebete. Der Glaube an Gott hat uns immer wieder geholfen."

Sarah verbarg ihre Enttäuschung. Sie hatte gehofft, dass Marguerite ihr etwas Interessanteres erzählen würde, das sie nachvollziehen könnte. Als ob Marguerite ihre Gedanken erraten hätte, schenkte sie Sarah einen vielversprechenden Blick. „Mit Aufregungen sind wir ja eigentlich nie in Berührung gekommen. Ein Tag war so wie der andere.

Nur die Jahreszeiten brachten Abwechslung. Aber ich erinnere mich schon an etwas sehr Aufregendes. Es war die Weihnachtsmesse 1944. Der Krieg war noch nicht zu Ende, aber Rom war bereits ein halbes Jahr zuvor von den Alliierten befreit worden. Die Zeiten Mussolinis und der deutschen Besatzung waren vorbei. Und natürlich hatten die Römer ihre Befreiung auf den Straßen gefeiert. Das war am 4. Juni! Alle waren sie zum Petersplatz gelaufen! Und Papst Pius XII. hatte den begeisterten Menschen zugewunken. Aber im Vatikan selbst blieb es ruhig. Abwartend. Nun! Die Weihnachtsmesse allerdings war eine große, große Aufregung! Es war ein unglaubliches Durcheinander. Ein Gedränge und Geschrei wie auf einem prunkvollen Rummelplatz! Aber der Reihe nach!"

Marguerite genoss Sarahs gespannte Aufmerksamkeit. Sarah hatte sich auf die Kante des Fauteuils gesetzt, um Marguerite besser folgen zu können. Sie konnte sich nicht vorstellen, dass eine Christmesse im Vatikan einen nachhaltigeren Eindruck bei Marguerite hinterlassen hatte als die Befreiung Roms durch die Alliierten. „Das Besondere an dieser Christmesse war, dass sie im Petersdom gefeiert wurde. Ich kannte nur die Mitternachtsmetten, die Papst Pius XII. während des Krieges in der kleinen Mathildenkapelle zelebrierte und zu denen auch das diplomatische Corps und dessen Angehörige geladen waren. Es ist eine kleine Kapelle im zweiten Stock des päpstlichen Palastes. Nun, 1944 war alles anders. Mein Vater erzählte, dass Papst Pius ein Zeichen der Hoffnung und Zuversicht für die Katholiken auf der ganzen Welt setzen wollte. Die Zeit der Abgeschiedenheit sollte vorbei sein. Am Heiligen Abend sah ich zum ersten Mal die wunderschöne erleuchtete Kuppel des Petersdoms von unserer Wohnung aus. Es war so, als würde die Kuppel Strahlen der Rettung in die dunkle Zeit schicken wie ein Leuchtturm. Das Gästehaus, in dem wir lebten, Santa Marta, liegt ja gleich links vom Petersdom. Während des Krieges war die Basilika niemals in ihrer Festbeleuchtung erstrahlt, wissen Sie. Ihre Lichter waren nahezu erloschen gewesen. Und jetzt, in der

Heiligen Nacht 1944, funkelten und glühten alle Fenster des größten sakralen Bauwerkes der Welt! Wie nach der Auferstehung! Sarah, Sie können sich das nicht vorstellen! Denken Sie nur, unsere Wohnungen waren oft dunkel, weil der Strom ausfiel. Als wäre nirgendwo ein Hoffnungsschimmer gewesen. Aber jetzt waren sogar die Stufen vor dem Eingang der Basilika hell erleuchtet. Lange vor Mitternacht drängten Menschenmassen auf den Petersplatz. Alle wollten in die Basilika. Es war nahezu beängstigend. Es waren viel zu viele Karten ausgegeben worden. Die Leute schrieen und empörten sich, wenn sie abgedrängt wurden. Die Schweizer Garde hatte gar keine Chance mehr, in irgendeiner Weise Ordnung zu schaffen. Alliierte Soldaten mischten sich unter die Leute, genauso wie italienische. Die Diplomaten waren in vollem Ornat gekleidet, und ihre Gattinnen trugen nach vielen Jahren zum ersten Mal wieder Festkleidung. Kostbare Pelze und schwarze Spitzenschleier! Und wenn sie nicht durch einen Seiteneingang in die Apsis gelangt wären, so wären sie vermutlich ganz zerrupft auf ihren reservierten Plätzen gelandet." Marguerite war ganz aufgeregt und ging völlig in ihrer Erinnerung auf. Sie lachte spitz auf.

„Was haben Sie denn getragen, Marguerite?", frage Sarah lächelnd.

„Das kann ich Ihnen genau sagen! Mein schwarzes Kleid. Und meinen schwarzen Mantel. Und natürlich einen schwarzen Schleier. Ich hatte nur ein Kleid, das ich zu feierlichen Anlässen trug. Und das war schwarz. Wenn es zu klein geworden war, wurde es von der Schneiderin geändert. Jedenfalls ... Selbst als die Messe begann und der Papst erschien, beruhigten sich die Menschen nicht! Im Gegenteil! Es wurde geredet, gerufen und geklatscht. Die Schweizer Garde hatte große Schwierigkeiten, den Einzug des Papstes durch den Mittelgang zu sichern. Der einzige, der völlig ruhig und stoisch einen Schritt vor den anderen setzte, war der Papst selbst. Sogar seine Entourage, die Kardinäle und Priester um ihn herum, wirkten sehr nervös. Es ist eigentlich während der ganzen Messe keine wirkliche Ruhe eingekehrt. Und die hat mehr als zwei Stunden gedauert! Und sogar als die heilige Kommunion ausgeteilt wurde, gab es Getuschel und Gerede! Vor allem als die Diplomaten und Militärs zum Altar gingen! Stellen Sie sich das einmal vor! Die Leute waren ganz außer sich! Als dürften sie sich nach langem Stillhalten zum erstem Mal wieder rühren! Als hätten sie jahrelang nicht miteinander reden dürfen!" Marguerites Stimme war in ihrem höchsten Tonbereich angekommen. Ihre Hände redeten ununterbrochen mit, bis sie ihre Flächen vor ihrer Brust zusammenlegte. „Und am Ende der Eucharistiefeier sang der Chor der Schweizer Garde ‚Stille Nacht, heilige Nacht'!" Marguerite hob die Hände, um sie gleich wieder in ihren Schoß fallen zu lassen. Dann sank sie zurück in die weichen Polster des Sofas und atmete einmal tief durch. „Ja. So war das."

Sarah ahnte, welch ungeheure Wirkung und Bedeutung diese Christmesse für die Menschen in Rom gehabt haben musste. Es war nicht nur irgendeine Christmesse am Ende eines grausamen Krieges, die den Menschen Hoffnung und Zuversicht geben sollte, wie vielleicht anderswo im geschundenen Europa auch. Es war ein demonstratives Feuerwerk im unerschütterlichen Zentrum der katholischen Macht. In dem 60.000 Menschen Platz fanden und sich an diesem Heiligen Abend 1944 vermutlich noch viele mehr in die Seitengänge gedrängt hatten. Die überwältigend prachtvolle Basilika voller Marmor, Gold und einzigartigen Kunstschätzen hatte auch Sarah als junges Mädchen Ehrfurcht eingeflößt. Welche unermesslichen Kräfte hätte die katholische Kirche während des Krieges mobilisieren können, hätte sich der Papst den Faschisten demonstrativ entgegengestellt und somit die Menschen mit sich gezogen. Aber er hatte es nie getan. Nicht ein einziges Mal. Sarah konnte das nicht begreifen. Was für ein Versäumnis! Der Vatikan war ein Leuchtturm für die ganze Welt, da hatte Marguerite schon Recht, dachte sie, aber an seinem Fuße war finstere Nacht. Wie aufwühlend musste diese Nacht für Marguerite gewesen sein.

„Hatten Sie in dieser Nacht nicht die Hoffnung, dass sich auch Ihr Leben bald ändern könnte, Marguerite?", fragte Sarah.

„Natürlich. Aber es war unwahrscheinlich", antwortete Marguerite jetzt sachlich. „Wir wussten ja, dass mein Vater zu diesem Zeitpunkt nicht zurück nach Frankreich durfte. Auch wenn Frankreich bereits von der deutschen Besatzung befreit war. Genauso wie Italien. Es wäre zu gefährlich für ihn gewesen. Sicher hatten wir Hoffnung, aber keiner wusste, wie lang es dauern würde, bis es die politische Situation in Frankreich zugelassen hätte. Dass es allerdings noch weitere vier Jahre werden würden, bis wir tatsächlich zurückkehren konnten, das hat sicherlich niemand an diesem Abend für möglich gehalten."

Marguerite erzählte von ihren Ausflügen in die Stadt Rom, die sie nun mit ihrer Mutter unternommen hatte. Endlich durfte sie ihr Gefängnis Vatikan verlassen und mit ihrer Mutter durch die Straßen und Parks der Ewigen Stadt flanieren. Sie erzählte von den Museen, die ihr besonders gefielen, und von den vielen kleinen, für sie bis dahin unbekannten Eisständen in den Sommern, die noch folgen sollten. Als die Bérards zurück nach Frankreich zogen, im August 1948, war Marguerite fast 21 Jahre alt, hatte nie eine Schule besucht, mit keinem Kind gespielt, sich weder gezankt noch verbündet, war nie von einem Hauch Verliebtsein berührt worden, genauso wenig von einem Liebeskummer. Sie kannte nur die Hoffnung, irgendwann einmal mit dem Leben beginnen zu dürfen.

# Dreizehn

Der Anruf kam am späten Montagvormittag. Sarah half Lydia in der Küche bei den Vorbereitungen des Mittagessens, als das Telefon klingelte und Lydia den Anruf entgegennahm. „Ja, Helene! ... Wie bitte? Oh nein ... Ach ... das tut mir aber leid! ... Hast du Schmerzen?..." Lydia sah Sarah während des Telefonats mit erstauntem Blick an und bedeutete ihr mit der Hand, sich einen Augenblick zu gedulden. „Ja. ... Natürlich ... Warte, Helene, Sarah steht neben mir. Ich gebe sie dir." Lydia machte ein besorgtes Gesicht und überreichte Sarah das Telefon.

„Mama?! Hallo! Was ist los?", fragte Sarah aufgeregt.

Helene Hansens Stimme klang gepresst. „Sarah, hallo, mein Schatz. Reg dich nicht auf, ja? Es ist nichts Arges. Ich hab mir nur zwei Rippen gebrochen. Eine blöde Geschichte ..."

„Was? ... ach Mami! ... wo bist du denn jetzt?"

„Ich liege bei uns ums Eck in der Ospedaliera Umberto. Ich werde in jedem Fall bis morgen bleiben müssen." Helene Hansen sprach leise und kurzatmig. Ihre leidende Stimme berührte Sarah, so dass sie unwillkürlich begann, selbst leise jammernd zu sprechen.

„Was passiert denn jetzt? Was sagen denn die Ärzte? Tut es sehr weh?"

„Sie haben mir Schmerzmittel gegeben. Das geht schon. Aber sie wollen mich noch unter Beobachtung halten, weil es zwei linke Rippen sind und die liegen über der Milz. Nur zur Vorsicht ... Das Problem ist nur: Ich kann mich kaum richtig bewegen. Und ich bin allein zu Haus, weißt du ... ich ... ach ..."

„Ich fliege gleich morgen nach Rom, Mami, versprochen! Mach dir keine Sorgen! Ich komme, so schnell ich kann! ... Mein Gott ... wie ist das denn passiert?!"

Helene Hansen erzählte ihrer Tochter stoßweise atmend von ihrem Unfall bei Sonnenaufgang auf dem Palatino. Noch vor der Hitze und vor allem vor dem Touristenstrom wollte sie in den Ruinen der Domus Augustana einige Detailaufnahmen machen, die sie für ihre Arbeit brauchte. Das Deutsche Archäologische Institut in Rom forschte seit Jahren im wissenschaftlichen Verbund mit anderen internationalen Wissenschaftlern an den rekonstruierten Bauplänen und genauen Funktionen der alten privaten Kaiserpalasträumlichkeiten. Ein unachtsamer Schritt zurück hatte Helene Hansen stürzen und auf einen Steinblock prallen lassen. „Gott sei Dank ist der Kamera nichts passiert!", japste sie ins Telefon. „Die kostet ein Vermögen!"

Sarah war wie vom Donner gerührt. Die Sorge um ihre Mutter legte sich zwar ein wenig. Schließlich war ein Rippenbruch kein Weltuntergang und würde sicher bald geheilt sein. Allerdings bedeutete der Hilferuf ihrer Mutter, Orion sofort verlassen zu müssen. Das an sich fand sie schon ärgerlich. Einen gewaltigen Stich aber versetzte ihr der Gedanke, Mark nicht mehr treffen zu können. Sie hatten sich für den übernächsten Tag verabredet. Wieder in Biarritz, wieder im Bleu Café. Es schien wie verhext! Zuerst hatte Lucas ihr einen Strich durch die Rechnung gemacht. Nun war es ihre Mutter, die ein Rendezvous vermasselte. „Ach Mami, ich rufe dich später noch mal an und sage dir dann, wann ich komme, ja? Ich umarme dich. Bis später!"

Sie schlug mit der Handfläche auf den Küchenblock. „Verdammt!", grollte sie leise.

„Wir sehen jetzt nach einem Flug nach Rom für dich, und alles andere wird sich dann schon weisen", sagte Lydia tröstend. „Shit happens ... deine Mutter braucht dich jetzt. Du kannst jederzeit wiederkommen, Sarah. Das weißt du."

„Ja ... danke, Lydia. Ich weiß. Das Blöde ist nur ... eigentlich wollte

ich morgen Abend Mark treffen. Das geht nun nicht mehr ..." Sarah quengelte wie ein Schulmädchen, das sich die Knie aufgeschürft hatte. „Aha ... daher weht der Wind ...", lachte Lydia. „Und ich dachte schon, du kannst dich von uns nicht trennen!" Sarah knuffte Lydias Oberarm. „Du weißt ganz genau, wie ich das meine!" Dann fiel ihr Marguerite ein. „Och nein! ... Marguerite ... ich muss ihr Bescheid sagen."
Marguerite war sichtlich traurig über Sarahs schlechte Nachricht. „Ich komme bald wieder, Marguerite. Das verspreche ich. Und ich werde Ihnen schreiben! Ganz sicher!" Sarah tat alles, um Marguerite aufzuheitern. „Und Telefon gibt es auch. Ich werde Ihnen erzählen, was die Römer heutzutage alles treiben, ja?"
Marguerite musste tatsächlich lachen. „Grüßen Sie Ihre liebe Frau Mutter von mir, Sarah. Und richten Sie Ihr bitte aus, dass sie eine wundervolle Tochter hat!" Sarah umarmte Marguerite. Die alte Dame war ihr sehr ans Herz gewachsen.

Sarah konnte Mark am Nachmittag nicht erreichen, was nicht weiter verwunderlich war. Trotzdem versuchte sie es wieder und wieder. Sie musste ihm so schnell wie möglich sagen, dass sie sich nicht mehr sehen würden. Und dass ihr das so schrecklich Leid täte! Ach nein! Es machte sie völlig verrückt! Wieso hatte sie sich nur so viel Zeit gelassen, ihn wieder zu treffen. Nun war es zu spät! Es sollte wohl nicht sein! Sie sprach ihm nicht auf die Mailbox. Sie sah sich außerstande, ihm eine ruhige, gut formulierte Nachricht zu hinterlassen. Sarah konnte sich nicht beruhigen. Morgen Nachmittag würde sie fliegen. Sie warf ihre Sachen in den Koffer, versuchte vergeblich Antonia zu erreichen und klickte nervös auf ihrem Laptop herum. Dann zerrte sie ihre Joggingschuhe wieder aus dem Gepäck, schlüpfte in ihre Shorts und eilte los, als wollte sie vor ihren Gedanken flüchten, die hin und her flippten wie die Kugel eines Spielautomaten. Sie rannte den Weg zur Châteaueinfahrt entlang, auf dem sie vier Wochen zuvor noch das Gefühl gehabt hatte, alles verloren zu haben, was ihr wichtig war. Unsicher und kraftlos war sie gewesen. Wie sehr hatte sich ihr Leben seitdem geändert! Alles in ihr war in Bewegung, nichts war mehr festgezurrt oder versperrt. Sie lief die Landstraße hinunter bis zum Wald, in dem ein Weg steil hinauf zu einem Hügel führte. Oben angekommen, bekam sie kaum mehr Luft und ließ sich erschöpft am Fuße einer Eiche fallen. Der Schweiß rann ihr von der Stirn und vermischte sich mit den Tränen, die ihr über die Wangen liefen. Sie klammerte sich mit ihrem Blick an die Aussicht, die ihr während ihrer Zeit in Orion so viel Trost und Sicherheit geschenkt hatte. Die Pyrenäenkette erschien heute völlig klar und konturenscharf in einem Licht, das plötzlich eine Ahnung vom Herbst durchscheinen ließ, ohne dass sie diese Stimmung hätte erklären können. Sarah überfiel eine gotterbärmliche Melancholie. Sie saß fast eine halbe Stunde auf dem Waldhügel und malte sich aus, wie es sein würde, wenn sie wieder hierher zurückkäme. Und dies schien ihr so sicher wie das Amen im Gebet. Dann rannte sie zurück, den Weg durch den Wald hinunter zur Landstraße und zum Château. Zwei Stufen auf einmal nehmend lief sie hinauf zu ihrem Zimmer und nahm das Handy. Es waren drei Anrufe von Mark angezeigt. Noch außer Atem rief sie zurück.

Mark meldete sich mit amüsierter Stimme: „Du hast es aber eilig auf einmal", sagte er ohne Begrüßung.

„Mark! Ach ... endlich .. du ... wir können uns übermorgen nicht sehen. Es tut mir so leid ... ich.."

„Wieso bist denn so außer Atem?"

„Ach ... ich komme gerade vom Joggen."

„Ich wusste gar nicht, dass du so sportlich bist," stichelte er freundlich.

„Hör zu: Ich muss morgen nach Rom. Meine Mutter hat sich zwei Rippen gebrochen und braucht Hilfe. Ich weiß gar nicht ..." Sie setzte sich auf die Bettkante und rang um Worte. „Ich werde sicher ein, zwei Wochen dort bleiben müssen, bis sie sich wieder selbst versorgen kann. Aber dann bist du ja schon nicht mehr in Biarritz ... Mark!..."

Am anderen Ende war es wenige Sekunden still. „Mark? ... Nun sag doch was!"

„Wann fliegst du denn?", fragte er. Seine Stimme klang kein bisschen enttäuscht, höchstens interessiert.

Sarahs Kopf begann zu brummen. „Oh ... ich glaube, der Flieger geht um 15.30 Uhr."

„Das ist wirklich schade, Sarah", sagte er in einem geradezu höflichen Ton. „Obwohl ... Rom ist sicher auch nicht das schlechteste, oder?"

Sarahs Mund begann sich zu bewegen, doch sie war zu verblüfft, um etwas sagen zu können. Machte es Mark denn überhaupt nichts aus, dass er sie nicht mehr treffen würde? Hatte sie ihn falsch verstanden? Sie hielt die Situation kaum mehr aus und wollte sich nicht weiter zum Narren machen. „Wir telefonieren dann irgendwann", bog sie das Gespräch ab und bemühte sich, eilig zu wirken.

„Wir sehen uns, Sarah. Wenn nicht jetzt, dann irgendwann später." Seine Stimme klang jetzt tröstlicher.

„Ok. Bis dann." Sie klappte ihr Handy zu und ließ sich rücklings auf das Bett fallen. Was war geschehen? Wieso wirkte er so unbeteiligt? So korrekt? Möglicherweise hatte er sich in eine dieser unkomplizierten Surferinnen verliebt? Sie wusste nicht mehr, was sie denken sollte. Nichts passte mehr zusammen. Enttäuschung stieg in ihr hoch. Mit einem Mal wurde sie wütend. Sie setzte sich ruckartig auf die Bettkante und riss sich trotzig ihre durchgeschwitzten Sachen vom Leib. „Dann eben nicht!", fuhr es ihr durch den Kopf. „Dann eben nicht!"

Paul fuhr sie zum Flughafen. Für ihn kam nichts anderes in Frage. Dieser wortkarge Technikfreak hatte gar nicht glauben können, dass Sarah Orion so überstürzt verlassen musste. Den ganzen Abend hatte er an ihrer Seite gesessen, ihr immer wieder gesagt, wie „mistig" und „voll traurig" er Sarahs plötzlichen Abschied fand. An keinem Abend hatte er so viel mit ihr geredet. Als wollte er noch schnell ein paar Seiten in dem gemeinsamen Kapitel aufholen, um ihr zu zeigen, dass er sie „echt super" fände. Auch Eveline schnurrte ständig um sie herum. „Wir werden dich richtig vermissen, Sarah!", das konnte sie gar nicht oft genug sagen.

„Du brauchst nicht zu parken", sagte sie, als sie auf das Gelände des Aéroport de Biarritz fuhren. „Schmeiß mich einfach beim Eingang raus." Sie hasste lange Abschiede.

Und Paul sagte, als hätte sie laut gedacht: „Ok. Lange Abschiede sind nämlich echt ätzend." Sie umarmten sich kurz und heftig, und Sarah eilte mit einem Kloß im Hals in die kleine Abflughalle. Bis zu ihrem Start hatte sie noch eine Stunde Zeit.

Es waren erstaunlich wenige Menschen unterwegs. Das Einchecken ging schnell und reibungslos. Bevor Sarah sich zum Security-Check begab, lief sie noch in die Trafik, um sich nach einer Zeitung umzuschauen. In dem kleinen Laden fiel ihr auf, wie viele französische Zeitschriften es gab, die sich monothematisch mit Philosophie beschäftigten. So eine Fülle hatte sie in Deutschland und auch in Wien noch nicht gesehen. Sie nahm einige Exemplare in die Hand und blätterte unkonzentriert, während sie an Orion dachte.

„Madame interessieren sich für Philosophie?", hörte sie eine Männerstimme direkt hinter sich. Die französische Intonation klang eigenartig. Sie drehte sich erstaunt um. Vor ihr stand Mark. Er grinste sie so breit an, dass seine weißen Zähne fast vollzählig zu sehen waren. Sarah brachte keinen Ton heraus und legte die Zeitschrift zurück. Mark drehte sie sanft zu sich, nahm sie in seine Arme und flüsterte ihr ins Ohr: „Du glaubst doch wohl nicht allen Ernstes, dass ich dich einfach so fliegen lasse."

„Doch, doch, das habe ich geglaubt", stammelte sie überwältigt. Seine Haut roch nach einer Mischung aus Salzwasser und Duschgel.

„Da musst du aber noch viele philosophische Zeitschriften lesen, bis du Männer richtig verstehst", flüsterte er zurück.

„Und du bist der geborene Frauenversteher, was?"

„Ich habe zumindest keine schlechte Nachrede." Sarah kicherte und

legte ebenfalls ihre Arme um ihn. Dann küssten sie sich, lang und völlig ineinander versunken und alles um sich herum vergessend. „Du musst zum Gate drei."
„Was?"
„Dein Flug ist aufgerufen. Du musst los." Sie lösten sich aus ihrer Umarmung und lächelten sich an. „Ich rufe dich an, wenn du in Rom bist, ok? Wir sehen uns." Mark streichelte Sarah über die Wange.
„Ja. Wir sehen uns", sagte Sarah benommen. Irgendwie gelangte sie zum Security-Check. Bevor sie zum Gate ging, sah sie sich noch einmal um. Mark stand genauso da wie vor fünf Wochen, als sie sich nach ihrer Ankunft in Biarritz verabschiedet hatten. Nur dass er jetzt seine Hand zum Mund führte und einen Kuss zu ihr schickte, bevor sie in die Luft abhob.

Der Flughafen Fiumicino in Rom war überfüllt wie immer. Touristenmassen drängten sich an den Gepäcklaufbändern und warteten ungeduldig auf ihre Koffer, die lange auf sich warten ließen. Für Sarah war es immer wieder ein Wunder, dass sich die Gepäckstücke in diesem Chaos überhaupt bei ihren Eigentümern einfanden. Sie kannte das lautstarke Treiben des Flughafens seit ihren Kindertagen und fühlte sich sofort zuhause. Nach einer halben Ewigkeit zerrte sie ihren Koffer vom Laufband und schlängelte sich durch die Menschenmenge zum Leonardo Express, der sie ins Zentrum zum Bahnhof Termini bringen sollte. Von dort lief sie zur Metro und stieg nach wenigen Stationen an der Station Policlinico aus. Die Hitze in der Stadt war noch immer unerträglich, obwohl es schon früher Abend war. Sarah kannte den Bezirk San Lorenzo sehr gut. In der Nähe des Krankenhauses Umberto, in dem ihre Mutter mit zwei gebrochenen Rippen lag, befand sich auch das Deutsche Archäologische Institut, das Instituto Archeologico Germanico in der Via Curtatone. Helene Hansen war immer besonders stolz gewesen, in der ältesten archäologischen Forschungseinrichtung Roms arbeiten zu dürfen, weltweit eine der bedeutendsten Institutionen zur Erkundung von Altertümern. Sarah hatte ihre Mutter oft nach der Arbeit dort abgeholt, als sie schon so selbstständig war, dass sie den weiten Weg von Aurelia quer durch die Stadt über den Tiber nach San Lorenzo allein bewältigen konnte. In dem Stadtteil Aurelia hatten Helene und Sarah Hansen notgedrungen wohnen müssen, weil Sarah hier die Deutsche Schule besuchte. Nach Sarahs Abitur hatte Helene sich in San Lorenzo eine Wohnung genommen, um in der Nähe ihres Arbeitsplatzes zu sein. Aurelia lag fernab vom Zentrum, unterhalb von Vatikanstadt, und die Hansens fanden ihren Bezirk entsetzlich langweilig. Adrette junge Familien, Geschäftsleute und bürgerliche Lokale bestimmten die geordneteAtmosphäre, die nicht zu vergleichen war mit dem lauten Zentrum voller hupender Autos, dem Duft der Pizzarien und eiligen Menschen. San Lorenzo war vital und impulsiv, die Universität gleich in der Nähe mit jungen Lokalen, Bars und Läden, die von Studenten und Künstlern geprägt waren.

Sarah ratterte ihren Koffer durch die langen Flure des Krankenhauses. „Zwei Kliniken in so kurzer Zeit hält kein gesunder Mensch aus", dachte sie. Unwillkürlich musste sie an Marguerites altes, etwas ramponiertes Krankenhaus in Sauveterre denken. Das Policlinico Umberto war ihr in keiner Weise sympathischer. Ihre Mutter lag mit einer älteren Signora auf einem Zimmer. Beide dösten in ihren Betten, die rechts und links an den Wänden des schmalen, schmucklosen Raumes klebten, an dessen Ende ein schmales geöffnetes Fenster die warme Abendluft hineinblies..

„Sarah! Hallo, mein Kleines! ... wie schön, dass du da bist ..." Helene Hansen war sofort hellwach. Ihre Stimme klang noch immer ein wenig gepresst, aber durchaus fester und vor allem fröhlicher als gestern am Telefon. Sarah grüßte die Signora flüchtig aber höflich und wusste nicht, wie sie ihre Mutter herzen sollte, ohne ihr weh zu tun.

„Mami ... ach Mami ...", flüsterte sie leise und lächelte ihre Mutter mitleidig an. Sie küsste sie auf beide Wangen und setzte sich auf den Schemel neben dem Bett. „Was machst du denn für Stunts?" Helene Hansen lachte und verzog gleich schmerzlich ihr Gesicht. „Ich darf hier morgen früh raus", raunte sie Sarah zu. „Gott sei Dank. Ich würde es hier auch keine Nacht länger aushalten." Sarah hatte ihre Mutter fast ein Jahr lang nicht mehr gesehen. Zuletzt hatte sie sie zusammen mit Lucas besucht, in der Adventszeit. Jetzt freute es sie, in dieses vertraute Gesicht zu sehen, das ein so großes Gefühl der Geborgenheit in ihr hervorrief wie kein anderes. „Na, Signorina Baccalaurea! Wie fühlt man sich denn so als erfolgreiche Studienabsolventin?", fragte Helene Hansen mit sichtbarem Stolz. Der Bachelor of Arts. Sarah konnte in dem Moment gar nicht fassen, wie weit das alles hinter ihr lag. Keine Sekunde hatte sie in Orion an die nervenaufreibenden Prüfungen gedacht, noch nicht einmal an die Urkundenübergabe. Das einzige, was sie mit dem Bachelorabschluss verband, war ihre Trennung von Lucas.

„Oh ... alles gut. Ehrlich gesagt hab ich den Bachelor gar nicht mehr auf dem Zettel", murmelte Sarah. Sie zog zwei kleine Päckchen aus ihrer Handtasche und überreichte sie ihrer Mutter. „Von Lydia. Mit den herzlichsten Grüßen! Und dass du bald so gesund wirst, dass du sie auch mal in Orion besuchen kommst."

Helene Hansen wickelte vorsichtig Lydias Geschenk aus. „Es raschelt köstlich", wisperte sie beglückt. Sie legte eine mit grobem Salz gesprenkelte Vollmilchschokolade aus Salies auf die Bettdecke, dazu in weiße Schokolade getauchte Mandelsplitter. „Die essen wir jetzt gleich auf. Dann muss ich das Abendessen nicht mehr runterwürgen", kicherte ihre Mutter vorsichtig. Sarah und Helene naschten ein Stückchen nach dem anderen. Sarah erzählte ihrer Mutter von Marguerite, die Schokolade ebenso als Ersatzmahlzeit nehmen konnte wie ihre Mutter jetzt und lachte.

„Lydia hat mir am Telefon ein wenig über Madame Labbé erzählt. Eine außergewöhnliche Lebensgeschichte. Wirklich. Das musst du mir alles noch ein wenig genauer erzählen ... Wir haben ja Zeit. Dass du so eine fürsorgliche Ader für ältere Damen hast, wusste ich gar nicht", stichelte sie amüsiert.

„Marguerite könnte deine Mutter sein!", verteidigte sich Sarah, sofort ahnend, dass ihre Mutter ihre grobe Vernachlässigung zum Thema machen könnte. In der Tat hatte Sarah ein schlechtes Gewissen. Während der Prüfungsvorbereitungen hatte sie sich ziemlich zurückgezogen, manchmal Lucas mit ihr telefonieren lassen. Und nach dem Gau war sie nach Orion geflüchtet und in der Versenkung verschwunden.

„Ja, Mami, ich weiß. Ich habe mich zu wenig gemeldet. Aber ich werde mich bessern." Sie sah ihre Mutter mit gespielter Reue an wie ein kleines Schulmädchen, das um eine rasche Absolution für eine schlechte Note bat. „Außerdem bin ich ja jetzt auch da! Fürsorglicher kann man gar nicht sein! Ich habe alles stehen und liegen lassen. Und du kannst dir gar nicht vorstellen, was alles." Sarah rollte die Augen, um ihre Opferbereitschaft besonders deutlich zu machen.

Helene Hansen lachte laut auf, um gleich wieder abrupt innezuhalten. Sie hatte die Selbständigkeit ihrer Tochter immer besonders gefördert, schon im eigenen Interesse. Gleichzeitig hatte sie Sehnsucht nach ihrer Tochter gehabt und freute sich nun besonders, Sarah bei sich zu haben, wenn auch aus einem ärgerlichen Anlass. „Ohh!! Ich danke dir sehr, mein Schatz! Für so eine Freude würde ich mir glatt noch einmal die Rippen brechen ..."

„Mama!" Sarah schüttelte den Kopf. Helene Hansen musste immer deutlich machen, dass sie alles im Griff hatte, auch wenn das Schicksal ihr Knüppel zwischen die Beine warf. In keinem Fall wollte sie als Opfer bemitleidet werden.

„Das wird schon wieder. Kennst mich ja. Ich bin ein Stehaufmännchen." Sie holte ihren Wohnungsschlüssel aus der Nachttischlade und drückte ihn Sarah in die Hand. „Du musst das Bett frisch beziehen ... ja ... und im Kühlschrank gibt es noch etwas Käse und Tomaten. Ansonsten holst du dir von Carlo eine Pizza, bevor du völlig vom Fleisch fällst. Du bist ja ganz dünn geworden."

Sarah grinste. Mütter müssen einen immer aufpäppeln, dachte sie. In dem Moment kam eine Krankenschwester mit einem Servierwagen und den Tabletts für das Abendessen herein. Eine farblose Suppe, Weißbrot und ein Teller mit Pasta ließ Helene Hansen gleich den Mund verziehen. „Danke, Schwester, aber ich habe keinen Hunger mehr."

Die Schwester zuckte verständnislos die Schultern und servierte der anderen Patientin ihr Tablett. „Die Besuchszeit ist jetzt leider vorbei", sagte sie und schaute Sarah auffordernd an. Sarah erhob sich brav, küsste ihre Mutter und zwinkerte ihr zu.

„Wann soll ich dich morgen abholen?"

„Nach der Visite", beantwortete die Schwester Sarahs Frage. „Um zehn Uhr etwa. Buona sera, Signorina."

Zum Piazzale Tiburtino in San Lorenzo hätte Sarah nur zwanzig Minuten gehen müssen, aber sie hatte nicht die geringste Lust, sich nach den Reisestrapazen anzustrengen. Sie bestieg ein Taxi vor dem Krankenhauseingang und ließ sich nach Hause fahren. Helene wohnte in einem zweistöckigen cottofarbenen Haus an dem schmucklosen Platz, der ansonsten von moderneren, doppelt so hohen Häusern gesäumt war, die genauso gestrichen waren wie ihres. San Lorenzo war ein junges Viertel, in dem kaum historische Bauten erhalten geblieben waren, wirkte aber durch die vielen Studenten der nahen Universität Roms, der altehrwürdigen La Sapienza, lebendig und sympathisch. Die meisten Häuser wurden nach 1945 gebaut. Das frühere Arbeiterviertel war während des Zweiten Weltkrieges der am schlimmsten von Bombardierungen betroffene Bezirk von Rom. Die Alliierten hatten hier deutsche Truppen und Waffenlager vermutet. Die Bombenangriffe waren so heftig, dass der Papst aufgefordert wurde, die Stadt zu verlassen. Papst Pius XII. allerdings hatte sich geweigert und sich um eine offene und militärfreie Stadt Rom bemüht, nicht zuletzt mit dem deutschen Botschafter in Rom, Ernst von Weizsäcker, und dem SS-General Karl Wolff. Die Vernichtung der Ewigen Stadt mit all ihren jahrtausendalten Kulturschätzen und Sehenswürdigkeiten hätte wohl sogar in Kriegszeiten zu Skrupeln geführt. Die deutschen Besatzer hatten ihre Truppen im Sommer 1944 abgezogen und die Siegermächte marschierten in Rom ein. „Wenn es diese Einigung nicht gegeben hätte, würde ganz Rom so aussehen wie San Lorenzo. Oder wie Berlin", hatte ihre Mutter erklärt, als sie hierher zogen. „Da kann man mal sehen, dass Kunstschätze auch Menschenleben retten können!"

Sarah war müde und hungrig. Sie stellte ihren Koffer im Vorzimmer ab und durchstreifte die behagliche Zweizimmerwohnung, in der nur das leise Brummen des Kühlschranks zu hören war. Der alte Schreibtisch, den ihre Mutter aus Berlin mit nach Rom genommen hatte, war so voll geräumt wie immer. Bücher und Zeitungen stapelten sich ebenso ungeordnet auf dem Couchtisch und auf dem Sofa, auf dem auch ein neues iPad lag. „Du bist ja cool, Mama!", dachte sie erstaunt. Das moderne Gerät machte einen etwas verlorenen Eindruck inmitten der patinierten Familienmöbel und den Fachzeitschriften über geologische Funde und archäologische Expertisen, obwohl Sarah klar war, dass ihre Mutter beruflich sehr wohl mit modernen Instrumenten umgehen musste. Sarah ging in die kleine Küche und öffnete den Kühlschrank, in dem sich tatsächlich nicht viel mehr als Butter, Käse, Tomaten, ein paar Oliven und Wein fand. Seufzend schloss sie den Kühlschrank und verließ wieder die Wohnung. Das einzige, was ihre Lebensgeister jetzt noch beleben konnte, war Carlo. Er und seine Frau Patrizia führten die Trattoria im Erdgeschoss des Hauses. Sie war sozusagen Helenes Wohnzimmer in arbeitsintensiven Zeiten, wenn niemand sich die Mühe machen wollte zu kochen. Jedes Mal, wenn Sarah ihre Mutter aus Wien besuchte, auch mit Lucas, feierten sie ihr Wiedersehen bei Carlo und verließen sich auf ihn, ohne auch nur einmal auf die Speisekarte zu sehen.

Als Sarah das Lokal betrat, saß Carlo an seinem Haustisch im Eck und las Zeitung. Neben ihm tönte leise das Gebrabbel eines Moderators aus dem alten Kofferradio. Über ihm rotierte ein Ventilator. Das Lokal war nur spärlich besucht, wie meist im August. Die meisten Gäste saßen im vorderen Teil des Lokals. Carlo erblickte Sarah sofort. Er stützte sich mit beiden Händen auf den Tisch und erhob sich etwas schwerfällig. Seine siebzig Jahre und üppige Körperfülle ließen ihn ächzen. „La mia bella ragazza!", rief er mit ausgestreckten Armen. „Was machst du bei dieser Hitze in Rom? Ist das eine schöne Überraschung! Wo ist deine Mutter?"

Sarah begrüßte Carlo mit einer Umarmung. „Ciao, Carlo! Wie schön, dich zu sehen! Geht's dir gut?"

„Wenn ich dich sehe, geht es mir immer gut!" Carlos rundes Gesicht strahlte.

„Mama ist im Krankenhaus. Sie hat sich zwei Rippen gebrochen. Ich bin gerade erst angekommen. Kannst du mir eine schnelle Pizza machen? Am besten, ich esse sie oben. Ich bin völlig erledigt. Und ich verhungere!"

„Bella! Eine Pizza? Das kommt gar nicht in Frage!" Carlo drückte Sarah auf den Stuhl an seinem kleinen Tisch. „Da bleibst du jetzt sitzen und rührst dich nicht. Du musst mir alles erzählen." Carlo verschwand in der Küche. Sarah wusste, dass jeder Widerstand zwecklos war, ließ sich eisgekühlten Frascati und Wasser servieren und leerte zügig die Gläser. „Was ist mit dir? Haben sie dir in Wien nichts zu essen gegeben? Aber schön bist du! Du wirst immer schöner! Und was ist mit deiner schönen Mama?" Bevor Sarah antworten konnte, stand er auf und kam mit gefüllten Karaffen zurück. Dann sah er sie erwartungsvoll an.

Sarah erklärte ihm Mamas Unfall auf dem Palatino und ihre überstürzte Abfahrt aus Orion. Es amüsierte sie schon immer, wenn Carlo etwas theatralisch seine Mimik und Gestik sprechen ließ, ohne dabei ihre Erzählungen zu unterbrechen. Das war auch diesmal so. Er zog die Stirn kraus oder kniff beide Augen für Sekunden zu, vor allem während Sarah ihm erzählte, in welcher Situation sie auf Lucas' Seitensprung gekommen war. Er fuhr sich mit den Händen durch die weißen Haare und stöhnte: „Madonna!" Ab und zu nahm er Sarahs Hand, um ihr Kraft zuzutätscheln. Er schüttelte zweifelnd den Kopf, nachdem Sarah von der französischen Küche geschwärmt hatte.

„Aaa ... euch Frauen darf man nicht alleine lassen!", rief er und servierte Stringozzi mit Venusmuscheln. „Und was ist jetzt?", fragte er neugierig. „Was machen wir jetzt?"

Sarah schaute Carlo gerührt an. Sie hatte bereits einen Schwips und wunderte sich, dass die Hitze noch immer im Raum stand, obwohl es draußen schon stockduster war. „Alles wird gut, Carlo. Das menschliche Glück ist zusammengesetzt aus Teilen, die uns täglich fehlen. Ja!"

„Das ist gut", nickte Carlo, „das ist sehr gut. Hilft aber gerade nicht wirklich weiter."

Sarah lachte. „Ich hole Mama morgen aus dem Spital ab. Sie wird alles dazu tun, den Weltrekord im Gesundwerden aufzustellen."

„Si!", lachte Carlo. „Das wird sie! Und was ist mit dir? Lucas soll herkommen. Ich werde ihm die Leviten lesen!", drohte er mit einer Geste, die sonst bösen Schulbuben galt. Sarah stand auf und ging um den Tisch zu Carlo. Sie legte ihren Arm um seine Schulter und küsste ihn.

„Ich muss jetzt ins Bett, Carlo. Und um meine Seele machst du dir heute Abend keine Sorgen mehr. Die wird gerade von einem schönen Engländer umworben."

Carlo sackte demonstrativ zusammen. „Ein Engländer! Madonna! Bella!", rief er mit verzweifelter Stimme. „Sie können nicht kochen! Und sie sehen nicht gut aus! Das ist eine Katastrophe!"

Sarah lachte laut auf. „Es gibt Ausnahmen, Carlo. Glaub mir!"

„Das werden wir das nächste Mal besprechen", sagte er ermattet. „Du brauchst einen Römer! Einen schönen, treuen Römer!"

„Das ist ein Widerspruch in sich, Carlo!", gluckste Sarah, „und das weißt du genau!" Carlo kniff beide Augen zusammen, als wollte er der Wahrheit nicht ins Gesicht sehen.

Sarah legte sich auf die Couch im Wohnzimmer. Sie hatte weder Lust ihren Koffer auszupacken noch ihr Bett zu beziehen. Sie lauschte durch das offene Fenster den Motorengeräuschen der vorbeifahrenden Autos und Vespas unten auf dem Piazzale. Ab und an hörte sie Stimmen lachender und rufender junger Leute, die durch die Straßen zogen. Es kam ihr wie eine Ewigkeit vor, in einer städtischen Geräuschkulisse eingeschlafen zu sein. In Orion war es mucksmäuschenstill gewesen. Das einzige, was dort in der Dunkelheit zu hören war, war manchmal das Rufen der beiden Schleiereulen unter dem Dach. Ihre Gedanken flogen zu Mark. Dass er tatsächlich zum Flughafen gekommen war, um sie nur für einige wenige Minuten zu sehen! Sie lächelte gerührt. Dann nahm sie ihr Handy und überlegte, welche Nachricht sie ihm schreiben sollte. „Es gibt Gefühle, die man nicht äußern kann", dachte sie. „In dem Moment, in dem man es versucht, verklumpen sie zu Worten." „Roma! Alles bestens." Ihr fiel nichts Besseres ein. „Bin so glücklich, dass du gekommen bist! Danke!! Ich küsse dich! SEHNSUCHT..."

Am nächsten Morgen lief Sarah zu Fuß durch San Lorenzo bis zum Policlinico. Ihre Mutter hatte das Zimmer bereits verlassen und wartete Zeitung lesend in einer sonnigen kleinen Besucherecke vor einer großen Fensterwand, die zu einem begrünten Innenhof zeigte. Helene Hansen war so sehr in ihre Lektüre versunken, dass sie Sarah nicht sofort bemerkte. Sie trug eine weiße Jeans mit einem grauen Poloshirt. Die Schnürsenkel ihrer Sneakers hingen lose zur Seite herab. Sie las Zeitung. Sarah fand ihre Mutter noch immer attraktiv. Mit ihren sechsundfünfzig Jahren wirkte Helene Hansen jung und dynamisch.

Auf Make-up verzichtete sie seit Jahren. Das einzige, was ihre blauen Augen noch intensiver zum Ausdruck brachte, war ein geranienroter Lippenstift. „Bloß keine blaustichigen Lippenstifte!", war ihre eigenwillige Überzeugung, „sonst hat man die Lippen einer Leiche!" Sie benutzte immer dieselbe Marke, ein beständiger Kontrapunkt zu den Jahrtausende alten Materialien, mit denen sie sich leidenschaftlich beschäftigte. Allmählich hatte Helene den gepflegten Stil der wohlhabenden Römerinnen angenommen, die mit ihrer Schlichtheit und Natürlichkeit eine stolze Eleganz ausstrahlen. Seit siebzehn Jahren lebte sie nun in dieser turbulenten Stadt und konnte sich keine andere Heimat mehr vorstellen.

„Buongiorno, Mama! Wie ich sehe, hält dich hier nichts mehr", begrüßte Sarah ihre Mutter, die freudig zu ihrer Tochter hinaufsah.

„Das kannst du wohl sagen! Guten Morgen, mein Schatz! Ich hoffe, du hast besser geschlafen als ich!" Helene sah müde aus, hatte aber sichtbar gute Laune. „Sei doch so lieb und binde mir die Schuhe zu. Ich komme da einfach nicht gescheit runter! Das tut zu weh." Sarah kniete sich vor ihre Mutter und erledigte mit flinken Griffen ihre Bitte.

„Na, dann kann ich mich ja jetzt mal revanchieren", gluckste Sarah. „Wie oft du mir wohl in meinem Leben die Schuhe zugebunden hast?"

„Ach", wehrte Helene Hansen schmunzelnd ab, „die Rechnung wirst du nie begleichen können! Hoffe ich zumindest! Irgendwann hab ich dir Schuhe mit Klettverschlüssen gekauft, weil ich dein endloses Geschnüre nicht mehr ertragen habe."

„Gute Idee. Das können wir für dich ja jetzt auch machen", konterte Sarah grinsend und half ihrer Mutter aus dem niedrigen Sessel. Eingehakt verließen die beiden Frauen das Krankenhaus, als wären sie schon immer so durch die Welt gelaufen und nahmen sich vor der Tür ein Taxi.

„Ich habe mein Fahrrad noch beim Institut stehen", sagte Helene Hansen. „Das kann dort ruhig stehenbleiben. So lang wird meine Gebrechlichkeit ja wohl nicht dauern! Hast du schon gefrühstückt,

Sarah? Hmmm ... sieht mir nicht so aus. Du bist wohl eben erst aufgestanden, oder?"
„So ist es, Mama."
„Du warst bei Carlo."
„Erraten."
„Ohh ... mit Frascati und Spaghetti Vongole hat er es fertig gebracht, dass er jetzt mehr über deinen Seelenzustand weiß als deine eigene Mutter."
„Oberflächlich, Mami. Nur oberflächlich."
„Er ist ein Virtuose auf dem Gebiet der Seelengrabungen! Ein Naturtalent!"
„Ach Mami, Mütter sehen doch eh alles. Man kann ihnen doch gar nichts verbergen."
„Da bin ich mir nicht so sicher. Ich bin jedenfalls erstaunt, wie wunderbar entspannt du aussiehst, Sarah! Ich hatte ein wenig Sorge, dass diese schreckliche Geschichte mit Lucas dich völlig aus dem Ruder gebracht hat. Na ja, eigentlich habe ich mir große Sorgen gemacht ... Es tut mir auch so leid. Lucas hat ja einige Male angerufen ..."
„Das hab ich mir gedacht. Was hast du ihm gesagt?"
„Na ja, ich hab ihm natürlich gesagt, dass mir das schrecklich leidtut. Und dass ich hoffe, dass ihr beiden die Sache gut übersteht. Wieso fragst du nicht, was er gesagt hat ...? Hmmm ... Wie auch immer! Du weißt ja, dass ich Lucas sehr mag ..."
Der Taxifahrer bremste so abrupt vor Carlos Lokal, dass Helene Hansen kurz aufjaulte, obwohl sie sich vorsichtshalber schon mit beiden Händen am Vordersitz abgestützt hatte. Mit den Taxilenkern zu schimpfen, hatte sie sich weitgehend abgewöhnt. Der rasante Fahrstil gehörte in Rom zur Folklore und änderte sich offensichtlich auch dann nicht, wenn die Fahrt am Policlinico startete. Helene Hansen stieg vorsichtig aus dem Taxi. Carlo hatte sein Restaurant noch nicht geöffnet. „Was hältst du davon, wenn wir erst einen Cappuccino trinken gehen?", fragte Helene ihre Tochter und zeigte auf die kleine Café-

bar einige Häuser weiter. Sie machten sich vorsichtig auf den Weg, und Helene Hansen erzählte von der Verzweiflung, die Lucas nach Sarahs Abreise aus Wien erfasst hatte. „Er wollte unbedingt deine neue Telefonnummer von mir erfahren. Na ja, die hab ich ihm natürlich nicht gegeben. Es wird schon einen Grund gehabt haben, warum du sie ihm vorenthalten hast. Aber ehrlich gesagt ... er hat mir schon auch ein wenig leidgetan ..."

„Ach! ER hat dir leidgetan!" Sarah wurde richtig laut. Die Phonstärke in Rom ermutigte sie geradezu. „Warum müssen alle mit Männern Mitleid haben, die fremdgehen? Umgekehrt wird das wohl anders wahrgenommen, oder? Sogar Antonia hatte solche Anwandlungen! Kaum jammern die Helden windelweich ins Telefon, schon strecken alle Frauen die Waffen. Ach ... ist ja jetzt auch egal."

Helene musterte erstaunt ihre Tochter. Dann setzte sie sich mit ernstem Gesicht vorsichtig an den kleinen Tisch vor dem Café. Das Thema Lucas hatte sich an diesem sonnigen Morgen für Mutter und Tochter einstweilen erledigt.

An den folgenden drei Tagen umsorgte Sarah ihre Mutter mit allem, was sie gerade benötigte. Tatsächlich machte Helene erstaunlich rasche Fortschritte. „Bloß nicht nachlassen", war ihre Devise. Ihre Atmung war zwar noch immer vorsichtig und flach, aber die Schmerzen ließen nach. Sie vermied es, viel zu reden, wie sie es sonst gern tat. Das Sprechen strengte sie zu sehr an. Carlo sorgte für das Abendessen, und Sarah genoss zwischenzeitlich kurze Spaziergänge durch die Gassen von San Lorenzo. Sie betrachtete die Graffitikunst an den Mauern, die mit ihrer surrealen und oft absurden Komik viel Raum zum Überlegen ließen. Besonders zu denken gab ihr eine schlichte Zeichnung auf roten Ziegeln, mit denen das alte Fenster einer Häuserwand zugemauert worden war. Im Fenster hing ein filigraner Vogelkäfig, als schwebende Glocke gezeichnet und mit dünn gebogenen, schwarzen Stäben. Eine weiße Acht lag, wie auf Luft gebettet, einige Zentimeter über dem

Käfigboden. Die Unendlichkeit, eingesperrt in einem Käfig, dachte Sarah. Echt paradox. Ihre Gedanken flogen zu Marguerite, während sie den Vogelkäfig betrachtete. „Ich habe in einem goldenen Käfig gelebt", hatte sie ihr immer wieder erzählt, „draußen war Krieg und der Vatikan hat uns beschützt." Vielleicht sollte die Unendlichkeit der Graffiti ja auch gar nicht weggesperrt werden, überlegte Sarah, vielleicht wollte der Zeichner sie auch nur beschützen. „Ich will nicht undankbar sein", das war Marguerite immer wichtig, „aber man wollte trotzdem raus! Diese Langeweile. Diese unendliche Langeweile! Es war mir manchmal, als würde ich ersticken. Die Mauern schienen immer näher zu rücken, und sogar die Notausgänge waren verschlossen."

Sarah entdeckte unterhalb des Käfigs eine zarte Schrift, in großen Lettern war THE END auf die rohen Steine gezeichnet. Es ist eine Kopfsache, dachte Sarah. Es passiert alles nur im Kopf, egal ob man sich in einem goldenen Käfig eingesperrt fühlt, im kleinsten Staat der Welt oder auch in einem größeren. Man will keine Grenzen in sich spüren. Ich in mir auch nicht ... Laute um sie herum lenkten sie ab. Aus einem Vintageladen zwei Häuser weiter drang schräge Jazzmusik. Junge Leute gingen an ihr vorbei und lächelten sie an, als würden sie sie kennen. Sarah fühlte sich gut. Und frei.

Schon lange hatte sie nicht mehr eine so intensive Zeit mit ihrer Mutter verbracht. Die kleine Wohnung ließ auch nicht viel Raum, sich zurückzuziehen. Aber Sarah war es recht so. Sie hatte großen Spaß daran, als Helene Hansen eine ungeordnete Schachtel voller Familienfotos hervorkramte. Allein die Bilder, auf denen sie mit ihrem Vater als Kleinkind zu sehen war, machten sie etwas traurig. Es war nun fast drei Jahre her, dass er gestorben war.

„Darf ich dich mal was fragen, Mami? Hattest du nach Papa eigentlich noch Freunde? Ich meine ... einen neuen Mann?" Bisher hatte sie sich nie getraut, ihrer Mutter diese Frage zu stellen, wohl auch deshalb, weil sie ihr ein „Ja" wahrscheinlich übel genommen hätte.

„Na ja, es gab schon den einen oder anderen, den ich ganz nett fand. Zum Beispiel einen Kollegen im Institut, Georg hieß er. Er war allerdings verheiratet. Also kam das für mich nicht in Frage. Außerdem warst du noch so klein, als wir hierher zogen. Und es war auch nicht so leicht für mich. Du hättest sowieso keinen anderen Mann an meiner Seite als neuen Papi akzeptiert. Das war mir immer klar."

Helene lächelte ihre große Tochter an und versuchte, möglichst tief durchzuatmen. „Aber ich finde, wir haben das ganz gut geschafft hier. Mir fehlt nichts. Ich habe eine hochinteressante Arbeit und eine wunderbare Tochter, die den Weg geht, der ihr gefällt. Und das ist gut so. Außerdem fühle ich mich in meinem Freundeskreis sehr wohl. Und um den Rest kümmert sich Carlo."

Sarah nahm ihre Mutter in den Arm.

„Und wie ist das nun mit dir, mein Liebes? Was hast du nun vor? Bist du sicher, dass du und Lucas keine Chance mehr habt?"

„Ich weiß es nicht, Mama. Ich brauche einfach Zeit. Das geht nicht einfach so auf Knopfdruck wieder zurück."

„Oder steckt da der junge Mann aus Biarritz dahinter, nach dem Carlo dich kürzlich fragte? Warum machst du da eigentlich so ein Geheimnis draus?"

„Ich mache kein Geheimnis draus. Ich will nur nicht drüber reden. Ich schiebe grad alles von mir weg. Das solltest du doch auch irgendwie verstehen. Ich meine, wegen Papa und dir ..."

„Ok. Na gut. Es wird sich schon weisen." Sie lächelte ihre Tochter aufmunternd an.

„Sag mal, meinst du, wir könnten in den nächsten Tagen in den Vatikan fahren?", fragte Sarah plötzlich. „Natürlich nur, wenn du dich stark genug fühlst. Ich würde mir dort gern ein paar Sachen ansehen."

„Natürlich Sarah, und wie gern! Ich fühle mich sogar schon sehr gut! Die Schwellungen lassen deutlich nach, die Medikamente wirken. Ich nehme an, du willst dich auf die Spuren von Madame Labbé begeben?"

Genau das hatte Sarah vor. Als Mitarbeiterin des Deutschen Archäologischen Instituts hatte Helene Hansen Zugang zu vielen Bereichen, in die ein Tourist nicht ohne weiteres eindringen durfte. Außerdem kannte sie einige Kollegen der Päpstlichen Kommission für christliche Archäologie und Mitarbeiter des Vatikanischen Staatssekretariats im Apostolischen Palast. „Also, das machen wir! Ich wollte dir das auch schon vorschlagen!" Helene Hansen wäre am liebsten auf der Stelle losgefahren, so begierig war sie darauf, nach der Zwangspause wieder auf Touren zu kommen. „Ich werde sonst noch ganz ranzig!", stöhnte sie.

Sarah hatte sich oft darüber gewundert, dass die Ungeduld ihrer Mutter und ihr Bewegungsdrang mit ihrem Beruf vereinbar waren. Schließlich erforderte der Beruf einer Archäologin Geduld, Akribie und ein Denken in jahrtausendelangen Zeiträumen. Helene Hansen hatte mehrfach versucht, das falsche Bild ihrer Tochter über ihre Forschertätigkeit in dieser Hinsicht zu korrigieren, was ihr aber bisher nicht wirklich gelungen war. Vielleicht hatte es etwas damit zu tun, dass Helene Hansen im Gegensatz zu ihrer Tochter Grenzen jeglicher Art möglichst ignorierte und Hürden gern übersprang, bevor sie zu hoch wurden. Diese Haltung beeinflusste ihr soziales Leben genauso wie die Vorstellung sinnloser Zeitschranken. Durch die Archäologie wurde für sie Vergangenheit zur Gegenwart und Zukunft zugleich. Insofern hatte sie die Zeit für sich quasi außer Kraft gesetzt. Ihre Ungeduld konnte jederzeit stattfinden. Ob sie mit großer Dringlichkeit Details in den Ruinen der Domus Augustana fotografieren wollte, die sich seit einem Jahrtausend nicht verändert hatte und in absehbarer Zeit auch nicht wesentlich verändern würde, oder ob es darum ging, ihre Rippen zu kurieren. Helene Hansens Naturell machte da keine Unterschiede. Die Lebendigkeit der Ewigen Stadt entsprach ihrem Rhythmus, Rom war für sie genau der richtige Ort. Nichts verabscheute sie mehr als perfekte moderne Wohnlandschaften, schweigende Wüsten der Architektur, in denen Städte weder eine Vergangenheit noch eine Zukunft haben und die Zeit einfach still steht.

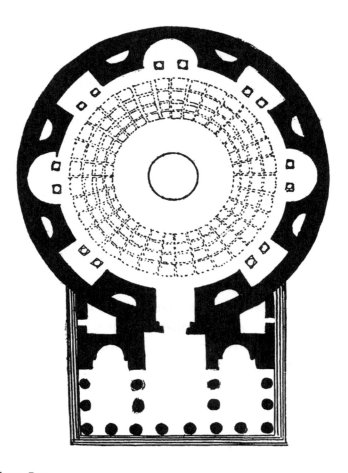
*Pantheon, Rom*

# Vierzehn

Es war Sonntagnachmittag, bereits das erste Wochenende im September. Sarah hatte mit ihrer Mutter eine Kleinigkeit zu Mittag gegessen und lag nun faul mit ihrem Laptop auf der Couch. Helene Hansen hatte sich ins Schlafzimmer zurückgezogen. Sarah war ein wenig schlecht gelaunt. Sie fing an sich zu langweilen. Ihrer Mutter ging es inzwischen so gut, dass sie sogar schon einmal das Institut besucht hatte. Allmählich spürte Sarah den Drang, sich überlegen zu müssen, wie und vor allem wo sie die nächste Zeit verbringen würde. Jetzt nach Orion zurückzukehren hielt sie für sinnlos. Es würde sich nicht mehr lohnen. Sie war traurig, dass sie nicht länger in Orion hatte bleiben können. Aber sie würde wieder hinfahren, das stand außer Zweifel. Vielleich sogar im Frühjahr, zusammen mit ihrer Mutter, die nach Sarahs Erzählungen so neugierig auf Lydias Château geworden war, dass sie eine Reise dorthin nicht weiter aufschieben wollte.

Sarah dachte an Wien und daran, dass Lucas sie erwarten würde. Er hatte ihr gemailt, dass sie sich bitte melden sollte. Und dass man miteinander reden müsste. Der Gedanke, ihre Sachen noch immer in Lucas' Wohnung zu wissen, befremdete sie. Ganz egal, was zwischen ihnen weiterhin passieren würde – sie konnte unmöglich wieder zu ihm in die Wohnung ziehen. Sie würde eine eigene Wohnung suchen müssen. Sie hatte beschlossen, in Wien zu bleiben. Die Stadt gefiel ihr, und vor allem lebten dort ihre Freunde. Sie würde dort ihren Master machen. Bis zum Semesterbeginn blieben ihr nun noch drei Wochen. Bis dahin sollte sie ein neues Zuhause gefunden haben. Sie presste ihre Augen zu. Sie hatte nicht die geringste Lust auf all das, was dieser Entschluss bedeutete. Sie bräuchte Antonia, um den Auszug aus Lucas Wohnung halbwegs zu überstehen. Antonia wollte noch immer nicht glauben, dass Sarah und Lucas sich endgültig trennen könnten, als so perfekt hatte sie dieses Paar immer empfunden.

Sarah hatte Sehnsucht nach Mark. Er hatte sich gestern nicht gemeldet, was sie nicht wunderte. Seine Zeit in Biarritz war vorbei, und sie wusste, dass er an diesem Wochenende wieder nach London fliegen würde. Das machte sie noch angespannter. Irgendwie fühlte sie sich wie in einem leeren Raum, von dem sie noch nicht wusste, wie der aussehen sollte. Sie ärgerte sich darüber, so initiativlos zu sein und Notwendigkeiten innerlich auszuweichen. Sie begann im Internet zu surfen und versuchte sich abzulenken. Dann läutete ihr Handy. Es war Mark.

„Sarah! Hallo! Wie geht es dir?"

„Mark! Wow! Toll, dass du anrufst! Jaja, mir geht es gut. Nicht viel zu tun ... Ich ..." Es entstand eine Pause, als ob beide dem anderen beim Sprechen den Vortritt lassen wollten. „Ich ... ja ... Mark, wie geht es dir, wo bist du jetzt eigentlich? Bist du ..."

„Sarah, ich möchte dich sehen", fiel Mark ihr ins Wort. „Ich hab es mir überlegt ... Ich könnte morgen einen günstigen Flug nach Rom kriegen. Wenn du willst. Hörst du? Nur, wenn du das gut finden würdest! Mittwoch früh müsste ich dann weiter nach London. Was meinst du?" Sarah brachte vor lauter Aufregung keinen Ton heraus und bewegte sich im Wohnzimmer wie ein ferngesteuertes Spielzeugauto. „Sarah! Bist du noch dran?", rief Mark ins Telefon, und noch ein wenig lauter: „Sarah?"

„Ja! Jaja! Natürlich! Mark! Das wäre ja wunderbar! Ja! ... natürlich finde ich das gut! ... Ich ... Oh mein Gott, ich fass es gar nicht! ... Ich platze vor Freude! Jajaja! Komm, bitte komm her! Oh ..." Sie konnte sich gar nicht mehr einkriegen und machte kleine Luftsprünge wie ein Teenager.

„Fein. Dann buche ich. Ich würde schon morgens um neun Uhr lan-

den. Ich schreibe dir dann, in welchem Hotel ich wohne. Mal sehen."
„Soll ich dir nicht was suchen ... Ich ..."
„Nein, nein. Ich finde schon was. Irgendein Bed & Breakfast wird schon noch ein Bett für mich frei haben."
„Ok. Ja. Ok."
„Sarah?"
„Ja?"
„Ich freue mich auf dich."
„Ich freue mich auch auf dich, Mark."
„Bis dann", sagte er leise.
„Ja. Bis dann! Bis morgen!", rief sie, um dann auch ganz leise zu sagen: „Bis morgen, Mark!"
Ihre Wangen glühten. Sie lief noch immer hin und her, entlang der beiden großen Wohnzimmerfenster, die zum Piazzale zeigten. „Oh Gott, wie peinlich", dachte sie plötzlich und hielt sich mit den Händen beide Augen zu. „Wieso hab ich denn keinen anständigen geraden Satz herausbekommen? Ich hab gegackert wie ein aufgescheuchtes Huhn. Oh Gottogottogott, das halt ich nicht aus!" Sarah konnte nicht stillstehen, bis sie bemerkte, dass ihre Mutter grinsend im Rahmen der Schlafzimmertür lehnte und sie beobachtete.
„Mark. Aha. Engländer? Oder Amerikaner? Deine Aussprache ist gut!"
„Engländer. Ja, er heißt Mark und wohnt in London."
„Was macht er? Oh nein ... falsche Frage. Wo hast du ihn kennengelernt?" Helene Hansen kam näher und setzte sich vorsichtig auf ihren Schreibtischstuhl.
„Er ist Surflehrer."
„Wo kann man denn in London surfen außer im Netz?"
„Mami! Er hat in Biarritz junge Leute unterrichtet. Wellenreiten! Ich habe ihn im Flugzeug nach Biarritz kennengelernt. Er saß neben mir."
„Oh ... verstehe ... Warst du oft in Biarritz? Eine schöne Stadt ..."

Helene Hansens Stimme klang bemüht unneugierig.

„Zweimal nur, Mama", grinste Sarah. „Aber ich habe ihn nur einmal getroffen. Knapp vor dem dritten Mal hast du angerufen ..."

„Ach je ... mmmhh ... ich verstehe. Ich hab dir sozusagen ein Rendezvous vermasselt."

„Na jaaa ... so könnte man das ausdrücken."

„Oooch das tut mir aber leid, mein Kleines! Und jetzt? Was ist jetzt? Ach ... da fällt mir ein ... sag mal ... Lucas hat davon etwas mitbekommen, oder? Jedenfalls hat er mir erzählt, dass er in Orion war und ..." Helene Hansen hielt inne.

Sarah schaute sie mit einem bitterbösen Blick an, den ihre Mutter mit einer resignierenden Handbewegung quittierte. Sarah gönnte ihr nicht den geringsten Kommentar. „Jedenfalls kommt Mark morgen für zwei Tage nach Rom, bevor er nach London zurück muss. Meinst du, du kommst ein wenig ohne mich zurecht?"

„Natürlich, Sarah. Du siehst ja, ich bin schon ganz gut unterwegs." Sie lachte. „Was macht er denn nun in London, dass er so eilig zurück muss? Kann er nicht ein wenig länger bleiben? Ich meine ... vielleicht könnten wir ihn ja zu Carlo einladen ... und ..."

Sarah sah ihre Mutter vorwurfsvoll an.

„Ich meine ja nur. Entschuldige, Sarah, ich will mich ja gar nicht einmischen. Es tut mir nur so gut, wenn ich sehe, dass du glücklich bist. Nichts weiter."

„Nein, nein, ist schon gut, Mami. Ich habe nur gerade gedacht, dass ich eigentlich ziemlich wenig über Mark weiß. Ehrlich gesagt habe ich nicht die geringste Ahnung, was er in London treibt. Hmmm ... Wir haben hauptsächlich über mich gesprochen ... Oder über was anderes." Wie egoistisch ich geworden bin, staunte sie innerlich. Als hätten alle Gespräche mit Mark Löcher in die Gegenwart geschlagen, in die sie nur zu gern gefallen war. „Fragen zur Person" waren ihr gar nicht in den Sinn gekommen.

Der nächste Tag begann mit einem Donnerschlag. Sarah schrak auf und sah sich benommen um. Ein kräftiger Windstoß wirbelte die Zeitungen vom Couchtisch. Sie sprang auf und schloss das Fenster. Schläfrig blickte sie auf den noch unbelebten Platz. Es war noch nicht ganz hell. Die Bäume bogen sich im Sturm, wie in einem Ballett, bevor der Regen begann niederzuprasseln und klang, als trommelte er auf leere Plastikflaschen. Sarah legte sich auf die Couch. Sie konnte nicht wieder einschlafen. Heute würde Mark zu ihr nach Rom kommen. Der Gedanke daran erschien ihr in der Dämmerung geradezu unwirklich. Sie erinnerte sich an das Gewitter in Orion, das sie von der Grange aus erlebt hatte. Wie der sinnliche Duft von Petrichor sie durchflutet hatte, dieser durchdringende Geruch, der für kurze Zeit aufsteigt, wenn Regen auf heiße Erde trifft.

Ihre Gedankenströme kanalisierten sich zu Wortbahnen. Das liebte sie. Sie zerlegte Petrichor in „Petrus", der Stein, und „Ichor" in das Wissen, dass es sich nach der griechischen Mythologie um jene Flüssigkeit handelte, die in den Adern der Götter floss. Ihr kam die komische Idee, dass man sich auf die antiken Götter eigentlich nicht verlassen konnte. Wahrscheinlich haben die sich noch nicht einmal für eine normal betrogene Frau interessiert, die sich in einen Surflehrer verliebt hat, dachte Sarah. Die Bibel hätte ganz sicher etwas dazu zu sagen. Unverhandelbar und richtungweisend. Sie dachte an Marguerite, der es zunehmend besser ging. Das wusste sie von Lydia, der sie zwei Briefe für Marguerite gemailt hatte. Ein Brief von Marguerite war sogar gleich zurückgekommen, am selben Tag noch, gescannt von Paul und als Datei transformiert. „Siehst du!? Ohne Technik geht nichts! Briefe in den Zeiten der Postkutsche ... vergiss es!", hatte Paul geschrieben.

Und Marguerites Amüsement über die neuartige Form ihrer Korrespondenz war rührend: „Meine liebe Sarah! Ich vermisse Sie sehr!", hatte sie geschrieben. „Nun habe ich mich auch auf diese teuflische Elektropost eingelassen. Das muss man sich einmal vorstellen! Darf ich Sie bitten, mir aus Rom zu berichten? Waren Sie schon im Vatikan? Ich bin in meinen Gedanken bei Ihnen!"

Marks ersehnte SMS kam tatsächlich um neun Uhr. „Landed. Melde mich vom Hotel (City House c/o Pantheon)." Es vergingen noch fast drei Stunden, bis das Telefon läutete. In dieser Zeit hatte Sarah ihrer Mutter alles penibel gerichtet, den Kühlschrank voll gekauft, die Zeitung *La Repubblica* mit einer Schokolade neben das iPad gelegt und vier Mal das Kleid gewechselt. Am Ende fühlte sie sich in einem apfelgrünen Trägerkleid am sichersten, das knapp über den Knien endete und so eng saß, dass sie es niemals zurechtzupfen musste. Helene kommentierte Sarahs Geschäftigkeit vorsichtshalber nicht, außer mit dem ermunternden Hinweis, dass sie in keiner Weise beidseitig gelähmt und durchaus in der Lage wäre, allein zu überleben. Dann ging sie hinter ihrem Schreibtisch in Deckung. „Wir könnten am Montag um zehn Uhr in den Apostolischen Palast", sagte sie und schaute Sarah über ihre Lesebrille fragend an. „Willst du? Ich habe mit Caterina telefoniert. Kannst du dich an sie erinnern? Sie arbeitet in der Vatikanischen Kommission ... In die Vatikanischen Gärten dürften wir auch. Und in das Haus Santa Marta. Da hat Madame Labbé doch gewohnt, oder?"

Sarah nickte geistesabwesend. „Jaja. Das ist ja nett ..."

„Sarah, hör mir kurz zu", forderte Helene Hansen mahnend, was sie gleich zum Hüsteln reizte. „Ich muss das klipp und klar ausmachen! Das geht nicht mal eben so ... Das ist ..."

Sarah ging zu ihrer Mutter und nahm ihr mit einer Umarmung den Wind aus den Segeln. „Du bist die Größte!", gurrte sie. „Das machen wir. Ab Montag bin ich wieder auf der Erde."

„Davon gehe ich jetzt ehrlich gesagt nicht aus." Helene Hansen verzog keine Miene, stieß dafür aber ein lautes Husten aus, das für Sarah eher künstlich klang.

Als Mark anrief, verabredeten sie sich für zwei Uhr im Pantheon.

„Meinst du, wir finden uns dort? In dem Trubel?", fragte Sarah skeptisch.

„Dich finde ich überall", antwortete Mark sachlich. Dann lachte er. „Also, bis gleich, Sarah."

Sarah kannte das Pantheon ziemlich gut. Von allen antiken Bauwerken in Rom gefiel ihr dieses am besten. So schlicht seine Außenfassade war, so umwerfend fand sie die Rotunde von innen. Ihre Höhe beeindruckte sie jedes Mal mehr als die Breite, obwohl sie genau wusste, dass die Ausmaße dieselben waren, wie bei einer Halbkugel. Sarah stellte sich in die Eingangsreihe und beobachtete nervös die nicht enden wollende Menschenschlange, die sich auf der Gegenseite wieder nach draußen bewegte. „Ein toller Platz, um sich zu treffen", murrte sie innerlich. Gruppen von Japanern redeten ununterbrochen und besonders laut, wenn sie fotografierten. Die Amerikaner trugen die gleichen Baumwollhüte wie die Japaner, nur ein paar Nummern größer. Sarah reckte ihren Kopf, um erkennen zu können, warum die Eingangsschlange sich deutlich langsamer nach vorne wälzte als diejenige hinaus. Immer wieder drehte sie sich in alle Richtungen in der Hoffnung, Mark aus der Menge herausragen zu sehen. Es war bereits Viertel nach zwei, was Sarah noch nervöser machte. Ihr Handy läutete.

„Ich bin schon drinnen", sagte er ohne Umschweife.

„Ich stehe noch in der Schlange", stöhnte Sarah.

„Lass dir Zeit. Ich lauf nicht weg."

„Bleibt mir wohl nichts anderes übrig", lachte sie, „noch zwanzig Schritte."

„Guter Countdown."

Sie sah ihn sofort. Mark stand exakt im Zentrum der Rotunde, breitbeinig, dem Eingang zugewandt. Er wirkte anders als die beiden Male, die Sarah ihn bisher gesehen hatte. Erwachsener. Cooler? Oder städtischer? Sie wusste es nicht. Er trug eine dunkle Blue Jeans und ein blaues Leinenhemd, das er bis zu den Ellbogen aufgekrempelt hatte.

Er bewegte sich keinen Meter von der Stelle, exakt im Angelpunkt des Opaion, der kreisrunden Öffnung am Scheitelpunkt der gewaltigen Kuppel. Das gebündelte Sonnenlicht schoss wie ein diagonaler Spot durch das Kuppelauge auf die Wand und zwar kantenscharf neben dem Sarkophag des Malers Raphael. Ihn kreuzte ein diffuser Schein, der im Lot zu Boden fiel und kitschige Reflexe auf Marks blondes Haar setzte wie auf das Haupt eines Erzengels. Er grinste selbstbewusst, als Sarah auf ihn zuging. Sein Grinsen veränderte sich zu einem sanften, verliebten Lächeln, als Sarah endlich dicht vor ihm stand. Sie gaben sich einen flüchtigen, etwas zittrigen Kuss auf die Lippen, sahen sich an und ließen ihre Blicke einander berühren. Nichts weiter erlaubte dieser Ort. Die Menschen kreisten entlang der Rotunde um sie herum, und beide fühlten sich wie im Zentrum eines Strudels.

„Das hier ist einmalig", sagte Mark leise.

„Das Pantheon?"

„Nein, du. Du in diesem Raum, Sarah. Das ist magisch ..."

Sarah lächelte. Sie blieben eine Weile stumm. Mit geschlossenen Augen hätte man sich auch vorstellen können, in einer Bahnhofshalle zu sein, so hallig rauschte das Stimmengewirr um sie herum.

„Ich habe hier als Kind einmal eine Pfingstmesse besuchen dürfen", sagte Sarah „Meine Mutter hat mich mit hierher genommen. Zu Pfingsten gibt es ein ganz besonderes Schauspiel. Am Sonntag lässt der Pfarrer sieben Millionen Rosenblätter durch die Öffnung in die Kuppel des Pantheon regnen. Man kann gar nicht beschreiben, wie schön das ist. Mystisch! Spirituell! Die roten Blütenblätter sollen an die Feuerzungen erinnern, also an die Aussendung des Heiligen Geistes."

„Nicht zu glauben!", staunte Mark und sah fasziniert hinauf in die imposante Kassettendecke des Gewölbes.

„Na ja. Eigentlich sollte das Gegenteil damit bezweckt werden", spöttelte Sarah.

„Ich meine, das ist einfach genial! Das ist eine einzigartige Bühne!

Wo bekommt man sonst so ein Raumgefühl? Nirgends! Und schau dir diese Lichtregie an! Das muss ein Lichtdesigner bei uns erst einmal hinkriegen! Eine einzige Quelle und so eine Wirkung! Zum Niederknien! Weißt du, wie groß die Kuppelöffnung ist?"

„Neun Meter."

Mark fasste Sarah um die Schulter und drückte sie eng an sich. Sie gingen gemeinsam an der schmuckvollen Rotundenwand entlang, die in jeder Nische eine Geschichte erzählte. „Diesen Baumeister werde ich zu meinem Idol erheben!", sagte Mark.

„Niemand weiß, wer er war", erklärte Sarah und hörte sich in der gleichen Intonation dozieren wie ihre Mutter, wenn sie ihr früher ein Bauwerk erklärt hatte. „Für das Copyright hat man sich 100 Jahre nach Christi wohl noch nicht so interessiert. Dabei hatte es nirgends auf der Welt eine so große Kuppel gegeben. Lange nicht!"

„Das gibt es doch nicht!"

„Was bist du denn so aufgeregt?", fragte Sarah lachend.

„In so einem Raum spürt man doch nicht nur seine Schönheit", schwelgte Mark und machte eine ausladende Armbewegung. „Hier wird man auch mit sich selbst konfrontiert, findest du nicht? Mehr kann ein Raum nicht leisten!"

„Hmmm ... sag mal, hast du Philosophie studiert? Oder ... du bist doch wohl nicht Psychologe!"

„Nein ...", lachte Mark, „Psychologie ... oh Gott, nein ... aber Bühnenarchitektur. Und das hier ist eine phantastische Bühne! Kein Wunder, dass der Pfarrer auf die Idee mit den fallenden Rosenblättern gekommen ist. Genial. Einfach genial." Mark bemerkte nicht, wie erstaunt Sarah ihn anstarrte. Seine Blicke wanderten vom abgeschrägten Marmor- und Granitboden über die umlaufende Wand der Rotunde mit ihren korinthischen Säulen und Marmorstatuen bis hinauf zu den fünf konzentrischen Ringen der prächtigen Kuppel und ihrer Öffnung zum Himmel.

„Du bist Bühnenbildner?", rief sie und musste sich direkt zusammenreißen, nicht schockiert zu wirken. Noch ein Architekt, dachte sie und fingerte unsicher an ihrem Silberohrring.

„Naja. Noch nicht ganz fertig. Ich studiere noch an der Slade School of Fine Art. Aber ich darf mich schon bei kleinen Theaterprojekten etwas wichtig machen. Deswegen muss ich übermorgen auch so früh nach London fliegen. Die Sommerpause ist vorbei." Mark seufzte und drückte Sarah fest an sich. „Dabei würde es mir besser gefallen, wir hätten etwas mehr Zeit ..."

„Und ich dachte, du bist Surflehrer."

„Bin ich ja auch."

„Na ja, du hast über das Surfen gesprochen, als wäre es dein Ein und Alles. Als gäbe es nichts anderes für dich auf der Welt als Surfen!"

„Dachtest du."

„Dachte ich."

„Stimmt eigentlich auch. Wenn ich es mache! In der Zeit, in der ich surfe, gibt es für mich nichts anderes! Ich glaube, ich habe eine leicht manische Ader ... sagen jedenfalls einige Freunde über mich." Mark lächelte. „Aber das ist bei allem so, was ich tue. Ich bin ein sehr konzentrierter Mensch." Er zog sie ganz nah an sich heran. „So wie jetzt. Jetzt gibt es nichts anderes für mich als dich."

„Und das Pantheon."

„Als adäquaten Rahmen, meine Göttliche", flüsterte Mark ihr zärtlich ins Ohr. Eine männliche Tonbandstimme forderte die Besucher auf, nicht so laut zu sprechen und erinnerte sie daran, sich in einem Gotteshaus zu befinden. Für kurze Zeit befolgten die Touristen die Ermahnung, erreichten die ursprüngliche Phonstärke aber bereits wieder nach weniger als einer Minute.

Mark und Sarah verließen das Pantheon durch die Säulenvorhalle ins Freie. Die Nachmittagshitze der Piazza della Rotonda erfasste sie aus allen Richtungen. Die aufgeheizten Travertinplatten des Platzes strahlten wie eine Bodenheizung. Japanerinnen hielten aufgespannte Regenschirme über ihre Köpfe. Die Müllcontainer waren überfüllt

mit kleinen Plastikflaschen, und Sarah sah kaum einen Touristen ohne eine Eistüte in der Hand.
„Das machen wir jetzt auch", stöhnte sie. „Vorn am Eck gibt es den besten Eisladen von ganz Rom. Komm." Hand in Hand schlenderten sie durch die engen Gassen zu Marks Hotel, das nur wenige Minuten vom Pantheon entfernt lag.
„Magst du einen Espresso?", fragte er Sarah, als sie die kleine Eingangshalle betraten.
„Nein, danke", lehnte sie ermattet ab, „dann schwitzt man ja noch mehr." Marks Zimmer war winzig, aber modern und ansprechend eingerichtet, vor allem aber kühl. Neben dem Bett blieb gerade genügend Platz, um drum herum gehen zu können. Durch die Schlitze der Fensterläden drang Licht, das sich an der gegenüber liegenden Wand in Streifen stapelte. Ein kleiner Spiegel fing Sarahs leicht gerötetes Gesicht ein. Sie sah sich im Raum um, ging zum Fenster, öffnete es ein Stück, um hinunter auf die schmale Gasse zu sehen und schloss es schnell wieder, als die Hitze einströmte. Mark saß auf der Bettkante und beobachtete sie. Als sie sich zu ihm umdrehte, nahm er ihre Hände, zog sie wortlos auf sich und sank mit ihr langsam zurück. Sarah hatte jede Kontrolle verloren. Sie spürte seinen muskulösen Körper unter sich, seine festen Hände, die sie zuerst hielten und dann an ihn pressten, damit er ihre zitternden Wimpern mit seinen Lippen berühren konnte. Sie küsste ihn mit den unzähligen verschiedenartigen Küssen, die sie seit Wochen für ihn aufbewahrt hatte, öffnete sein Hemd und fügte zahllose hinzu, die sie sich bisher nicht vorstellen konnte. Noch immer roch seine Haut nach einer Mischung aus Meerwasser und Duschgel. Sie versank in dem Rauschen und Tosen aller Sinne, wie sie es bis zu dem Tag noch nie erlebt hatte.

Als Sarah mit ihrer Mutter zum Vatikan fuhr, hatte sie seinen Geschmack noch auf ihren Lippen. Früh um sieben Uhr hatte sie die Tür zu Marks Zimmer hinter sich geschlossen, das beide in den letzten vierzig Stunden nur für kurze Ausflüge verlassen hatten. Sie hatten kleine Spaziergänge über die Piazza di Navona und zur Fontana di Trevi gemacht. An beiden Abenden hatten sie im Ristaurante „Maccheroni" gegessen, gleich ums Eck, an der winzigen Piazza delle Coppelle. Sarah kannte dieses einfache, familiengeführte Restaurant von früher. Trotz seiner Nähe zum Pantheon wurde es eigenartigerweise nur von wenigen Touristen besucht. Große weiße Ventilatoren fächerten die warme Luft durch die offenen Glastüren auf die Gasse. Der geräuschvolle Wirbel von Töpfeklappern, Lachen und Rufen hinter den halbhohen Milchglasscheiben verbreitete eine gemütliche und ungezwungene Atmosphäre. Sarah und Mark konnten kaum voneinander lassen. Sie streichelten sich die Hände oder über die Wangen und lehnten ihre Beine unter dem Tisch aneinander. Mark hatte von seinem Studium erzählt und von seinen Assistentenjobs an zwei Londoner Bühnen in der City.

„Ohne Jobs kannst du in dieser teuren Stadt schwer überleben", hatte Mark gesagt. Sarah war noch nie in London gewesen. „Komm mich im Herbst besuchen", hatte er Sarah gedrängt. „Oder noch besser: Überleg doch, ob du deinen Master nicht in London machen willst." Sarah hatte ihn lachend mit beiden Armen abgewehrt, als würde zu viel über sie hereinbrechen. Zu viele Dinge und Gefühle kreuzten durch ihren Kopf. Sie war berauscht. Wunschlos. Alles andere würde sich zeigen. Später.

Müde und verträumt blinzelte Sarah aus dem Taxifenster. Ihre Mutter saß neben ihr auf dem Rücksitz und tätschelte ihr das Knie. Helene Hansen sah frisch und unternehmungslustig aus. Ihr Haar hatte wieder seinen üblichen damenhaften Schwung. Der exakt aufgetragene geranienrote Lippenstift bildete zur konservativen Kleiderwahl einen reizvollen Kontrast. „Vor dem Seiteneingang gibt es ein Café. Dort kannst du noch eine Kleinigkeit frühstücken." Sarah lächelte sie dankbar an. Helene Hansen stellte keine Fragen. Das musste sie auch nicht. Sie kannte ihre Tochter gut genug, um zu wissen, dass aus ihr bei akutem Schlafmangel wenig herauszuholen war. Gleichzeitig war ihr klar, dass die zwanzigminütige Fahrt von San Lorenzo zum Vatikan ausreichen musste, um Sarah munter zu machen. Sie hatten sich mit Pater Markus verabredet, einem Indonesier, den Helene Hansen bereits von einigen Vatikanbesuchen her kannte. Er redete gern und viel und erwartete, dass man über seine Scherze lachte. Sie fürchtete, dass Sarah vielleicht nicht in der Stimmung sein könnte. Noch mehr Bedenken hatte sie über das Vorhaben, das Sarah ihr gestern kurzfristig mitgeteilt hatte, als sie nach San Lorenzo gekommen war, um sich umzuziehen.

„Mama, schau: Es ist nicht so kompliziert wie du glaubst. Nimm einfach dein iPad mit, und den Rest mache ich." Paul, dieser wunderbare Paul, war auf diese Idee gekommen, die alle, sogar Marguerite, großartig fanden. Und aufregend!

„Wir skypen, Sarah. Wenn du im Vatikan bist, gehst du online und Marguerite kann mit dir reden. Und vor allem: Du zeigst ihr, wo du bist und wie das dort jetzt aussieht. Sag einfach, wann wir parat sein sollen."

Sarah hatte das iPad ihrer Mutter für dieses Unternehmen präpariert, das Skypeprogramm runtergeladen und währenddessen ihrer kurzatmigen Mutter versichert, dass sie nichts löschen oder kaputt machen würde. Ganz sicher nicht!

„Aber im Apostolischen Palast darfst du nicht mit dem Ding herumfuhrwerken", hatte ihre Mutter entsetzt gesagt. „Pater Markus würde es sofort konfiszieren! Dort dürftest du noch nicht einmal fotografieren!" Für das Haus Santa Marta hatte Helene Hansen bei Pater Markus Gnade gefunden, genauso für die umgebenden Bereiche der Vatikanischen Gärten. Helene hielt nun während der Taxifahrt den handlichen Computer fest auf ihrem Schoß und war entschlossen, Sarahs fixe Idee streng zu überwachen. Sarah lehnte ihre Stirn an die Taxischeibe und schloss die Augen. Das Gebrabbel aus dem Radio machte Helene an diesem Morgen nervös. Dem Taxifahrer hatte sie eingeschärft, nicht zu fahren wie ein Wahnsinniger. „Worauf habe ich mich da nur eingelassen!", murrte sie. „Das ist schon alles kompliziert genug ohne deinen devastierten Zustand!"

Sarah grinste mit geschlossenen Augen und sagte müde: „Mami, ich bin frisch geduscht und nach dem Cappuccino eine Unterhaltungsgranate. Glaub mir."

Helene betrachtete ihre schöne Tochter von der Seite und lächelte kopfschüttelnd. „Na, hoffentlich!", murmelte sie zweifelnd.

Sarahs Handy gab den Empfang einer SMS bekannt. Darauf hatte sie gewartet. Während der Fahrt hatte sie es in der Hand behalten. Ohne ihre Position zu ändern, öffnete sie die Lederklappe und las, was Mark geschrieben hatte: „☺ ‚i will live in thy heart, die in thy lap, and be buried in thy eyes.' shakespeare: much ado about nothing. ich starte." Sarah starrte auf das Display, setzte sich langsam gerade und las die SMS wieder und wieder. Dabei kullerten zwei Tränen aus ihren Augen, so tief hatten seine Worte sie getroffen.

„Sarah ... Ja also ... Ich glaube, wir sagen den Termin kurzfristig ab! ... Was ist denn, mein Schatz? Was hast du denn?"

„Ich bin glücklich, Mami. Einfach nur glücklich."

Helene Hansen blähte ihre Backen und beließ es bei einem ratlosen Schnaufen. „Ich rufe Pater Markus an", stieß sie dann heraus. „Ich sage, du seiest in einem bedauernswerten Zustand. Also, das bist du ja auch!"

Sarah sah ihre erregte Mutter an und lachte. „Alles gut, Mami! Ich bin wach! Vollkommen! Jede Zelle tanzt!" Durch ihr Studium war ihr das Shakespeare-Englisch nicht unbekannt. „Ich will in deinem Herzen leben, in deinem Schoß sterben und in deinen Augen begraben sein." Eine schönere Liebeserklärung hatte sie nie gelesen. Und die Vorstellung, auf welche Weise Mark es mit seiner warmen Stimme wohl sprechen würde, überzog ihren gesamten Körper mit einem unbeschreiblichen Schauer.

Pater Markus wartete bei dem Security Container an der Piazza del Sant'Uffizio. Sarah schätzte ihn auf etwa vierzig. Sie wunderte sich kurz über seine stattliche Größe und Fülligkeit, die sie bei einem Indonesier nicht erwartet hätte. Pater Markus winkte freudig, als er Helene und Sarah erblickte und lächelte so breit, dass seine weißen Zähne ihnen schon von weitem entgegen strahlten. Seine Augen blinkten durch eine Brille. Er begrüßte Helene Hansen herzlich und behielt währenddessen ihre rechte Hand zwischen seinen Händen, als wollte er sie für einen Wiedereintritt in die katholische Kirche erwärmen. Tatsächlich hatte er ein einziges Mal versucht, das verloren gegangene Schäfchen wieder zur Herde zurückzubringen. „Pater Markus, sehen Sie, der Vatikanstaat ist der einzige Staat mit einem hundertprozentigen Katholikenanteil", hatte Helene Hansen ihm abschließend mit dem Ausdruck serviler Ernsthaftigkeit gesagt. „Dem werde ich als altrömische Archäologin nichts hinzufügen können." Ihr trockener Humor rettete Helene Hansen oft in dieser offiziell tiefkatholischen Stadt, die im Verborgenen nicht selten bigott war.

Sie bedankte sich bei Pater Markus für seine Hilfsbereitschaft und war froh, dass ihre Verabredung funktionierte. Kurz hatte sie gezweifelt, ob Pater Markus überhaupt ihre Mails empfangen hatte. Jedenfalls war von ihm nichts zurückgekommen, bis sein Anruf heute Früh alle Zweifel ausräumte. „Es ist ja wirklich bemerkenswert", hatte Helene Hansen sich vor ihrer Abfahrt Sarah gegenüber ereifert, „im Vatikan arbeiten fast dreitausend Angestellte. Regierungsmitglieder, Archäologen, Sicherheitskräfte, Geistliche, Hauspersonal ... Ich frage mich, wie die das organisieren! Es gibt zwar Computer, aber diese Form der Kommunikation ist wohl bisher noch nicht überzeugend zu ihnen durchgedrungen!"

„Naja, vielleicht sind die ja schon alle älter und können sich nicht umgewöhnen", hatte Sarah gerätselt.

„Glaub ich nicht. Ich glaube eher, die wollen den Mailverkehr so klein wie möglich halten. Vielleicht sollen nicht alle Kommunikationswege nachvollziehbar sein ..." Sie lachte. „Am ehesten erreichst du etwas, wenn du ein Fax schickst. Dann ruft entweder jemand zurück oder du bekommst einen Brief. Mit der römischen Post. Zu Fuß quasi."

Sarah amüsierte sich über das kleine hellgraue Containerhäuschen, das mit einer großen Außenkamera und zwei simplen Gitterfensterchen für die Kontrolle der Besucher des mächtigen Vatikanstaates sorgen sollte. Neben dem Petersdom sah es aus wie eine Würstchenbude. Helene und Sarah Hansen legten ihre Handtaschen und ihr iPad auf das Förderband des kleinen Scanners. Die beiden Beamten nickten ernsthaft, ließen sich ordnungsgemäß die Ausweise zeigen und winkten die beiden Frauen Richtung Ausgang, als würde noch eine lange Schlange auf die Abfertigung drängen.

„Vertrauen ist gut, Kontrolle ist besser", kicherte Pater Markus und an Sarah gewandt: „Schließlich hat der Vatikanstaat die höchste Kriminalitätsrate der Welt."

„Was?!", fragte Sarah ungläubig. „Das kann ja wohl nicht wahr sein!"

Pater Markus kicherte weiter über seinen Scherz, der keiner war. „Doch, doch!", gluckste er und legte gnädig den Kopf zur Seite, „gemessen an der geringen Einwohnerzahl natürlich. Eher kleine Diebstähle. Und kaum ein Gauner wird gefasst." Er genoss den hohen Unterhaltungswert, den er offensichtlich bei Sarah erreicht hatte. „Die fliehen einfach nach Italien und sind dann nicht mehr auf unserem Hoheitsgebiet."

Sarah lachte, und Helene belohnte Pater Markus mit dem Satz: „Sie werden an anderer Stelle bestraft, nicht wahr, Pater Markus? Nichts bleibt ungesühnt."

Zwei bubenhafte Schweizergardisten in ihren traditionellen rotgelb-blauen Uniformen grüßten freundlich auf Deutsch und ließen die drei Besucher passieren. Vorbei an der Audienzhalle und dem kleinen Deutschen Friedhof führte Pater Markus Sarah und Helene Hansen zur Casa Santa Marta. „Das Gästehaus sieht heute völlig anders aus als während des Krieges", erklärte er. „Es ist gerade renoviert worden. Heute dient es als Gästehaus des Papstes. Hier wohnen seine persönlichen und offiziellen Gäste. Und natürlich die römische Kurie."

„Und wozu war das Haus früher da?", fragte Sarah.

„Ursprünglich war es einmal ein Krankenhaus." Pater Markus hielt beide Arme ausgebreitet nach oben. „Von Papst Leo XIII. erbaut, 1884. Hier wurden alle Angehörigen des Vatikans behandelt. Viele, viele während der Choleraepidemie damals." Sarah reckte ihren Kopf in die Höhe und betrachtete das fünfstöckige Doppelhaus mit seinen einhundertzwanzig Wohnungen. Es stand da, so schlicht und ausdruckslos wie zwei seitlich aufgestellte, lange Legosteine, eng und parallel, blassgelb getüncht. „Nach dem Krieg diente es auch als Herberge für Flüchtlinge, denen Papst Pius XII. Asyl gewährte." Sarah nickte. „Wie hieß noch einmal die Dame, die hier gewohnt haben soll?", fragte Pater Markus interessiert.

„Heute heißt sie Madame Labbé, Marguerite Labbé. Sie hat hier mit ihren Eltern gelebt, Monsieur und Madame Léon Bérard. Im dritten Stock, hat sie mir erzählt. Es muss eine kleine, schlichte Wohnung gewesen sein. Von 1940 bis 1948."

Pater Markus nickte und lächelte stolz: „Ja, davon ist hier heute nicht mehr viel zu sehen. Die Wohnungen sind heute topmodern. Papst Johannes Paul II. hat es in den neunziger Jahren umbauen lassen. Mit Klimaanlage, Bädern und allem drum und dran. Damit die Kardinäle während der Papstwahl nicht mehr in den kleinen Schlafkojen der Sixtinischen Kapelle schlafen müssen."

Sarah war ein wenig enttäuscht. Sie hatte gehofft, zumindest noch die alte Außenfassade von Santa Marta sehen zu können, hinter der Marguerite fast acht Jahre lang ein einsames, ödes Leben führen musste. Dann aber fand sie die Veränderung plötzlich gut. Sie wollte Marguerite ein neues Bild ihres alten Zuhauses zeigen. Eines, das ihre Erinnerungen ein wenig übermalen könnte. Eines, das ihre seelischen

Gefängnismauern einreißen könnte, als würde man Quader aus einer Legowand brechen und sie durchlässig machen. Sarah nahm ihrer Mutter das iPad aus der Hand, nickte ihr zu und hockte sich, mit dem Rücken an die Hauswand gelehnt, in den Schatten. Helene Hansen atmete tief durch und unterhielt Pater Markus.

„Das gibt's doch nicht!", rief Sarah erstaunt. „Das rattert ja hier nur so von verschlüsselten WLAN-Adressen!"

„Das sag ich doch!", rief Pater Markus halblaut zurück. „Wir sind jetzt ein hochmodernes Unternehmen!" Helene Hansen beobachtete das Schauspiel gespannt amüsiert.

Aus dem iPad kamen glucksende Skype-Laute, als wäre Sarah mit ihm unter Wasser getaucht. „Paul? Paul! ... Ja, ja, das ist ja fantastisch!" Sarah hüpfte fast vor Freude in den Stand und hielt das iPad mit ausgestreckten Armen auf Schulterhöhe.

„Ich kann dich gut sehen, Sarah! Geht's dir gut?"

„Oh ja, mir geht es ganz wunderbar! Ich bin nur so aufgeregt ..." Sarah sah auf dem Bildschirm, wie Lydia sich aus dem Hintergrund nach vorn bewegte und sich dann neben Pauls grinsendem Gesicht hinunterbeugte.

„Sarah, wie schön! Es ist ja wirklich erstaunlich, dass das klappt! Unglaublich! Wo ist Helene? Ich muss Helene Hallo sagen." Lydia war auch aufgeregt. Das war ihrer Stimme deutlich anzuhören. Sarah ging zu ihrer Mutter und zog sie mit ihrem freien Arm ganz nah zu sich heran. Lydia hatte Paul von seinem Platz verdrängt und war nun Bild füllend zu sehen. „Helene! Also, ich finde das ja so toll, dass wir uns auf diese Weise sehen! Geht es dir besser? Offensichtlich! Ja, offensichtlich! Du siehst ja großartig aus!"

Nun war Helene Hansen auch im Bann des Netzwerks. Sie strahlte ihrer Freundin Lydia entgegen. Seit Jahren hatten sie sich lediglich geschrieben, kurze Briefe per Mail, manchmal mit angehängten Fotos, damit man sich bloß nicht aus den Augen verlor. „Wir werden uns unterhalten, wenn ich wieder zuhause bin, ja? Auch per Skype. Das machen wir jetzt in Zukunft immer, Lydia! Findest du nicht auch? Ich freue mich!"

Ein wenig entrückt übergab Helene Hansen das iPad wieder ihrer Tochter. Sarah stellte sich demonstrativ neben Pater Markus und richtete das Display auf sie beide. „Das ist Pater Markus! Er ist hier unser großer Schatz!", rief sie übermütig, „ohne ihn wären wir jetzt gar nicht hier." Pater Markus winkte stolz und so breit lachend in die Kamera, dass seine Brille sich etwas nach oben schob. „Wo ist Marguerite?", fragte Sarah und wurde plötzlich ganz ruhig und behutsam.

Es raschelte aus dem Pad. Auf dem Bildschirm konnte sie nichts Genaues erkennen, bis ein grelles Weiß und ein purpurfarbenes Rot in Schlieren zu sehen war, die sich hin- und her bewegten. Anschließend sah sie Marguerites Gesicht, bewegungslos und auf das Display starrend. Dann zuckte Marguerite ein wenig und deutete mit ihrem rechten Zeigefinger in die Bildmitte. Langsam fing sie an zu lächeln. Sarah beobachtete, dass ihre Lippen einen lautlosen Kommentar formten. „Marguerite! Hallo! Ich bin's. Hören Sie mich?" Marguerite nickte und fixierte das Bild.

„Ja, sie hört dich gut, Sarah! Hallo!" Das war Eveline. Sarah nickte und konzentrierte sich weiter auf Marguerite.

„Haben Sie gut geschlafen, Marguerite?"

Marguerite nickte erneut, sagte aber noch immer keinen Ton. Sie saß gespannt auf dem Sessel in Lydias Büro, akkurat gekleidet in ihrer besten weißen Bluse, die sie bis oben zugeknöpft hatte. Über ihren zarten Schultern hing ihre purpurfarbene Weste, die sie mit überkreuzten Armen festhielt. Sie hatte sogar Lippenstift aufgetragen.

„Marguerite, ich freue mich so, dass ich Sie sehe. Sie wissen, wo ich jetzt bin?"

Marguerite nickte wieder. Dann lächelte sie und sagte überraschend deutlich: „Im Vatikan, Sarah. Sie sind im Vatikan."

Sarah nickte und versuchte, das Pad so ruhig wie möglich zu halten.

„Ja, genau gesagt, vor der Casa Santa Marta. Ich werde Ihnen gleich zeigen, wie es heute aussieht. Ich hoffe, das funktioniert. Jedenfalls sieht es ganz anders aus als früher." Sarah nahm das Pad und hielt es auf den Eingang des Gebäudes. Über dem Portal war eingraviert „Johannes Paul II." Sie bewegte das Gerät langsam und ruhig an der Hausfassade entlang und drehte sich im Zeitlupentempo um ihre eigene Achse, um die Umgebung einzufangen, die Sakristei und Schatzkammer der Peterskirche und die Südseite des Petersdomes. Dann hielt sie die Kamera wieder auf sich und prüfte Marguerites Reaktion. Die hatte sich inzwischen ein wenig vorgebeugt und bewegte ihren Kopf, als würde sie etwas suchen.

„Es sieht ganz anders aus als früher. Ganz anders." Sie sprach sehr prononciert und sachlich.

„Ja, das stimmt, Marguerite", sagte Sarah, „nichts ist für die Ewigkeit. Noch nicht einmal Gefängnismauern." Sarah lächelte Marguerite an, die auch anfing zu lächeln und ihren Oberkörper leicht vor und zurück wiegte. „Ich versuche jetzt hineinzugehen, einverstanden, Marguerite?"

„Ja, gehen Sie hinein, Sarah! Das interessiert mich!" Sarah war beeindruckt, wie gefasst und pragmatisch Marguerite mit der Situation umging. Zweifellos musste es in ihrem Inneren anders zugehen. Vermutlich suchte Marguerite auf dem Bildschirm nach Bildern, die sie seit mehr als siebzig Jahren nicht loswerden konnte. Abzüge der Tristesse, Einsamkeit und Hoffnungslosigkeit. Die aber gab es nicht mehr. Sie entsprachen nicht mehr der Wirklichkeit. Sarah behielt Marguerite im Auge, als sie sich vorsichtig dem Eingang näherte. Marguerites Gesichtszüge wurden weicher. Sie griff nach der Hand, die Lydia ihr auf die rechte Schulter gelegt hatte und beobachtete fasziniert den Bildschirm. Pater Markus öffnete die Tür. In der Eingangshalle war es kühl und hell. Weißgrauer Carraramarmor spiegelte glänzend das Sonnenlicht, das durch einen Lichtschacht in das Gebäude fiel. Helenes Absätze hallten metallisch durch den langgezogenen, weiß getünchten Raum, so dass sie erschrocken die Schultern hochzog und bemüht leise weiterging. An den schmucklosen Wänden standen in regelmäßigen Abständen goldgestrichene, halbrunde Rokokotische mit schmal geschwungenen Beinen und schwarzen Marmorplatten, auf denen wiederum jeweils schwarze Vasen standen. Nur auf einem Tischchen prangte eine Statue der Mutter Gottes aus schwarzem Marmor. Eine niedrige Palme zierte eine Nische. Sarah ging im Schneckentempo durch die Eingangshalle und sagte nichts. Dann blieb sie stehen und flüsterte nah am Pad: „Haben Sie was sehen können, Marguerite?"

Marguerite beugte sich ebenfalls nach vorn und flüsterte vorsichtig, als ginge es um ein Geheimnis: „Ja, ich hab gesehen, wie das dort aussieht. Anders. Alles ganz anders!"

Sie nickte wieder und setzte sich gerade. Sarah ging zurück zum Ausgang und Pater Markus hielt ihr die Tür offen. Im Hinausgehen hörte Sarah Marguerites Stimme. Aber sie verstand nichts. „Was sagten Sie, Marguerite?", fragte sie, als sie wieder vor der Tür stand.

„Ich sagte, es ist gut, dass sich die Dinge verändern. Eigentlich bin ich froh, dass es diese Räume von damals nicht mehr gibt. Sie haben zu viele Tränen gesehen. Von vielen Menschen, die dort leben mussten. Jetzt ist es kein Gefängnis mehr, sondern ein Ort der Begegnung."

Sarah freute sich. Sie hoffte inständig, dass sie Marguerite etwas geben konnte, das ihr weiterhalf. Sie ahnte, dass Marguerite jetzt ein wenig erschöpft sein würde. Trotzdem bestand sie darauf, mit ihr wenigstens einen kurzen gemeinsamen Besuch im Petersdom zu versuchen. Pater Markus hatte versprochen, sie durch jenen Seiteneingang in die Basilika zu führen, den die Familie Bérard mit den anderen Botschafterfamilien auch zur Christmette 1944 genommen haben musste. Er führte unmittelbar zu dem hölzernen Baldachinaltar, der, direkt unter der Licht durchfluteten imposanten Kuppel, der Ort ist, an dem für gewöhnlich der Heilige Vater das Abendmahl feiert. Als Sarah ins Innere der Basilika ging, riss die Verbindung zu Marguerite mit einem banalen „Plopp" ab.

Pater Markus erhob wieder seine Arme und sagte mit Nachdruck in der Stimme: „Gott braucht kein Internet. Er erreicht die Menschen auf der ganzen Welt und tröstet ihre Seelen. Ich werde für Marguerite Labbé beten." Er zog Sarah und Helene an seine Seite und ging mit ihnen durch das Blitzgewitter der Touristen zum Ausgang hinaus auf den Petersplatz, über dem die Mittagssonne senkrecht stand.

*Orion, 15. November 2012*

*Meine liebe Sarah,
ich danke Ihnen ganz herzlich für Ihre lieben Wünsche. Sie berühren mein Herz. Eigentlich sollte ich schon schlafen, aber ich bin noch viel zu munter. Es war ein wunderschöner Geburtstag heute. Mein 85.!!!
Mein Gott, ich kann es gar nicht glauben! Lydia hat eine Apfeltarte gebacken und wir haben Kaffee im Salon getrunken. Henri, unser Bürgermeister ist dazu gekommen und schon wieder!! mit seinem alten R4 über den Kies bis vor den Eingang gefahren. Diesmal hat Lydia nicht geschimpft. Er ist hinter dem großen Blumenstrauß gar nicht zu sehen gewesen! Ist das nicht lustig? Ein wunderschöner Strauß aus Dahlien, Astern und Anemonen, rot und lila wie Kardinalsgewänder.
Und jetzt muss ich Ihnen etwas erzählen! Wissen Sie, was heute Abend passiert ist? Gerade als ich schlafen gehen wollte, hörte ich, wie die Trompete meines Zimmernachbarn anfing zu spielen.
Es ist gerade ein Gast im Château, Phillippe. Er ist ein Trompeter aus Paris und übt hier seit zwei Wochen für einen Auftritt. Gott sei Dank in der Grange! ...!!! Aber heute Abend hat er für mich gespielt! „Happy Birthday"! In seinem Zimmer, gleich neben meinem. Stellen Sie sich das einmal vor! So etwas Schönes! Mein Herz hüpfte! Ich bin dankbar, Sarah, sehr dankbar.
Ich kann Ihnen gar nicht sagen, wie sehr ich mich freue, dass es Ihnen in London gut geht. Und dass Sie uns bald wieder besuchen werden. Natürlich freue ich mich auch, Ihren Freund Mark kennenzulernen.
Nun werde ich doch müde, meine liebe Sarah.
Ich umarme Sie von ganzem Herzen, Ihre Marguerite.*

J'aime votre maison qui porte un nom d'étoile,
Nette, cet Orion qui illuminent vos yeux,
Et son vaste horizon de plaines et de cieux
Où la montagne au loin s'estompe ou se dévoile.

J'aime cet Orion qui illuminent vos yeux
Dont l'éclat tour à tour étincelle ou se voile
Ainsi que la clarté et l'ombre dans les cieux
Dépendent si paraît ou s'éclipse une étoile.

Nette, je me souviens de ce beau soir d'Août ;
Je vous revois au seuil de la maison, debout,
Souriante et la maison si tendrement tendue...

Ô vous, à qui si bien tout bas l'on se dirait
Parce que l'on sent bien, quand on vous a connue,
Que le cœur le mieux clos est pour vous sans secret !

                     Henri de Régnier
                     1918

*Die Autorin mit Marguerite Labbé*

# Danksagung

Mein besonderer Dank gilt Elke Jeanrond-Premauer und Tobias Premauer, den Besitzern des Château d'Orion. Mit ihrem Enthusiasmus für den Erhalt des kulturellen Erbes dieses besonderen Ortes und vor allem durch ihr Engagement für die deutsch-französische Freundschaft leisten sie Großartiges. Elke Jeanrond-Premauer wurde 2013 mit dem Preis der Citoyen Européen des Europaparlamentes ausgezeichnet.

Und natürlich danke ich der wunderbaren Equipe des Château d'Orion!

Außerdem: Paul Selinger, Präsident des Vereins Rencontre d'Orion, der mir als Dolmetscher bei den Interviews mit Madame Marguerite Labbé eine große Hilfe war.

Pater Dr. Markus Solo Sewuta vom Päpstlichen Rat für den Interreligiösen Dialog.

Dr. Karl Prummer, Gesandter der Österreichischen Botschaft beim Heiligen Stuhl.

Benedikt Steinschulte vom Päpstlichen Rat für die Sozialen Kommunikationsmittel.

Gudrun Sailer, Redakteurin bei Radio Vatikan in Rom.

Viele Menschen in diesem Roman gibt es tatsächlich. Ihre Geschichten beruhen auf wahren Begebenheiten. Ich danke Marguerite Labbé, geb. Léon Bérard für ihr Vertrauen, ihre Offenheit und Herzlichkeit. Sie lebt noch heute im Château d'Orion im Béarn.

Und ich danke Jana Revedin. Ohne sie gäbe es das Buch in dieser Konstellation nicht.

Wenn Sie wissen möchten, wie es mit Sarah und ihrem Mark weiter geht, schreiben Sie an *sarah.hansen1@gmail.com* ...

**Impressum**

ISBN 978-3-903798-18-2

Claudia Tebel-Nagy
Ein Stern im Béarn
Roman

© Edition Ausblick 2014
Wien – Ohlsdorf
www.edition-ausblick.at

Alle Rechte vorbehalten

© Foto von Claudia Tebel-Nagy: Volker Debus
Fotos im Text aus Privatbesitz und
dem Archiv des Château d'Orion

Erste Auflage

Lektorat: Reinhard Deutsch
Cover- und Buchgestaltung: Christine Klell
 www.christine-klell.com
Cover Kalligraphie:
Barbara Bigosińska und Diana Ovezea

Druck und Bindung:
Druckerei Theiss GmbH,
St. Stefan im Lavanttal

# Vatikan

📍
*Casa Santa Marta
(seit 2013 wohnt hier
der Papst)*